尾崎寿一郎

ランボーと内なる他者

「イリュミナシオン」解読

コールサック社

「イリュミナシオン」解読　目次

「イリュミナシオン」解読

はじめに

一九世紀後半のアルチュール・ランボーは、日本でも戦前・戦後と騒がれたが、今では殆んど停滞している。しかし二〇世紀の詩人・作家に与えた影響は魔力的な力で世界各国に伝播した。その研究解説書は、大型二冊の書物に匹敵するという。アラゴン、サルトル、デュアメル、クローデルらが海外では傾倒し、国内では小林秀雄、中原中也、西条八十、埴谷雄高、平井啓之、粟津則雄らが言及に乗り出した。六〇〇～八〇〇ページの分厚い訳書・研究書が何冊もあるのに、ランボー詩が解読された気配はないと言える。それは海外でも同様である。

ランボーが詩を書いたのは、一八七〇～一八七四年（明治三～七年）であるが、七〇年のものはロマン調の甘いもの。七一年から四年間にまとめた『地獄の一季節』と『イリュミナシオン』が、世界を狂奔させたのである。満一七歳から満二〇歳までの詩業で、「天才」と謳われたのはランボーのみ。その秘密は詩の中にある。一世紀半を経た今日、それを読み解く必要の有無は、未だ十二分にある。文字表現芸術の極地にあり、それを生み出したのは、ランボーに憑依した人類の叡知とも言える深層無意識の存在であり、彼はそれを「他者」と呼んだ。

憑依現象や「内なる他者」は、『ランボー追跡』で精しく明らかにした。今回は「イリュミナシオン」の解読に挑んでみる。(1)平井啓之・湯浅博雄・中地義和訳『ランボー全詩集』青土社、一九九四年刊の中の中地義和訳を基本として借用し、配列順に進める。私が入手した中では刊行が最も新しく、綿密な解説や注記が付してあるからである。それを補う資料として、(2)粟津則雄訳『ランボオ全作品集』思潮社、一九六五年刊、(3)金子光晴・斎藤正二・中村徳泰訳『ランボー全集』雪華社、一九八四年刊の中の斎藤正二訳、(4)西条八十『アルチュール・ランボオ研究』中央公論社、一九六七年刊、(5)鈴村和成訳『イリュミナシオン』思潮社、一九九二年刊、それに原書の(6)『ランボー全集』ガリマール出版社、一九七二年刊を照合資料とする。

　私は仏語を知らない。だが掲出五冊の訳書を読み比べて、どれにも誤読・誤訳が多く詩意が読めてこない。飛躍・転調・暗喩の厳しいランボー詩にも、文脈というものはある。文脈を外れると訳語の選択を誤まる。詩は個の生きざまが吐き出す心の外形である。彼の生きざまが奈辺にあったかを踏まえなければ、吐き出された詩句の意味も読めてくる筈がない。

　前述の『ランボー追跡』で、彼の生きざまや主要な詩の解読をした。その折、札幌の比較文学者千葉宣一さんが(6)に掲出の原書を寄贈してくれた。その恩恵を生かすべく、三省堂『クラウン仏和辞典』に単語を一つ一つまさぐりながら蛮勇を推し進めてみる。不明な動植物については、博物館勤めの息子の尾崎煙雄《けむりお》に教示を託した。難物のジャングルをどこまで踏破できるものか。私は半世紀かけて難解な逸見猶吉を追跡し、必然的な延長でランボーを追跡してきた。ご両人よ、神に代わって見ていてくれ。

1　大洪水のあとで

大洪水の記憶が落ち着いてからまもなく、

一匹の野うさぎが、イワオウギと風に揺れる釣鐘草のなかに立ち止まり、蜘蛛の巣を透かして虹に祈りをあげた。

おお、隠れはじめていた宝石たち、――はやくも目を凝らしていた花たち。

汚い大通りには物売り台が立ち並び、まるで版画に描かれたように、あの高みに段をなして積み上がった海に向かって、人々は小舟を曳いて行った。

血が流れた、青鬚《ひげ》公の家で、――屠殺場で、――円形闘技場で。それらの場所では神の印が窓をほの白く照らした。血と乳が流れた。

ビーバーが巣を築いた。「マザグラン・コーヒー」が安カフェで湯気を立てた。

まだ水の滴る、ガラス窓のある大きな家で、喪服姿の子供たちが驚異的な絵に見入った。

一つの扉がぱたんと閉まり、やがて村の広場で子供が腕をぐるぐる回した。すると、いたるところの風見や鐘楼の風見鶏がその子の思いを理解して、激しい氷雨が降り出した。

×××夫人がアルプス山脈にピアノを据えた。大聖堂の十万の祭壇で、ミサと初聖体の拝領式が執り行われた。

隊商が出発した。氷河と夜に覆われた極地の混沌のなかに、〈スプレンディッド・ホテル〉が建てられた。

以来〈月〉は聞いた、タイムの荒野でジャッカルがかぼそく啼くのを、——そして果樹園で木靴を履いた牧歌が唸るのを。それから、芽吹きはじめた紫色の樹林で、ユーカリスがぼくに春だと告げた。

——湧き上がれ、池よ、——〈泡〉よ、橋の上を、そして林を越えて、逆巻け、——黒い覆いよ、オルガンよ、——稲妻よ、雷鳴よ、——高まり轟け、——水よ、悲しみよ、高まれ、そして、また大洪水を起こしてくれ。

それというのも、あれが引いてしまってからこの方、——おお、埋もれゆく宝石たち、そして開いた花たち！——退屈なのだ！ それにあの〈女王〉、陶製の壺の燠《おき》を掻き立てている〈魔女〉は、自分が知っていてぼくらの知らないことを、けっしてぼくらに語ってくれようとはしないだろうから。

中地義和訳を基本に据えて進める。粟津則雄・斎藤正二・西条八十・鈴村和成は「大洪水のあと」とする。原題 Après《アプレ》 le《ル》 Déluge《デリジュ》 は、「大洪水のあとで」である。この詩は「マダム＊＊＊がアルプスにピアノを据えた」のシュールな詩句で有名になった作品。鈴村和成の解説に、

「この詩はおどろくほど小さな紙片に、細い淡い、今にも消えそうなペン書きの文字によって書かれている」とある。実物を見た者の貴重な証言。一八七二年九月七日にヴェルレーヌとともに渡英してすぐの、紙もろくにないころの作である。パリ・コミューンの決起に熱い期待を抱き、壊滅後も余韻消えやらぬ未完革命総決算の詩と言える。

中地は『滴る雫になお余韻をとどめながらも大洪水の効果がしだいに薄れていく「大洪水後」の世界である。洪水がおさまって活動を再会した人間生活のさまざまな断片が、短いパラグラフ（段落）の連続のなかにほとんど相互の脈絡なしに列挙される』と解説している。粟津則雄は「普仏戦争やパリ・コミューンと見る者、ブリュッセル事件（ピストル事件）と見る説、ノアの洪水の寓話と見る説など多種多様だが、……ランボオの水及びその破壊作用・浄化作用に対する偏執的関心に注目すべき」と焦点のずれた把握。斎藤正二は「キリスト教以前の原始的生活に還帰しようとしたランボーの精神状況を考えると、ノアの洪水の暗示と解するのが一番自然」と得心している。西条八十は「この詩人はつねに聖書に伝えられるノアの洪水への郷愁を感じている」と捉えている。詩の中に分け入った者は誰もいない。

解読に入る。「大洪水の記憶が落ち着いてからまもなく」は、パリ・コミューンの蜂起・壊滅という大事変が一段落してから間もなく、である。ノアの大洪水に擬しての展開に見せながら、ノアの神話は何も関係がない。「一匹の野うさぎが、イワオウギと風に揺れる釣鐘草のなかに立ち止まり、蜘蛛の巣を透かして虹に祈りをあげた」は、ひ弱い「野うさぎ」ではなく、ヨーロッパでは「ずる賢い野うさぎという認識」と教えられた。ランボー自身ずるさもしたたかさもあった。「一匹の野うさぎ」は、世の変革を念ずるランボーである。「イワオウギ」は高山植物でマメ科の多年草で、四〇センチ前後の高さのピンクの花。「釣鐘草 clochettes」は、釣鐘型の花の意。ツリガネニンジンやホタルブクロなどが該当する。

二植物だが平板な併記ではない。「風に揺れる」のは「釣鐘草」のみ。変革を願う者の知識層（高山植物）や風潮に揺れる庶民のはざまに立ち止まり、となろう。そして「蜘蛛の巣」くまなく張られた因習や道徳の網目を透かして、希望の象徴である「虹」に変革への祈りを上げたのである。中地は「神の契約のしるしである〈虹〉に祈る」と注記しているが、それは聖書の解釈。虹はキリスト教のためにのみ現象するものではない。

「おお、隠れはじめていた宝石たち、――はやくも目を凝らしていた花たち」ここからパリ・コミューンを巡る回想に入る。権力の執拗な追跡から身を隠し逃亡した闘士たち、変革に目覚めた女性たちである。コミューン蜂起から闘いに加わり、捕虜となり、裁判で多くの人の耳目を集めたルイズ・ミッシェルは、貴重な宝石たる女性代表の闘士であった。最後は南太平洋の仏領ニューカレドニア島に追放される。

「汚い大通りには物売り台が立ち並び」は、「物売り台 étals」には、市場で品物を並べる板、肉屋のまな板、肉屋の店の意がある。粟津・斎藤・鈴村が「肉屋の店」、西条が「屋台店」である。情況は普仏戦争敗戦直後である。食料攻めに遭ったパリに肉はからけつ。肉屋が立ち並ぶわけがない。敗戦後パリの街にも物売台（生活）が立ち戻り、の意である。

「まるで版画に描かれたように、あの高みに段をなして積み上がった海に向かって、人々は小舟を曳いて行った」とは？　汚いパリの街に版画のように鮮やかに、だろう。そして自由・平等を目指す社会主義思想の「あの高み」であり、段状に積み上がる「海」はマッス（塊、質量）の暗喩だろう。でなければ積み上がらない。パリには二〇地区ある。戦争で各地区に国民軍が設けられていた。パリ・コミューンは、各地区国民軍、正規軍に叛旗をひるがえした将兵たち、社会主義者たち、義勇兵たち、女性たちで構成された。これが積み上がった流動体の「海」である。パリ解放の新たな熱気に向かい、多くの人が運命の「小舟」を曳いて駆け付けたのである。

「血が流れた、青鬚《ひげ》公の家で、——屠殺場で、——円形闘技場で。それらの場所では神の印が窓をほの白く照らした。血と乳が流れた」は、コミューン壊滅の文脈である。シャルル・ペローの『ペロー童話集』は、「赤ずきんちゃん」などがあり著名なもの。そこに「青ひげ」の話がある。王侯・貴族ほどの金持ちだが、若い娘を娶っては次々に殺す。娘たちは金品に眼が眩《くら》んではならないとの教訓話である。「青鬚公」は人殺しの代名詞として使われている。ティエール大統領の支配下となるパリのいろいろなところで惨殺があった、のである。ティエールがヴェルサイユ宮殿に政府・軍隊を置いて、コミューン支配のパリを包囲したとき、「パリの無頼漢どもは五万人も片付ければけりがつく」と豪語した。抗戦した者は皆殺し。捕虜も相当の数が虐殺された。「屠殺場で、円形競技場で」は、リアルを装う幻術である。
「それらの場所」とは惨殺された場所である。「神の印」につき中地は、『「ヨハネ福音書」第七章に、虹は救済に関する神の保証の象徴であり、ランボーの表現もそこからきていると思われる』と解説。粟津・斎藤も「虹と解すべきだろう」である。キリスト教を強烈に否定したランボーに「神の保証の虹」などあり得ない。「窓をほの白く照らした」とは、「窓」が断ち切られた生の断面であり、ランボーを始め闘士を慕う多くの人の崇敬の念が「ほの白く照らした」のだと思う。その崇敬の念を神の恩寵のごとく「神の印」と言い切ったものと言える。

そして尊い「血と乳が流れた」となる。「尊い」の形容は詩句裏に秘められているが、はっきり読める。秘すことにより、詩に簡潔と茫洋感を持たせている。中地は「乳」は『旧約聖書』で豊穣のシンボルで、「それを破壊する人間の暴力の瀆神性を強調する」とのジュストー説を紹介している。違うだろう。始めに「血が流れた」があり、尊い「血と乳が流れた」の簡潔さが語るのは、尊い「男と女の血が流れた」と改めて言い直したもの。「乳」は女の血である。

『ビーバーが巣を築いた。「マザグラン・コーヒー」が安カフェで湯気を立てた』は、捕虜の虐待が続くパリの街の市民の景である。粟津・西条・鈴村も「ビーバー」だが、斎藤は「海狸《ビーバー》ども」と複数。castorsと複数ゆえ「海狸《ビーバー》たち」が正しい。海狸で映像も描きやすい。海狸は木を噛り倒して、川の生活の縄張りにダムを造る。市民たちは懸命になって敗戦後の生活の立て直しに励んでいたの意である。

「マザグラン・コーヒー」は、中地は「水ないしラム酒を加えて底の深いグラスで飲むコーヒー。一八四〇年のアルジェリア戦役のマザグラン攻防戦にちなむ名前」と注記している。マザグランの町の攻防戦には、ランボーの父フレデリック・ランボーも参戦している。父から名称を聞いたか、父に係わる名称に興味を持っていたかだ。具体名で読み手を惹き付け混乱させるのは、彼の幻術である。安カフェで憂さ晴らしの市民たちが、深グラスの酒入りコーヒーで活気づけをしていた景である。

「まだ水の滴る、ガラス窓のある大きな家で、喪服姿の子供たちが驚異的な絵に見入った」は、コミューン壊滅後のランボーの視点である。「まだ水の滴る」は内戦直後の意。一八七一年六～七月ごろを指す。「ガラス窓のある大きな家」は、見通しのきく情報のまだ閉ざされていないフランスの一隅で、となる。「喪服姿の子供」はランボーである。「たち」の複数はぼかし。「驚異的な絵」は、粟津が「不思議な絵」、斎藤・西条が「不思議な画像」、鈴村が「素晴らしいイマージュ」と、どれも的外れな訳。

merveilleuses には、素晴らしい、驚嘆すべき、驚くべき話、不思議な話の意がある。ランボーが郷里シャルルヴィルで知った情報は、心の打ちひしがれる無残なものばかり。だから「喪服姿」とあえて言っている。「驚異的、不思議な、素晴らしい」はともにあり得ない。「驚くべき映像」でなければならない。彼の得た情報は殆ど新聞である。作家ゾラが新聞に書いた。「パリ市内の散歩に成功した。橋の下に積み重ねられた屍体の山は残酷だ。頭や手足がばらばらになって肉塊に混じっている」、要点つまみの略文にしたが、こんな情報も流布した。捕虜の動向も知らされたであろう。そんな悔しさやり切れなさを経て、「酔いどれ船」が生まれた。

「一つの扉がぱたんと閉まり、やがて村の広場で子供が腕をぐるぐる回した。すると、いたるところの風見や鐘楼の風見鶏がその子の思いを理解して、激しい氷雨が降り出した」は、ランボーのパリ上京の文脈である。「一つの扉がぱたんと閉まり」は、コミューン壊滅によりフランス解放の夢が音を立てて閉じたことである。粟津・西条は「扉が音を立てた」、斎藤は「ひとつの扉が音を立てた」、鈴村は「ドアが鳴った」で、音の意味がまるで不明。「村の広場』は人前の意。「子供」はランボー。『腕をぐるぐる回した」は存在を示し得たこと。これはパリに出て詩人たちの前で「酔いどれ船」を朗読し、一躍一流詩人になったときのことである。

「すると、いたるところの風見や鐘楼の風見鶏がその子の思いを理解して、激しい氷雨が降り出した」が、何ともわからない。実際はランボーを理解した詩人など誰もいなかったのだから。粟津訳はもっとひどい。「村の広場では、つん裂くような烈しい雨のしたで、至るところの風見や鐘楼の鶏と一緒に、子供が腕をふりまわした」とごちゃ混ぜ。他訳も同様詩意が汲み取れない。綴りからの私の直訳を示しておく。「至るところのいくつもの鐘楼や雄鶏たち、そして風見鶏たちが、それを理解した。氷雨がひびき渡るそのもとに」となる。

「鐘楼、雄鶏、風見鶏」は併記されている。鐘を鳴らす堂の「鐘楼」はパリ詩壇であろう。「雄鶏」はパリの詩人だろう。『ゴール（ガリア）の雄鶏」の言葉があり、雄鶏はフランスの象徴である。「風見鶏」はくるくる意見の変わる人、信念のない人たちである。それらが「氷雨がひびき渡るそのもとに」理解したのである。ランボーがカルジャ刃傷事件を起こし、パリ詩壇から追放されて「氷雨」の下の身となったのは事実である。一躍一流詩人にのし上げられたが、「あいつはあんな奴だ」と彼らに「理解」されたのである。これで文脈が通る。

「×××夫人がアルプス山脈にピアノを据えた。大聖堂の十万の祭壇で、ミサと初聖体の拝領式が執り行われた」とは？　粟津・西条は「何とか夫人」、斎藤は「＊＊＊夫人」、鈴村は「マダム＊＊＊」。この伏せ字は『ペロー童話集』の「グリゼリディス」にある「＊＊嬢へ」の手法を真似たものと言える。不特定多数の娘さんへの意のもの。「×××夫人」がアルプスにピアノを据えるなどあり得ぬこと。だが主語は女性である。コミューンにからむ際立った女性とは？　と考えて気付いた。女王パリだ！　そう思ったとき難解な暗喩がするり解けた。

パリには「女王パリ、花の都パリ」の愛称がある。ランボーは「マダム・パリ」と言い替え、「パリ」を伏せた。後は譬え話である。マダム・パリよ、あなたは「アルプス山中にピアノを据える」ほどの実現しがたいことをしてくれた。パリ・コミューンをブルジョアのはびこる街に実現してくれたことである、となる。ゆえに「夫人」は不適。「山脈」も不適である。

パリに「十万の祭壇」はあり得まい。加えて「初聖体拝領式」も奇妙だ。premieres は最初の意。「最初の」となれば、「聖体拝領式」は偽装ということになる。西条は「十数万」、斎藤は「幾十万」、鈴村は「数十万」、粟津は「数知れぬ」とフランス全土に及ぶ数。「十万ほど」

の含み数と考えれば、蜂起したコミューンの数になるだろう。ティエールは「五万人ほど殺せば」と言った。それが半数の見当なら該当する。カトリックの祭壇での儀式は見せかけ。コミューンのパンとぶどう酒（ミサ）が配られ、パリ解放という初の思想（聖体）拝領が、十万余の闘士の間で交わされたことを讃えたものだ。パリとコミューンのランボーの想念の文脈。

「隊商が出発した。氷河と夜に覆われた極地の混沌のなかに、〈スプレンディット・ホテル〉が建てられた」とは？　前段落をコミューンの儀式と見立てて読めてくるもの。「隊商」とは「思想」である。迫害を受けながらも社会主義思想は、「氷河と夜」の見通しのきかぬ厳しい環境の中でも、「スプレンディット（豪華な）・ホテル」人間が解放される見事な社会を築こうと努めて行くだろう、との意である。「建てられた」の言い切りは願望。社会主義思想に対する思いも純粋な願望であった。まだこの思想の相対的停滞や歪みを知らない。

「以来〈月〉は聞いた、タイムの荒野でジャッカルがかぼそく啼くのを、――そして果樹園で木靴を履いた牧歌が唸るのを。それから、芽吹きはじめた紫色の樹林で、ユーカリスがぼくに春だと告げた」とは？　ここから現実に戻る文脈。「月」は鳥瞰的第三者の位相であり、ランボーの客観的耳目である。「タイム」はタチジャコウソウとも言い、芳香成分のある小低木。芳香のある土地だが心の荒《す》さむ「荒野のジャッカル」とは、亡命者たちのことだ。ベルギーでもロンドンでもその人たちと会い、話を聞いた。「かぼそく啼く piaulant」は「ぴいぴい鳴く」が辞典。ジャッカルがぴいぴい鳴くのは、立ち向かう力のない怒りや嘆きであろう。

「果樹園」は「荒野」に対する平穏な場の含み。「木靴」はランボーの暗喩。パリ上京までランボーは木靴を履いた生活だった。平穏な場で木靴の詩人がぶつぶつ呟くのを、となる。grognant は、ぶつぶつ言う意で、「唸る」ではない。「月」は二つの不平を耳にしていたのだ。

「芽吹きはじめた紫色の樹林」は、目覚め始めたまだ見通しのきかない紫色の社会の暗喩と思われる。「ユーカリス」を、中地・粟津・斎藤ともに中世作家「フェヌロンの『テレマックの冒険』に登場するニンフの名」と注記。海外説の紹介だが、違う。「ユーカリス」はギリシア語で、アマゾンユリのこと。ヒガンバナ科で、下向き大輪の白い花を夏に咲かせる。夏花が「春だと告げる」のは、大洪水後の暗い社会に、それでも解放の春は近いとの予感だが、これはランボーの思い込み。でも一一年後の一八八四年にフランスで『労働組合法』の成立をみた。

「――湧き上がれ、池よ、――〈泡〉よ、橋の上を、そして林を越えて、逆巻け、――黒い覆いよ、オルガンよ、――稲妻よ、高まり轟け、――水よ、悲しみよ、そして、また大洪水を起こしてくれ」とは、革命願望である。言葉を短く千切り、洪水の荒々しさを視覚化している。注目すべきは「黒い覆い」が社会を覆う暗い政治、「オルガン orgues」は辞典にパイプオルガンの意とある。s付きゆえ複数。これは教会の暗喩となる。普通のオルガンは harmonium とある。暗い政治や人間抑圧の宗教をぶち壊したいのが、ランボーの大洪水再来願望だった。

「それというのも、あれが引いてしまってからこの方、――ああ、埋もれゆく宝石たち、そして開いた花たち！ ――退屈なのだ！ それにあの〈女王〉、陶製の壺の燠《おき》を掻き立てている〈魔女〉は、自分が知っていてぼくらの知らないことを、けっしてぼくらに語ってくれようとはしないだろうから」とは、洪水願望の理由と愚痴である。

コミューン参加の闘士は、ランボーにとって「宝石」である。目覚めた女性たちもまばゆい「花」だ。身を隠した闘士たちよ、花たちよ、コミューン革命が潰された後は、どうしたらよいか身を持て余しているのだ。それに革命を見詰めていた〈女王パリ〉も、法と秩序に逆らう〈魔女〉も、経緯を精しく知っていながら、われわれには教えてくれそうもないから、である。無いものねだりでもある。

粟津・斎藤は「〈魔女〉はランボーの母親を象徴しているのかも知れない」と海外説を紹介し、中地は『「魔女」は詩人を無知と無力へと追いやる暗い池の水と重なる。「見者」としての詩人の役割は、「魔女」が虜にしている「光」を世界のために取り戻すことである』と書いている。見当違いも甚だしい。「魔女」は、悪魔と通じキリスト教の異端とされた存在である。『地獄の一季節』の「序詩」にも、「魔女たちよ、……ぼくの宝物が託されたのは！」と使われている。社会から排除された存在は、ランボーの思いを託す対象であった。

2　子供のころ

I

この偶像、黒い目と黄色のたてがみ、近親も取り巻きもなく、神話よりも高貴な、メキシコとフランドルの混血、その領地は、並はずれて色鮮やかな蒼空と緑野、船も浮かべない波たちに、荒々しい響きのするギリシア、スラヴ、ケルトの名をつけられた浜辺から浜辺へと及ぶ。

森のはずれで──夢の花々が鳴り、炸裂し、光っている、──オレンジの唇をした少女が、草原から湧き出る澄んだ水のなかに膝を組み、虹、草木、海が、翳《かげ》を投げ、横切り、服を着せる裸体。

海の近くのテラスをぐるぐる回る婦人たち、子供じみた女たちや大女たち、緑青色の苔のなかのすばらしい黒人女たち、繁みや雪解けの小庭のぬかるんだ地面に立った宝石たち──まなざしに聖地詣の思いがこもる若い母親たちや大柄な姉妹たち、トルコ皇帝の妃たち、ふるまいも衣装も横柄な王女たち、小柄な異国女たち、それに穏やかななかに不幸の翳を宿した女たち。

なんて退屈なんだ、「いとしい体」と「いとしい心」の時は。

Ⅱ

あの娘だ、薔薇《バラ》の茂みのむこうにいるのは、死んだあの娘だ。——他界したうら若い母親が玄関先の階段を下りてくる——従兄の馬車が砂の上で軋んでいる——弟が——（インドにいるんだ！）あそこ、夕日を背に受けて、マリーゴールドの野原に。——埋葬された老人たちはニオイアラセイトウの咲く城砦にまっすぐに立って。

蜂のように群れなす金色の葉むらが将軍の家を取り巻いている。一家は南仏にいる。——赤い街道をたどってゆくと人けのない宿屋に着く。城は売りに出されていて、鎧戸がはずしてある。——司祭は教会の鍵を持って行ってしまったのだろう。——公園の周囲の番人小屋には人が住んでいない。柵が高いのでざわめく梢しか見えない。それに、なかには見るべきものはない。

牧場を上ったところにあるどの部落でも、鶏の鳴き声も鉄敷《かなしき》の音も聞こえない。水門は開けてある。おお路傍十字架と砂漠の風車、島々と山なす干し草。

魔法の花々がぶんぶん唸っていた。斜面が彼を揺すっていた。想像を絶するほどに優美な動物たちが徘徊していた。永遠の熱い涙でできた沖合に黒雲が群がっていた。

Ⅲ

林には一羽の鳥がいて、その歌は人の足を止め、顔を赤らめさせる。

時を打たない時計がある。

白い動物が巣を作った窪地がある。

降りてくる大聖堂と上がってゆく湖がある。

雑木林のなかに乗り捨てられた、またはリボン飾りをつけて山道を駆け下りてくる、小さな四輪馬車がある。

林が途切れた先の街道に垣間見える、衣装を付けた幼い役者たちの一座がある。

最後は、人が空腹で渇きを覚えているときに、追い払うだれかがいる。

Ⅳ

ぼくはテラスで祈りをあげている聖人だ、——おとなしい動物たちがパレスチナの海まで草を食んでゆくように。

ぼくはくすんだ色の肘掛け椅子に座った学者だ。木の枝と雨が書庫の窓ガラスを叩いている。

ぼくはちっぽけな木の生えた林を貫く広い街道を歩く人、水門のざわめきがぼくの足音をかき消してしまう。夕日のもの寂しい金色の灰汁《あく》を、ぼくは長いこと眺めている。

ぼくはまさに、はるか沖合に突き出した防波堤の上に置き去りにされた子供なのかもしれない、その突端が空まで届いている並木道をゆく幼い召使なのかもしれない。

山道は起伏が激しい。丘はエニシダで覆われている。空気は淀んでいる。鳥たちも泉もなんと遠いのか！　このまま行けば、行き着く先はこの世の果てしかありえない。

V

だから早く、漆喰で塗り固めた、セメントのラインが浮き出たあの墓を——地下のとても深いところだ——どうかぼくに貸してくれ。

ぼくはテーブルに肘をつき、ランプの明かりは、ぼくが馬鹿みたいに何度も読むこれらの新聞、これらのつまらない本を、とても強く照らすのだ。

ぼくの地下のサロンのはるか上方に、家々が根を下ろし、もやが立ち込めている。泥は赤く、また黒い。怪物的な都会、果てしない夜！

もっと低いところには、下水道がある。両側は、地球の厚みばかり。もしかしたら紺碧の淵や、火の井戸があるのかも。月と彗星が、海と寓話が出くわすのは、あるいはあの辺りか。

苦い思いにとらわれるとき、ぼくはサファイヤの玉、金属の玉を心に描く。ぼくは沈黙の支配者だ。どうして、換気口めいたものが、丸天井の片隅でほの白く光ったりするはずがあるだろう？

題が内容を把握していないケースが幾つもある。この詩も、粟津則雄訳は「少年の日」、斎藤正二訳は「幼年時代」、西条八十訳は「幼き頃」、鈴村和成訳は「少年時」と異なる。詩は「見者の手紙」を書いた満一六歳ごろのことゆえ、「子供のころ、幼年時代、幼き頃」は該当しない。原題Enfance《アンファンス》は、幼年期、少年期の意。「少年期」が妥当となる。

中地義和は『「子供のころ」というきわめて暗示性に富むタイトルにゆるやかに包括されるような詩的ヴィジョンが、五つの違う角度から提示されていると言うべきだろう。……詳しく見れば、自己超脱（Ⅰ）、メランコリーないし不安（Ⅱ、Ⅳ）、排除される感覚（Ⅲ）、閉塞願望（Ⅴ）といった否定的な衝動が全体を底流していることも事実である』と解説している。斎藤正二は「この詩は、大体がランボー自身の回想の断片から成り立っている。ランボーの幻想には、意識下にわだかまっている過去の回想や行為や読書などが自然に湧出して来るような要素が多い」と概括している。

ランボーは三度目の出奔で普仏戦争の『講和予備協定』締結直後のパリに行き、ドイツ軍のパリ入城後、二〇〇キロを六日かけて徒歩で帰郷。その八日後にパリ・コミューンの蜂起があり、欣喜雀躍した彼の内部に「他者」と呼ぶ者が生じた。心理学者ユングの言う「集合的無意識」からの憑依現象である。その「内なる他者」のずば抜けた創造力により「酔いどれ船」を書き、パリで一躍一流詩人にのし上がって行った。「内なる他者」の叡知は、ユングは「集合的無意識にひそむ太古の時代からの記憶という潜在能力である」と説明している。ランボーのこの詩は、ユング以前にその現象を語っている詩である。

詩集名『イリュミナシオン』自体が「霊感、ひらめき」の意。辞典に明記されている。「内なる他者」が読めなければ、中地のような瑣末な分析で詩の尻尾をつかまえた気になる。この詩は「大洪水のあとで」と同時期の作。見者の道に踏み出した昂揚期のものである。解読に入る。錯乱的幻想に満ちており、Ⅰ節Ⅱ節は文脈も見えず、推測のスプーンでしか掬えぬ箇所もあるが、極力要点を抉り全容に迫ってみる。

Ⅰ節。「この偶像、黒い目と黄色のたてがみ、近親も取り巻きもなく、神話よりも高貴な、メキシコとフランドルの混血、その領地は、並はずれて色鮮やかな蒼空と緑野、船も浮かべない波たちに、荒々しい響きのするギリシア、スラヴ、ケルトの名をつけられた浜辺から浜辺へと及ぶ」とは？　これはランボーに憑依した「内なる他者」の映像と来歴である。ランボー自身は青い眼だ。黒い目、黄色いたてがみとは、直進力のある馬なみの映像を示している。近親者もへつらう取り巻きもなく、「神話よりも高貴な」はfable《ファブル》ゆえ「寓話よりも高貴な」が正しい。寓話のような架空の存在ではないの含みと思われる。「メキシコとフランドルの混血」の具体名は、ランボーの幻術である。遠い昔からの混血を引き継いできた者の意である。その領地は「並はずれた」はinsolents《アンソラン》ゆえ「これ見よがしの」のほうが妥当。青い空と緑、船影もまだない波また波を通って、「荒々しい」はférocement《フェロスマン》ゆえ「残忍な」である。ギリシア、スラヴ、ケルトの浜辺から浜辺に及ぶ、となる、主なヨーロッパ族が「残忍」と括られ、「内なる他者」はそのような源流からきたと主張している。

「森のはずれで——夢の花々が鳴り、炸裂し、光っている、——オレンジの唇をした少女が、草原から湧き出る澄んだ水のなかに膝を組み、虹、草木、海が、翳を投げ、横切り、服を着せる裸体」とは？　おそらく「内なる他者」の源流の地の一光景と思われる。幻想ゆえ解読できるものではない。夢の花々が花火のように炸裂する森の外れで、草原の泉に体を浸す少女の裸体に、虹・草木・海の恵みが抱き締めるように自然の服を着せる。超幻想ロマンである。

『海の近くのテラスをぐるぐる回る婦人たち、子供じみた女たちや大女たち、緑青色の苔のなかのすばらしい黒人女たち、繁みや雪解けの小庭のぬかるんだ地面に立った宝石たち——まなざしに聖地詣の思いがこもる若い母親たちや大柄な姉妹たち、トルコ皇帝の妃たち、ふるまいも衣装も横柄な王女たち、小柄な異国女たち、それに穏やかなかに不幸の翳を宿した女たち。／なんて退屈なんだ、「いとしい体」と「いとしい心」の時は』とは？　「それに比べ」の言葉が、この段落の始めに隠されている。「いとしい体よ、いとしい心よ」と持てはやされるこの世の女たちの、なんと退屈なことよ！　といろいろな女性を列挙している。「すばらしい黒人女」の評価は、本能にけれんみのない直截性と積極性を讃えてのものだろう。ボードレールの愛した黒白混血のジャンヌ・デュヴァルの印象が絡むものか。Ⅰ節にランボーの映像は何もない。

Ⅱ節。「あの娘だ、薔薇《バラ》の茂みのむこうにいるのは、死んだあの娘だ。――他界したうら若い母親が玄関先の階段を下りてくる――従兄の馬車が砂の上で軋んでいる――弟が――（インドにいるんだ！）あそこ、夕日を背に受けて、マリーゴールドの野原に。――埋葬された老人たちはニオイアラセイトウの咲く城砦にまっすぐに立って」とは？　ランボーは五人兄弟。兄フレデリックは勘当され、妹の長女ヴィタリーは生まれて間もなく死去。次女ヴィタリーも一六歳で病死。三女イザベルがランボーを看取ることになる。「死んだあの娘」は長女ヴィタリーを指すだろう、と伝記作家ピエール・プチフィスは書いている。ならばⅡ節はランボーの映像か、というとそうはいかない。後はすべて幻想である。

一八七一年八月、ドメニー宛の手紙に、「動物学の原理も教えられていないために、五つの翼のある鳥を子供が欲しがったからと言って、何だって叱りつけるのですか？　その気になれば、六つの尾があったり、三つの嘴のあったりする鳥だっていると信じ込ませることもできるのですよ！」と書いている。フィクションの実在性宣言であった。Ⅱ節の映像はまさにフィクションの実在性を誇示するもののように見える。「内なる他者」の幻想世界である。

　中地の「従兄の馬車」は、粟津・斎藤・西条が「いとこの四輪馬車」、鈴村が「従弟の四輪馬車」である。cousin《クウザン》は、いとこ、従兄弟の意。calèche《カレエシュ》は、軽四輪馬車の意。中地の「マリーゴールド」はインド・ナデシコで、「インドにいる弟」に合わせている。粟津・斎藤は「石竹」で、カラー・ナデシコの中国産。鈴村は単に「撫子《なでしこ》」。各自思い込み訳である。œillets《ウイエ》は、カーネーション（ナデシコ科）の意。

　死んだあの娘はバラの彼方に。亡き若い母親、難儀している四輪馬車の従兄弟《いとこ》、インドに行った弟らは、夕日を背にカーネーションの原野に。埋葬ずみの老人は城砦前のニオイアラセイトウの中に。ニオイアラセイトウは、英名「ウオールフラワー（壁の花）」で、城壁前などに生える。花を巡る映像だが、暗示するものは読めない。

「蜂のように群れなす金色の葉むらが将軍の家を取り巻いている。一家は南仏にいる。――赤い街道をたどってゆくと人気のない宿屋に着く。城は売りに出されていて、鎧戸がはずしてある。――司祭は教会の鍵を持って行ってしまったのだろう。――公園の周囲の番人小屋には人が住んでいない。柵が高いのでざわめく梢しか見えない。それに、なかには見るべきものはない」とは？　なんの関係もない光景の羅列。フィクションの実在性のみ。不在の将軍の家、不在の宿屋、売出し中の城、鍵のない教会、不在の番人小屋、見るものもない公園、と「無」がすべて。何を言いたいものか？

中地の「公園の周囲の番人小屋」は、粟津・斎藤は「猟場のまわりの監視人小屋」、鈴村は「庭園のまわりの門番小屋」である。原文Parc《パーク》は、公園、庭園、牧養場の意。公園は自由空間、庭園は私的空間。loges《ロジェ》は、管理人室、受付の複数の意。「庭園のまわりの管理人所」でなければ、中を覗けぬ文につながらない。「猟場」は論外である。

「牧場を上ったところにあるどの部落でも、鶏の鳴き声も鉄敷《かなしき》の音も聞こえない。水門は開けてある。おお路傍十字架と砂漠の風車、島々と山なす干し草」とは？ 牧場の上の鶏の声も鍛冶屋の音も聞こえぬ部落、水門は開けっ放し、狩り取った干し草の山だけがある部落。ここも無。人の気配の後だけがある。「おお路傍十字架」は文の流れにそぐわない。原文はÔ les《オレ》 Calvaires《カルヴェル》で、まず「おお」の感嘆詞があり、定冠詞複数の「あの」があり、大文字で始まるのは「カルヴァリオの丘」と辞典にある。これはキリスト磔刑地のことで、長い苦難の意も加味されているようでもある。「路傍十字架」では、感嘆詞も「あの」もあり得ない。「砂漠の風車」も怪しい。鈴村も同じ訳。粟津・斎藤は「曠野の風車」。désert《デゼル》は、無人の、寂しい、砂漠の意。moulins《ムウラン》は、製粉機、風車、水車の意。「無人の水車」だろう。ランボーの住んだアパートの裏のムーズ川の中洲に、大きな水車の製粉所があったとの証言がある。

「魔法の花々がぶんぶん唸っていた。斜面が彼を揺すっていた。想像を絶するほどに優美な動物たちが徘徊していた。永遠の熱い涙でできた沖合に黒雲が群がっていた」とは？ 最後の段落にきて動的映像に切り替わる。「斜面talus《タリュ》」は土手、勾配の意もあるが、ランボーの脳裡の映写膜である。それが「彼を揺する」とは？「内なる他者」が繰り出す魔法の映像が彼を翻弄することだろう。まだ想像も出来ない優雅な動物たちも映写膜を徘徊している。それほど強い幻想力を「他者」から与えられていたのだ。「永遠の熱い涙でできた沖合」とは、「見者」を目指す苦闘の涙の続く未来となる。そこには妨害の「黒雲が群がって」いるのである。

前段落まで脈絡もなく次々に繰り出された無人の映像は、「内なる他者」の経てきた道の一部を語るものとも思われる。Ⅱ節は「内なる他者」の回想と、魔法の花々を授かったランボーの「見者」への覚醒であった。中地は「自らの確固たる視野のなかに世界を把握するどころか、逆に世界から揺すられ浮遊している子供は、自己同一性の喪失と世界のなかへの埋没の危機にさらされている」と、愚かな解説をしている。活気ある映像が何も読めていない。

Ⅲ節。「林には一羽の鳥がいて、その歌は人の足を止め、顔を赤らめさせる。／時を打たない時計がある。／白い動物が巣を作った窪地がある。／降りてくる大聖堂と上がってゆく湖がある」とは？　ここからランボー自身の回想に入っている。「一羽の鳥」はランボー。彼の詩の直截な猥せつさは、師イザンバールもあきれていた。中学の仲間には猥談をしては酒を奢って貰ってもいた。「時を打たない時計」は、毀れた時計ではない。時の経過を待てない逸った思いが自分の中にあることだ。それほど「見者」を目指す意志が急を告げていた。この詩句に多くの人が感動しながら、誰もわからなかった。「白い動物」は、ランボーに住み着いた「内なる他者」のこと。彼の心に「窪地」を作り、そこが「他者」の寝ぐらさと言うのだ。「降りてくる大聖堂と上がっていく湖」は、彼の念ずる下克上である。人を救済すると言いながら、権力の次に威を張るキリスト教への拒否と、社会主義思想および労働者の昂揚である。

「雑木林のなかに乗り捨てられた、またはリボン飾りをつけて山道を駆け下りてくる、小さな四輪馬車がある。／林が途切れた先の街道に垣間見える、衣装を付けた幼い役者たちの一座がある。／最後は、人が空腹で渇きを覚えているときに、追い払うだれかがいる」とは？

「乗り捨てられた」は軍人の父に見捨てられた母子家庭のランボー一家のこと。「リボン飾りの小さな四輪馬車」の言い替えも、生活が難儀だった一家の暗示である。「林が途切れた先の街道」は、生活圏からはみ出した尋常ではない道である。アルバイトをしてでもパリへ出て……と思い詰めていたことが、ヴェルレーヌの支援を得て詩人の道を進むことになった。「幼い役者」はランボーである。「たちの一座」はカムフラージュ。ヴェルレーヌも含めてはいまい。「最後は」の詩句は明解に一人。おれが詩に飢えているときに、パリの詩人たちはおれを追い出したのだ、と言っている。Ⅲ節は見者になりたい一心の彼が、パリに出て追放されるまで。

Ⅳ節。「ぼくはテラスで祈りをあげている聖人だ、——おとなしい動物たちがパレスチナの海まで草を食んでゆくように。／ぼくはくすんだ色の肘掛け椅子に座った学者だ。木の枝と雨が書庫の窓ガラスを叩いている。／ぼくはちっぽけな木の生えた林を貫く広い街道を歩く人、水門のざわめきがぼくの足音をかき消してしまう。夕日のもの寂しい金色の灰汁《あく》を、ぼくは長いこと眺めている」とは？　顕在化したり潜在化したりする「内なる他者」のまずは独り言である。「テラスで祈りをあげている聖者」とは、この世に張り出し（テラス）てきて人類の祝福を祈る聖者だ、と言うのだ。「パレスチナの海まで」は、平穏を望む者が問題のある地に足を運ぶようにとなる。パレスチナはユダヤが追放された紛糾の地である。

「くすんだ色の肘掛け椅子に座った学者」とは、恵まれない環境に腰を下ろした学者だとなる。「他者」が巣くった少年ランボーは勝気で才能豊かだったが、母子家庭の文無しで助平で盗癖（本をよく盗んだ）もあり、くすんだ存在だった。「他者」はぽんと叩けば交響曲が鳴り出す博学である。「枝と雨が書庫の窓ガラスを叩く」とは、「他者」にとって「窓ガラス」であるランボーが、他人に批難・迫害される現象を指している。「ちっぽけな木の生えた林を貫く広い街道を歩く人」は、ちゃちなパリ詩人の形成する林を貫く詩の街道を歩き抜く者だ、である。「他者」の自負心。その傲慢な姿勢に詩人たちがいろいろけちを付けた。それら「水門のざわめき」により、詩人としての存在を掻き消されたのだ。

次の「夕日のもの寂しい金色の灰汁《あく》を、ぼくは長いこと眺めている」とは、重要な映像だが訳からは意が読めない。粟津は「落日の流す物憂い灰汁を」、斎藤は「金の夕陽が流す憂うつな灰汁に」、西条は「夕陽の金のうら悲しい洗浄を」、鈴村は「夕陽の金のメランコリックな洗濯を」とどれもひどい。原文は、Je vois longtemps la mélancolique《メランコリック》 lessive d'or du couchant. である。私の直訳では「憂うつな夕日の黄金の灰汁《あく》を、私は長い間見詰めていた」となる。「灰汁」は水に入れた灰の上澄みゆえ、「黄金の上澄み」と読める。この暗喩に該当するのは、彼の目指す「見者の詩」以外にない。夕日のように遠い黄金の上澄みの詩を、長い間見詰めていたのである。

「ぼくはまさに、はるか沖合に突き出した防波堤の上に置き去りにされた子供なのかもしれない、その突端が空まで届いている並木道をゆく幼い召使なのかもしれない。／山道は起伏が激しい。丘はエニシダで覆われている。空気は淀んでいる。鳥たちも泉もなんと遠いのか！このまま行けば、行き着く先はこの世の果てしかありえない」とは？　ここからランボーのセリフに変わっている。パリ詩壇から排除された彼は、まさに突堤に捨てられた子供だった。突堤が空まで続く幻の道は、天の創造者に通じる道。自分はその召使なのかもの思いがよぎる。

「山道」は見者への道、凹凸の多い難路。平易な「丘」は平易な詩人で一杯だ、と唾棄している。「エニシダ」は、葉より大きな黄色い花をたくさん付けるマメ科の落葉低木。蜂が花に止まると、長い雄しべが巻きつき花粉を付ける特性がある。詩の道の空気は淀んでいる。さわやかな鳥も鳴かず、きれいな泉もまだ遥かだ。このままではこの世の果てまで行かねばならない、と慨嘆している。Ⅳ節は「他者」とランボーそれぞれの現状認識であった。

Ⅴ節。「だから早く、漆喰で塗り固めた、セメントのラインが浮き出たあの墓を——地下のとても深いところだ——どうかぼくに貸してくれ」とは、大変な詩句である。中地は『冒頭の「だから早く」は、Ⅰ～Ⅳ全体の展開を踏まえての、直接にはⅣ末尾における自己喪失の不安への反動としての、自己保存の衝動を示す。……そこから威嚇的外部との交渉を一切絶つために、「地下の墓＝サロン」への閉塞を願う衝動が生まれる』と解説している。

「だから早く」はⅣ節の末尾を踏まえたもの。自己喪失の不安でも閉塞願望でもない。「内なる他者」にお前の根拠地を貸してくれの懇請であり、「他者」をもっと知りたい思いの衝動であった。ユングが無意識による創造は、集合的無意識にひそむ大昔からの記憶という潜在能力だと言ってることは先述した。ランボーはユングより五〇年も早く、深層無意識の「他者」の存在に気付いていたのである。「漆喰で固めセメント・ラインの浮き出た」とは、土蔵などのなまこ壁を思わせる。それほど内部の見えぬ堅固な「あの墓」は、「地下のとても深い」も加わって、深層無意識の暗喩であるとわかる。そこから出現する「他者」は、顕在化し潜在化する気まぐれであった。だからお前の寝ぐらを貸してくれのランボーの思いとなった。このことだけでも、文学史上の画期的な出来事であった。

「ぼくはテーブルに肘をつき、ランプの明かりは、ぼくが馬鹿みたいに何度も読むこれらの新聞、これらのつまらない本を、とても強く照らすのだ。／ぼくの地下のサロンのはるか上方に、家々が根を下ろし、もやが立ち込めている。泥は赤く、また黒い。怪物的な都会、果てしない夜！」とは？　ランボーが自分の深層無意識の中に潜入した情景である。出来るわけはないが、潜入したつもりで展開される。「集合的無意識」の言葉はまだないので、深層無意識としておく。つまらぬ新聞や本は、ランボーの情報だろう。「内なる他者」は姿も声もなく、〈お前の掻き集めたものはそんなものか〉と、まずランプの強い明かりで批判されている。

深層無意識の「サロン」から地上（意識世界）を見上げれば、家々が野菜のように根を下ろして大地にしがみつき、どこに向かって生きているのか不明のままの靄《もや》が立ち込めている。赤くまた黒い「泥」とは、欲望の見事な暗喩。次の詩句との関連でわかる。「怪物的な都会、果てしない夜！」は、貪欲が地上に渦巻いているさまだ。ブルジョア社会への彼の不信であった。

「もっと低いところには、下水道がある。両側は、地球の厚みばかり。もしかしたら紺碧の淵や、火の井戸があるのかも。月と彗星が、海と寓話が出くわすのは、あるいはあの辺りか」とは？　驚き入った象徴。さりげない表現にとてつもない描写。「地球の厚み」に挟まれた「下水道」とは、人間の歴史だ。深層無意識の叡知は、人間の歴史を流れてきたものだと言っていることになる。ユングは、集合的無意識にあるのは太古からの人類の叡知だと言っている。まさにユング説を保証する凄い詩句である。

ひょっとすると「紺碧の淵や、火の井戸があるのかも」とは、海と火山である。海や火山による陸地の造形変化となれば、地球の歴史となる。哺乳類まで遡れるものか？　と首を傾げた。「月と彗星が、海と寓話が出くわす」は、思わぬものが遭遇することの譬えである。その遭遇は「あの辺りか」は、人間の歴史の文字もない初期ごろになるか、と言ってるのだと思われる。神話などはそうした中から形成されてきたと言える。

「苦い思いにとらわれるとき、ぼくはサファイアの玉、金属の玉を心に描く。ぼくは沈黙の支配者だ。どうして、換気口めいたものが、丸天井の片隅でほの白く光ったりするはずがあるだろう？」とは？「苦い思い」は、パリ詩人たちに揶揄《やゆ》され迫害されたことである。自分は青玉や金属の宝石のように、稀な存在だと自負することにした。私は沈黙で答えてきた沈黙の支配者だ。まさにカルジャ刃傷事件の後はそれを通してきた。どうして風が出入りする程度の「換気口」めいた存在が、この世（丸天井）の一隅で、私の助けになる可能性（ほの白く光る）などあるだろうか？ある筈がない、私は私で進むしかない、の詩句が秘められて続く。

V節は「内なる他者」が深層無意識に拠点を置くものであることを語り、その叡知は人間の歴史の初期から流れ重なってきたものであることを告げている。人類の魂の乗り移ったようなこの私を、理解し助けてくれる人などは誰もいまい、と括っている。「換気口めいたもの」など何ともうまい、さりげない暗喩を繰り出すものである。

見者を目指す詩の始めに「大洪水のあとで」を書き、パリ・コミューンと自分の係わりの深さを示した。次いで「子供のころ」で、自分を駆り立ててきた「内なる他者」との二重存在を明かしたのは順当な推移である。彼の行動や手紙でわからぬことが、詩の中に一杯詰め込まれている。詩に潜入しない限り、ランボーを理解することは不可能だ。だから天才と持てはやされながらも、一世紀半を経ても彼の詩は謎のまま、文学の一隅で埃をかぶってきた。今こそ埃を払い、暗喩のきらめきを闊歩させてやりたい。

3　おはなし

一人の〈君主〉が、それまでひたすらありきたりの寛容の練磨に勤《いそ》しんできたことに、苛立たしい思いをしていました。彼は愛の驚くべき革命を予想していました。自分の女たちには、天国の話とか贅沢《ぜいたく》とかで色付けされた追従よりもましなことができるのではないかと思っていました。彼は真実が、本質的な欲望と満足の時が見たかったのです。敬神の道に外れても外れなくても、彼は望んだのです。彼には少なくとも人の世でのかなり大きな力がありました。

彼を知ったすべての女は惨殺されました。美の花園の何という蹂躙《じゅうりん》でしょう！　剣の下で女たちは彼を祝福しました。彼は新しい女を命じたりはしませんでした。――女たちはふたたび現れました。

狩りや酒盛りのあと、彼はお付きの者たちを一人残らず殺しました。――一人残らず彼に付いてきました。

彼は高価な動物たちの喉《のど》を切って楽しみました。宮殿を炎高く燃やしました。人々に襲いかかってはずたずたに引き裂くのでした。――群衆や黄金の屋根や美しい獣たちは、それでもなお存在していました。

人は、破壊のなかで酔い痴れ、残酷によって若返ることができるのでしょうか！　民衆は不平を洩らしませんでした。誰も進言する者はいませんでした。

ある晩、彼は誇らかに馬を駆っていました。何とも言いようのないほどに、口にするのもはばかられるほどに美しい、一人の〈精霊〉が現れました。その容貌、その物腰からは、多様で複雑な愛の約束が、言いようもない、いや耐えがたいほどの幸福の約束が現れ出ていました！〈君主〉と〈精霊〉は、おそらくは、本質的な健康のうちに消え失せました。これで二人が死ななかったことなどどうしてありえましょう？　だから二人はいっしょに死んだのです。

けれどもこの〈君主〉は、その宮殿で尋常の年齢で死去しました。君主は〈精霊〉でした。〈精霊〉は〈君主〉でした。

巧みな音楽が、われわれの欲望には欠けている。


中地義和訳のみ「おはなし」、粟津則雄・斎藤正二・鈴村和成の訳は原題と同じ「コント」、西条八十は「小話」である。コントは、短い話にひねりをきかせ機知に富んだ結末のある作品のこと。詩はまさにひねった話で、「おはなし」などの悠長なものではない。訳の独自性を誇示したいあまりの逸脱である。なんとも奇妙な詩。表面はわかるが、どこに解明の糸口があるか見えず時間が流れ、ある日ふと暗喩が解けた。

中地は「君主」、粟津・斎藤・鈴村は「王子」。prince《プリンス》は、君主、帝王、王子、大公の意。一段落末尾に「人の世での大きな力がありました」とあるから、「君主」が妥当である。粟津・斎藤は「聖ジュリアンの物語との相似は一読して明らかであるが、王子をヴェルレーヌ、守護神（精霊）をランボーととる説もある」と注記している。

鈴村は『ランボーの精霊がすぐれてランボー的でありうるのは、それが詩人の精霊であると同時に、それ以上に詩を放棄する精霊であるからだ。詩を捨て去る精霊が詩人の精霊につきそっていたのだ。「王子が精霊《であった》のだが、そうであることをやめたのである」というシュザンヌ・ベルナールの解釈は、ランボーにおいて同時に進行する詩の生成と詩の放棄という二重の運動を認めないで、ただ単に「詩人の精霊」という一面的な「偶像」を神話の中に彫り込む批評といえないだろうか？』と解説し批評している。なんのことはない。ランボーの幻術に振り回された、わかったつもりの文でしかない。

中地は『おとぎ話の構成と語り口を模し、物語的性格の強いこの詩の魅力は、いうまでもなく〈君主〉が体験した二重の死の謎にある。〈精霊〉とともに「本質的な健康のうちに消え失せ」たはずの〈君主〉が、「その宮殿で尋常な年齢で亡くな」ったというのはいかなることか。詩は、〈君主〉と〈精霊〉の遭遇というできごとを語る第六節を核にして、⑴「できごと以前」（第一～第五節）、⑵「できごと」（第六節）、⑶「できごと以後」（第七節）、⑷物語の展開の外に位置する話者のコメント（第八節）の四部から成る』と解説し、以下こまごま説明している。最後に「最後の一文（第八節）は、ラ・フォンテーヌの『寓話』やペローの『童話集』に見られるような教訓を模している」と書いている。

君主と精霊の出会いが核でもなく、四部構成も的外れな分類だが、「ペローの『童話集』に見られる教訓」には〈そうだ！〉と思った。栗津紹介の「聖ジュリアンの話」は知らないが、『ペローの童話集』は「大洪水のあとで」の折に読んだばかり。「青ひげ」と「グリゼリディス」の話がミックスされているコントだ、とひらめいた。「大洪水のあとで」でパリ・コミューンを書き、「子供のころ」で内部に出現した「他者」と自分の少年時代を書き、ここでは既成価値の否定であった。「見者の手紙」には、「あらゆる形態の愛や、苦悩や、狂気、彼は自分自身を探求し、自らのうちにすべての毒を汲み尽くして、その精髄のみを保持します」との言葉がある。本質的な美と価値を求めようとする思想である。既成価値を暗黙裡に抹殺し、稀なる遭遇を得た「内なる他者」とは、最後まで共にありたいと念ずるのがこの詩である。

まず二つの童話。「青ひげ」は、王侯・貴族なみの豪勢な生活を持つ青ひげに、物質欲に眼が眩んだ若い娘が娶られては次々に殺され、七人目が殺されようとするとき、駆けつけた娘の兄弟に青ひげが殺される話。「グリゼリディス」は、ある国に若く雄々しい大公がいて、女は不実で裏切り者だと決めつけて結婚を一切拒んできた。ある狩りのとき、大公は森に迷い込んで従者らと離れ、若い羊飼いの娘グリゼリディスと出会う。この世で見たこともない清楚な娘にひと目で虜《とりこ》になり、城に戻って結婚を告げる。妃が羊飼いの娘で、国中が驚き沸き立つ話。その後大公が妃の心を試す話など続くが、それは不要である。解読に入る。

一人の〈君主〉が寛容な精神で諸事に励んできたが、苛立たしい思いもしていた。「彼は愛の驚くべき革命を予想していました。自分の女たちには、天国の話とか贅沢とかで色付けされた追従よりもましなことができるのではないかと思っていました。彼は真実が、本質的な欲望と満足の時が見たかったのです。敬神の道に外れても外れなくても、彼は望んだのです。彼には少なくとも人の世でのかなり大きな力がありました」とは、話の前提であり、君主の本質を求める思いである。それは敬神の道だろうと、瀆神《とくしん》の道だろうと構わないと言う。相当の支配力のある君主であった。それは「グリゼリディス」の大公と類似している。この前提で、「予想していました」の言葉を、研究者ともども読み手は忘れてしまう。

「彼を知ったすべての女は惨殺されました。美の花園の何という蹂躙《じゅうりん》でしょう！　剣の下で女たちは彼を祝福しました。彼は新しい女を命じたりはしませんでした。——女たちはふたたび現れました。／狩りや酒盛りのあと、彼はお付きの者たちを一人残らず殺しました。——一人残らず彼に付いてきました」とは？　これはからくり魔術ではない。「何という蹂躙《じゅうりん》！」などと話者は煽るが、君主が容赦なく殺したつもりの話。女たちも従者も従前どおりは当然のこと。

「彼は高価な動物たちの喉《のど》を切って楽しみました。宮殿を炎高く燃やしました。人々に襲いかかってはずたずたに引き裂くのでした。——群衆や黄金の屋根や美しい獣たちは、それでもなお存在していました」とは？　これを言うために、女たち従者たちの架空の惨殺が置かれたのだろう。この段落はランボーの生きざまが懸かっている。「高価な動物」は高踏派詩人の大御所バンヴィルなど。「宮殿」はパリ詩壇だろう。「民衆」は「醜い好漢たち」ほかの面々となる。ランボーはそれらに嚙みついた挙げ句、追放されたのである。切った、焼いた、裂いたつもり。でも彼らは厳然と存在していた。後は「見者の詩」を突き付けて見返す道しかなかった。だがそれはランボーが死んだ後になってからだった。

「人は、破壊のなかで酔い痴れ、残酷によって若返ることができるのでしょうか！　民衆は不平を洩らしませんでした。誰も進言する者はいませんでした」とは、話者の反問と情況説明だが、残虐な君主も一見客観的話者もランボーである。話者の説明により君主の残虐が存在するかの如き文の仕組み。でも「破壊のなかで酔い痴れ」たかった思いはあった。パリ詩壇への反逆である。ある宴で下手な朗読をさんざんけなしてカルジャ刀傷事件を引き起こし、追放された。だから誰も不安を洩らさず進言もなかったは偽りで、予想の筋書きに文を戻したものである。皆殺しは「青ひげ」のサディズムからの着想で、本質追究と強烈な否定の「見者思想」をそれに絡めた君主像であった。残酷での若返りなど、あり得ないことは承知之助である。

「ある晩、彼は誇らかに馬を駆っていました。何とも言いようのないほどに、口にするのもはばかられるほど美しい、一人の〈精霊〉が現れました。その容貌、その物腰からは、多様で複雑な愛の約束が、言いようもない、いや耐えがたいほどの幸福の約束が現れ出ていました！〈君主〉と〈精霊〉は、おそらくは、本質的な健康のうちに消え失せました。これで二人が死なかったことなどどうしてありえましょう？　だから二人はいっしょに死んだのです。／けれども、この〈君主〉は、その宮殿で尋常の年齢で死去しました。〈君主〉は〈精霊〉でした。〈精霊〉は〈君主〉でした」とは？　この遭遇は「グリゼリディス」の大公が、羊飼いの娘と出会う場面と殆んど同じ構造である。君主も大公も国の権力者として絶対的な存在、精霊も羊飼いの娘も言いようのない絶対的美の存在であった。〈精霊〉は「内なる他者」である。

中地の「精霊」は鈴村も同じ。粟津は「守護神」、斎藤は「霊魔」、西条は「魔神」である。génie《ジエニ》は、天才、才能、ひらめき、霊感、霊、守護神、精、妖精、魔、特質、神髄などの意。絶対的な美が対象ゆえ、「守護神、霊魔、魔神」ではない。「精霊」は死者の霊魂、山川草木などに宿る神霊で、アニミズムの霊である。「才能、霊感、精」を合わせたものが該当しそうだが、「精霊」でもそれほど異和はない。君主はこの世で得がたい「精霊」と出会い、「耐（堪）えがたいほどの幸福」に浸ったのである。あらゆる霊感を秘めた「精霊」ゆえ、美の泉であり多様な愛も叶えてくれる存在だった。génie《ジエニ》には才能も魔もあるように、「内なる他者」にも美の才能も魔性もともにあった。この話は絶対美に焦点を絞ったままでである。

〈君主〉と〈精霊〉は「おそらくは」健康なうちに消え失せたとは、いずれ二人はともに死ぬだろうということだ。この仮定は、ランボーも「他者」まだ健在だからである。だが、〈君主〉は尋常に宮殿で死んだ、〈君主〉は〈精霊〉だった、〈精霊〉は〈君主〉だった、とひねり回す。このトートロジー（同語反復）の幻術に惑わされ、「この詩の魅力は、……二重の死の謎にある」の尤もらしき中地の解釈となった。

〈君主〉は宮殿で死ぬだろうとは、命をまっとうして死ぬだろうとのランボーの思いである。〈君主・精霊〉のトートロジーは、一身二人格の存在ゆえ当然のことである。しかしランボーのこの思いは狂った。彼が食うためにアルプス越えで詩に背を向けたとき、「内なる他者」は消え失せたのである。彼自身もアフリカの地で、金は溜めたが死に摑まった。

「巧みな音楽が、われわれの欲望には欠けている」とは、われわれの欲望には心を揺さぶる健康なリズムが足りない、という教訓だろう。「われわれ」に彼自身も含まれる。彼の詩もこれからだからだ。始めの段落に、「本質的な欲望と満足の時が見たかった」と告げている。物質的・肉体的欲望は太陽の下で健康でありたい、という思想を彼はボードレールから学んでいた。歪められた人間性からの脱却は、彼の目標の一つである。この詩に「巧みな音楽」はあったか。加虐的な君主の本物探しに紛れ込ませた、パリ詩壇への復讐のリズムはあった。

前半の「愛の驚くべき革命予想」は、ランボーに「内なる他者」が巣くってよりの思想である。後半に「内なる他者」に遭遇する歓喜は、話が前後逆だがあえて単純化した筋書となっている。この詩は既成の美・道徳・価値の否定を予行し、自分を追放したものらへの暗黙の復讐をし、「内なる他者」の死までの一体化を念じた作品であった。

4　客寄せ道化

なんとも頑強なごろつきどもだ。なかには何人か、諸君の世界を食いものにした者もいる。何不自由ない境遇で、自分の華々しい能力や、諸君の心の動きに関する経験を、実用に供しようと急《せ》いてもいない。なんと老練な男たちだ！　目は夏の夜のように惚《ほう》けて、出で立ちは赤に黒、三色旗の色、金の星をちりばめた鋼のよう、顔相はゆがみ、鉛色で血の気が失せ、かと思うと赤く火照り、声はふざけたしゃがれ声！　金ぴか衣装の、情け容赦ない物腰！　――若いのも何人かいて――ケルビーノが現れたら、奴らはどんな目で見るだろう？　――ぞっとするような声に、危ないやり口を備えている。いやらしく豪華な衣装を身にまとい、尻《バック》を貸しに街へやられるのだ。

おお、猛り狂った渋面の、粗暴このうえないパラダイス！　諸君の知っている苦行僧《ファキール》とも、その他舞台で演じられるおどけた芸とも、比べものにならない。悪魔めいた趣向で急ごしらえに作られた衣装に身を包み、嘆き歌やら、追剝ぎや半神の悲劇やらを演じるが、その半神の崇高さときたら、歴史もさまざまな宗教もいまだかつて体現したことがないものだ。シナ人、ホッテントット、ジプシー、間抜け者、ハイエナ、モロク神、昔ながらの痴呆、険悪な悪魔という具合に変身して、民衆的で母親じみた仕草と、獣のようなポーズや愛撫とをとり混ぜる。新作ものや「気のいい娘」風の歌だってやるだろう。曲芸の名人だから、場所や人物を変貌させ、催眠術もお手のものだ。目はぎらぎらと燃え、血は歌い、骨は張り出し、涙と赤い筋がしたたり落ちる。奴らのからかい、または恐怖は、ほんのひと時、あるいはまるまる幾月も続く。

私だけがこの野蛮な客寄せ道化の鍵を握っている。

中地義和・粟津則雄・斎藤正二が「客寄せ道化」、西条八十は「道化」、鈴村和成は「パレード」である。原題 Parade《パレード》は、誇示、見せびらかし、行列行進、客寄せ道化の意。西条はランボーの親友ドラエー説の「作者が幼年時代に親しんだ、野天の田舎芝居に出てくる奇怪な道化役者の回想らしい」を紹介。鈴村は「ランボーの演劇的世界観を表明した作品。一八七四年三月から七月までジェルマン・ヌーヴォーとともに四度目のロンドン滞在を体験、かなり足繁く芝居小屋に通った形跡がある。古典劇からいかがわしい大道芝居まで」と注釈している。

ドラエーの推測は当てずっぽう。鈴村の読みは、詩意も読めないのに知ったかぶり。ヌーヴォーの滞在は五月後半まで。七月六日には母と妹がロンドン滞在となる。この詩は詩集四番目のもの、七二年九月の作である。ヴェルレーヌとの心の陰りもなく「見者思想」の活気もあるから、渡英初期のものに間違いない。

表情・衣装・行為・反感ばかりの、何とも捉えどころのない詩である。だが私には、人前で見せる「道化」芝居とはとても思えない。「客寄せ道化」自体が、ランボーが好みそうなの思いで訳者が選んだもののようだ。道化でなければ、「誇示、見せびらかし」である。私にはこちらの詩意が強いと思われる。資料五冊のうち、中地訳が一九九四年刊でもっとも新しく集大成されたもの。中地はどう捉えているか見てみる。

「諸説入り交じるが、ベルナールが言うように、いずれの解釈も詩のすべての細部を説明しつくせないのは事実である。そこでベルナールは個々の記述の公約数が〈野蛮さ〉にあると見て、宗教と軍国主義という二要素のなかに西欧文明への憎悪を総括する詩である」とするベルナール説を紹介。また「フォンガロは、基本的にベルナールの解釈を採用しながら、ここでは軍人や産業資本家や僧侶のみならず、芸術家、詩人、物書きといった人間も揶揄の対象になっていると考える」も紹介している。その上で、

『ベルナールやフォンガロが考えるように、「諸君」は搾取される人間であるかもしれないが、同時に、読者に向けられた二人称でもあるわけで、「私だけがこの野蛮な客寄せ道化の鍵を握っている」という結句は、「ここに描かれたものが何であるか諸君には教えない」という諸君への挑戦と読める。……つまりこの詩は荒々しい口調で何かを描写しながら、最終的に描写の対象のアイデンティティは明かさないという隠蔽の意図に根ざしている』との解釈。

海外には諸説あるようだが、ベルナール説は的外れ。フォンガロ説も同じだが、「芸術家、

詩人、物書き」は該当する。二人の「諸君は搾取される人間」の解釈は、詩句の「諸君の世界を食いものにした」に対するものだが、これも間違い。「描写されたものが何であるか諸君には教えない」は、中地の大誤読でしかない。結句「私だけがこの野蛮な客寄せ道化の鍵を握っている」は「私だけがこの野蛮な見せびらかしの鍵を握っている」の訳なら、私だけが野蛮な奴らの誇示の弱みを知っているで、諸君も読者もなんら関係がない。

　この詩の対象は、パリの「ジュティストたちのサークル」だと私には思われる。一八七一年一〇月末、詩人・音楽家・画家たちが集まってできたサークル。『アルバム・ジュティック』はその仲間が折にふれて寄せ書きしたパロディー詩や、下卑たデッサンから成る一冊のアルバムである。「ジュティック」は、「ちぇ！　くそ！」などの悔しさ・怒りを表わす間投詞に由来する由。そのアルバムにランボーも二〇篇余を投じ、権力や宗教などを揶揄している。サークルの溜り場は、ソルボンヌ大学街の通り向う側の端のホテル四階にあった。そこに日中からてんでに寄り集まり、酒や大麻の乱痴気だったのである。解読に入る。

　一段落。なんとも常軌を逸脱したはみ出し者たちだ。「なかには何人か、諸君の世界を食いものにした者もいる」の「諸君」は、はみ出し者たちの外部の人たちである。はみ出し者たちの数人には、君らの心を食いものにした者もいると言うのだ。次の訳が悪い。「何不自由ない境遇で、自分の華々しい能力や、諸君の心の動きに関する経験を、実用に供しようと急《せ》いてもいない。なんと老練な男たちだ！」とは？　ブルジョアの詩人や芸術家のようだが、何のことやら日本語になっていない。私が直訳してみる。

「その必要もなく、少しも急を要するわけでもないのに、彼らは君たちの良心の体験を、彼らの才気に満ちた能力で、自分の仕事の中に移す。どれほどに成熟した男たちやら！」となる。「何不自由ない境遇」に該当する語はない。「その必要もなく」を、勝手にそう意訳している。「ブルジョア」と読む必要もなかった。諸君の心を食いものにした一例が語られ、偽善者を侮蔑したものだ。次も混濁した意訳が多いので、私の直訳を示す。

「夏の夜さながらに、腑抜けたような両眼は、赤と黒、または三色に彩られ、金の星々のしみができた鋼《はがね》のようだ。歪んだ、鉛色の青ざめた、焼け出された顔付き。ふざけたしわがれ声！　悪趣味な金ぴか服の残忍な歩き方！」となる。これは誇張もあるが、「ジュティストたちのサークル」の溜り場の光景である。そこでうぬぼれ強い面々が、自分をひけらかし合った。腑抜けた両眼、焼け出された顔付き、ふざけたしゃがれ声、金ぴかの狂態、どれも酒と大麻に漬かった日中からの乱痴気であった。

中地訳に戻る。「――若いのも何人かいて――ケルビーノが現れたら、奴らはどんな目で見るだろう？　――ぞっとするような声に、危ないやり口を備えている。いやらしく豪華な衣装を身にまとい、尻《バック》を貸しに街へやられるのだ」とは？「――」は転換の間。乱痴気の場には若者も数人いて、もし女装したケルビーノが現れたらどんな反応を示すものやら。奴らは鳥肌立つような声音《こわね》で、「何やかや危険な手くだも心得ている」（粟津訳）のだ。同性愛の手口である。中地訳「危ないやり口」はとろい。「いやらしく豪華な」も微妙に違う。鈴村訳「おぞましい贅沢を身に」が詩意に添う。「尻を貸しに街へ」は、露骨だがあり得たのだろう。

「ケルビーノ」はボーマルシェの喜劇『フィガロの結婚』に出てくる伯爵の第一小姓「シェリュバン」の蔑称である。「恋の奴《やっこ》のケノビノさ、彼奴《あやつ》め」と蔑られるのが一か所ある。伯爵夫人に恋い焦がれて女装して接近する一件である。中地は「元来男であるケルビーノが女に変装する場面がある。ケルビーノと〈若いごろつきども〉に共通なのは、若さと変装〈性的曖昧さ〉の二点である」と指摘している。ケルビーノは男だからこそ恋し、女装までして接近したもの。性的曖昧さなどない。若いごろつきの変装も、やり場のない男どもの不品行な乱痴気で、性的曖昧ではない。何とも愚かな知ったかぶりである。

二段落。「おお、猛り狂った渋面の、粗暴このうえないパラダイス！　諸君の知っている苦行僧《ファーキル》とも、その他舞台で演じられるおどけた芸とも、比べものにならない。悪夢めいた趣向で急ごしらえに作られた衣装に身を包み、嘆き歌やら、追剝ぎや半神の悲劇やらを演じるが、その半神の崇高さときたら、歴史もさまざまな宗教もいまだかつて体験したことがないものだ」とは、まず「苦行僧《ファーキル》」に異和を感じた。乱痴気と比べる苦行僧の行状とは何か？

中地は、訳に自信がないとき原文の読みのルビを付けている。粟津・鈴村は「婆羅門の托鉢僧」、斎藤は「回教の托鉢僧」、西条は部分訳で触れていず。原文fakirs《ファキル》は、「火を吹く、剣を呑むなどの」大道芸人、「イスラム教やヒンズー教の」苦行僧の意の複数である。フォンガロ説に「僧侶」があった。訳者みな海外説に振り回されたのだろうが、他国の宗教の苦行僧など「諸君の知っている」うちに入るわけもない。ここは世間旧知の「大道芸人たち」が正しい。続く「その他舞台で演じられるおどけた芸」とも、文脈が無理なくつながる。

火を吹き剣を呑む大道芸人たちも舞台での道化たちも、彼らの仰々しさに比べたら話にならない。身近なもので変身した悪夢めいた姿で、嘆き節やら追剝ぎの真似やら、半神（神と人の子）の悲劇を演じてみせる。自分が半神であったかの如き思わせぶりは、歴史にも宗教にもいまだかつて見聞したことのないものだ。まさに猛り狂い真面目くさった狂想曲だ、と言っている。乱痴気の情景そのもの。彼らにはそれが粗暴ながら桃源境なのだ、と野次っている。

『シナ人、ホッテントット、ジプシー、間抜け者、ハイエナ、モロク神、昔ながらの痴呆、陰険な悪魔という具合に変身して、民衆的で母親じみた仕草と、獣のようなポーズや愛撫とをとり混ぜる。新作ものや「気のいい娘」風の歌だってやるだろう。曲芸の名人だから、場所や人物を変貌させ、催眠術もお手のものだ。目はぎらぎらと燃え、血は歌い、骨は張り出し、涙と赤い筋がしたたり落ちる。奴らのからかい、また恐怖は、ほんのひと時、あるいはまるまる幾月も続く』とは？

「ホッテントット」は、南アフリカのカラハリ砂漠に住む低身長の農耕牧畜民族。「ハイエナ」は、死肉を食べ夜行性で、吠える声は悪魔の笑い声に似る。「モロク神」は、古代オリエント（今日の近東）の神。フランスのブルードンの社会主義思想では、多数の人間を犠牲にする野蛮な社会制度の象徴だった。阿片戦争（一八四〇～四二年）で侵略された「シナ人」も、ランボーの中では蔑称だったことになる。

彼の並べた蔑称は、異常で過剰である。最低人間に落としめたいほど、「ジュティストのサークル」の面々に対する嫌悪が強かったことになる。民衆や母親の人情ものめいたり、獣的威嚇や愛撫の仕草をしたり、新作の抒情歌だってやって見せる。口先は曲芸名人だから、場所や人物の神出鬼没も催眠術の出鱈目もお手のものだ、と茶化している。目は落日の如く赤く燃え、血はたぎり、自我の骨が突っ張って、涙と赤い鼻水の昂奮がしたたり落ちる。奴らの冗談や恐怖感は、ほんのひと時のものだが、執拗に数か月も続くことがある、と女々しさも暴いている。ここは彼らの内面に迫っている箇所である。

三段落。「私だけがこの野蛮な見せびらかしの鍵を握っている」は、すでに先述した。「客寄せ道化」は、詩意を読めぬ訳者たちの勝手な思い込みに過ぎない。彼らの人情めいたり、獣じみたり、新作の抒情歌、口先の曲芸師、出鱈目の催眠術師、突っ張る自我の骨など、彼らの野蛮な見せびらかしの弱みは、私だけがよく知っている、と明かしているものである。なんとも情けない訳者たちばかり。

ランボーの生きざまからすれば、このような粗暴な集まりは「ジュティストのサークル」以外にない。「醜い好漢たち」には、常時集う場所はなかったし、彼らもこのサークルに入っていた。ただ、このサークルは長くは続かなかったようである。でもランボーも所在なく入りびたり、酒や大麻のおこぼれにあり付いていた。ロンドンに逃避した彼にとって、前作「おはなし」でパリ詩人や詩壇への暗黙の復讐をしたが、大麻に引きずり込んだ「ジュティストのサークル」も、かなり関心の高い対象だったのである。この「見せびらかし」では正面に据え、ずたずたに引き裂く思いで書いている。

サークルの数人の合作で、ランボーをからかった七連の戯詩がある。意味がわかればよいので追い込む。「パリにて何をするのか、詩人よ／シャルルヴィルより着いた者よ？／行け、天才はここにて無為徒食／敷石のうえで飢えにて息たえだえ／行け、君の母のもとへ戻れ／君の稚い年月、心わずらわした人のもとへ……／子よ、この地上で君は何をしているのか／——ぼくは待ってる、待ってる、待ってる……」（花輪莞爾訳）というもの。

ランボーがヴェルレーヌの次に世話になったシャルル・クロ宅を追い出され、浮浪児になったことは衆知のこと。ヴェルレーヌに助け出されてのパリだった。「ぼくは待ってる」は、他人に対するランボーの口癖。誰も何を待ってるのはわからなかったが、からかいの種にされた。研究者も訳者も不明のまま。これは、ヴェルレーヌが見者行を共にしてくれるのを待っていたのである。彼の悔しさは、「見せびらかし」で爆発したと言える。

5　古代彫像

半獣神《パーン》の愛らしい息子！　小さな花と漿果《しょうか》で飾られた額の回りに、お前の宝石の玉のような眼は動く。褐色のワインの澱《おり》にまみれて、お前の両頬は落ちくぼんでいる。お前の牙は輝いている。お前の胸は竪琴《キタラ》に似て、澄んだ響きがお前のブロンド色の両腕に流れる。お前の心臓は両性の性器が眠るその腹で鼓動している。夜には歩き回るのだ。その腿《もも》を、その二つ目の腿を、それからその左の足をゆっくり動かしながら。

中地義和のみが「古代彫像」、粟津則雄・斎藤正二・鈴村和成は「古代」である。西条八十は訳詩集でないため、部分訳や不採用の詩がある。原題 Antique《アンティク》は、古代の、大昔のの意。中地の「彫像」は詩の誤読から付け加えたもの。「半獣神《パーン》」は、ギリシア神話の牧神《パン》である。白い顎ひげに二本の角を生やし、脚は山羊《やぎ》。好色でニンフ（妖精）を追いかけ回し、音楽を発明したのはアポロンではなくパンだったと言う。原初よりの自然神で、ゼウスよりも古いとされる。「漿果《しょうか》」は、ぶどう、みかん、いちじくなどの果実のことである。

中地は『「お前の心臓は両性の性器が眠るその腹で鼓動している」が、描写の対象の秘密を開示し、タイトルとあいまってギリシア神話の両性具有神（ヘルマプロディートス）が想像されていることがわかる。……注目すべきは、タイトルにもかかわらず、ランボーがヘルマプロディートスを冷たい彫像としてではなく生きた神として描き、睡眠状態から覚醒させて運動のなかに導こうとしている点である』と解説している。

なんともお粗末な把握。ヘルマプロディトスは、ヘルメスとアプロディテの息子で、美しく慎しみ深い若者である。ニンフのサルマキスの愛を拒んだため、彼女が彼の体と一体となることを神に願い、聞き入れられて彼が両性具有とされたもの。ランボーがニンフを追いかける牧神《パン》と、ニンフに恋われるヘルマプロディトスを、短い詩に共存させるなど考えられない。とんでもない思い違いである。この詩は、ランボーの最も関心の高い「内なる他者」の肖像の断片である。「他者」が潜在化して不在のときに、「素顔のランボー」がその印象を書き留めたものである。突飛さや厳しい暗喩の見事さはないが、訳者を惑わす幻術はある。解読に入る。

「内なる他者」よ、お前は牧神《パン》の優雅な息子のようだ。gracieux《グラスィウ》は、優雅な、美しい、やさしい、愛想のよいの意。愛らしいは「他者」に合わない。ゼウスより古い自然神からの系譜。それほどの「古代」からやって来た者よ。お前の額は野草の「小さな花々」と「果実」で飾られ、両眼は「宝石の玉」のようだ。両頬は黒ずんだ茶色の年代もののワインの澱《おり》に浸《つ》かったように落ち窪んでいるが、お前の対象を抉る「牙は輝いている」。胸はギリシアの竪琴に似て濁りのない音階を汲み出し、その快感は金髪色の両腕を流れ下る。

次の「お前の心臓は両性の性器が眠るその腹で鼓動している」は、過剰な思い込み訳で「性器」は綴りにない。中地訳は、両性具有をあらわにしたかった〝出しゃばりおよね〟である。栗津は「心臓は、ふたつの性が眠る腹の中でうつ」と、原文に添った訳である。それが男女の織り成してきた歴史の眠る、深層無意識の中で息づいている、と言っているのである。ユングは「太古よりの集合的無意識」と名付けている。

次も「夜には歩き回るのだ、その腿を、その二つ目の腿を、それからその左の足をゆっくりと動かしながら」は、「のだ」が思い込み訳である。栗津は「夜になれば、そっとその腿を動かして歩きまわれ、またその第二の腿を、それから左の脚を」と、原文とのずれがない。「内なる他者」は、深層無意識より出没する潜在エネルギーと言えるものゆえ、姿や形はない。ランボーの勝手な想像によるものだから、「夜には歩き回る」と言っても、彼の意識に再現される「他者」は、脚などはスロー・モーにフェード・アウト（溶暗）して行くのである。

以上のように、「内なる他者」の幻像であって、両性具有の「彫像」などではない。ランボー詩が一世紀半も混迷を続け、謎の上塗りだったのは、海外・国内ともに知ったかぶりの思い込みや意訳が横行してきたからと言える。

6　美しい存在／×××

雪を背景にして背の高いひとりの〈美〉の〈存在〉。死の摩擦音と鈍い音楽の波紋が、この熱愛される肉体を、亡霊のように上昇させ、膨らませ、震わせる。真紅や黒の傷口が、すばらしい肉のなかにぱっくり開く。生命に固有の色が、作業台のうえ、この〈幻〉のまわりで黒ずみ、舞いながら、くっきりと浮き出してくる。そして戦慄が高まり、轟いて、さらにこうした効果の狂おしい味わいが、われわれの背後はるかかなたの世界がわれらの美の母に投げかける、死を呼ぶ摩擦音と内にこもった音楽とに包まれてくると、——彼女は後退し、まっすぐに立つ。おお！　われらの骨は愛に満ちた新しい肉体をまとっている。

中地義和・粟津則雄が「美しい存在」、斎藤正二は「美しき存在」、鈴村は「BEING BEAUTEOUS」と原文のままである。これに井上究一郎の『アルチュール・ランボーの「美しき存在」』筑摩書房、一九九二年刊を加えて考察する。

井上究一郎によれば、『イリュミナシオン』の中でも「美しき存在」は、海外でさまざまな解釈の対象になってきた由。まずハケットがアメリカ詩人ロングフェローの「天使たちの足跡」の詩に、「美しき存在 the Being Beauteous」の語があることを指摘している。イギリス教授アンダーウッドは、『問題の（ランボーの）美の存在は、いかにも官能的であって、ロングフェローのそれとの関連はないかもしれない。問題の幻覚的な存在は、アルチュールがある交霊術に関係ないとしても、なんらかの〈人工楽園〉に関係があるのではないか』との説。

またアントワーヌ・アダンは、「古代」の中で「牧神の彫像が生きて動くように、美の存在が生気をおびて、いわば肉と化すのである。美の存在が一人の女になる。そればかりではない。美の存在はこの世界を活動させる。そしてランボーは彼の思考につれて、彼の全肉体が生きて動くのを感じるのだ」と言う。校訂者シュザーヌ・ベルナールは、「われわれは『イリュミナシオン』に向かっては、われわれの精神のすべての習慣を捨てる」べきであると言い、「この美の存在は少しずつ明確になる一つの〈視像〉なのであり、詩人が創造するにつれ詩人に見え始める一つの〈すばらしい肉体〉、つまり愛と讃嘆とに捉えられる詩人の前に、ついには生きたものとなって突っ立つ〈すばらしい肉体〉なのである」の説も紹介している。

井上は『この詩篇の「すべての映像」を捉えるいかなる方法もないのであるか？　……ランボーの透視者の掟は「私は一人の他者であります」にほかならぬとすれば、この掟はこの「他者」をランボー自身の中よりほかに求めないことである、と私は信じよう』と述べている。すばらしい着眼。しかし、ラテン語の詩やボードレールの詩から「美」と「蛇」の関係などをつまみ出し、蛇に締めつけられる不幸な予言者ラオコーンに結び付け、次のようにまとめる。

『要するにランボーが見たものは、単なる一つの肉体でしかなく、その一つの肉体の中に、二つの存在（祭司と蛇）が溶けこんでいる。そしてその肉体の美は致命的な傷を受けている。――いわば忌むべき「劫罰を受けている」のである。むろん私は、ラオコーン＝ヴェルレーヌ＝ランボーの複合でしかない、と言い張るつもりはない。しかし少なくともランボーは、この二重の存在、いわゆる「奇妙な同棲生活！」の過去を断罪しながら、ボードレールが『悪の華』の詩篇「みずからを罰するもの」でうたった自虐を喚起しているのである』と。

長い論文からの要点と結語のみだが、「すべての映像」に迫ってもおらず、「他者」への踏み込みもない。見当違いの「蛇」に締めつけられたラオコーンに、井上自身がなっている。短い一篇の詩にこれほどの論究は他になく、見当違いではあれ労作ではあろう。だが詩の中の「傷口」は「劫罰」のものではない。また「同棲生活の過去を断罪」と言うが、ロンドンの共同生活は始まったばかりであり、ヴェルレーヌとのいざこざは何もまだ生じていない。詩の表情にも詩作の背景にも何の考慮もない、無駄な論及であった。

中地義和は『ここには「陶酔の朝」、「野蛮人」、「精霊」などにも見られる肉体再生のテーマ、愛と生命力の発見に結びついた「新しい肉体」のテーマが、まさに生々しい変貌の瞬間の描写という形で提示されている。古い肉体が傷つき、解体され、その解体を通じて新しい肉体に生まれ変わる。「真紅や黒の傷口」は、生と死が共存する瞬間、古い肉体から新しい肉体へのメタモルフォーシス（変身）の瞬間を画する。「〈美〉の〈存在〉」は「この熱愛される肉体」と言い換えられ、ついで「すばらしい肉」と言い換えられる。……古い肉体の解体のプロセスを表現するこうした換喩的細分化に加えて、「〈幻〉」という言い換えが、「〈美〉の〈存在〉」の実体制を剝奪し、この〈存在〉を変貌の純粋なダイナミズムと化す』と解説。

中地に「他者」の気付きはない。「生々しい変貌の瞬間」と詩の表情は読めている。だが「新しい肉体」につられて「古い肉体」の解体を弁じている。「古い肉体」などはどこにもない。この詩も「他者」が潜在化しているときに「素顔」が書いた詩である。前作「古代」は無意識に潜在する「他者」の肖像的幻像であった。「美しい存在」は「他者」の出現現象を語ったものである。題の Being Beauteous は英語である。アメリカ詩人の詩句に、強いヒントを得た可能性はありそうである。解読に入る。

白い雪を背景に、鮮やかな背の高い「美の存在」があると言う。ランボーは長身だった。「背の高い」は「他者」が彼の肉体を借りていたゆえ。「存在」の語も、実体がないゆえである。「死の摩擦音と鈍い音楽の波紋が、この熱愛される肉体を、亡霊のように上昇させ、膨らませ、震わせる」とは、「他者」が彼の内部に出現してくる気配と、肉体に与える影響だ。

「鈍い音楽」は「こもった音楽」が妥当だ。sourde《スゥルド》は、こもった、鈍いの意。体内出現に「鈍い」はそぐわない。後半にある「こもった音楽」の rauques《ロク》は、しわがれたの意。「しわがれた音楽」が正しい。「この熱愛される肉体」は、ランボーの肉体のこと。それが亡霊のように軽々と、高められ拡げられ動揺させせられると言う。まさに操り人形。〈美〉を生む「他者」

の力によってである。

「真紅や黒の傷口が、すばらしい肉のなかにぱっくりと開く。生命に固有の色が、作業台のうえ、この〈幻〉のまわりで黒ずみ、舞いながら、くっきりと浮き出してくる」とは？ 熱愛される肉体の内部が「真紅や黒の傷口」となって、「他者」出現の情景となる。「真紅」は新鮮な肉の意。「黒」は深層無意識の暗闇の意。それらがぱっくり「傷口」を開けて「他者」は出てくるとは、芝居がかった見せびらかしの誇張である。「すばらしい肉」は、ランボーがまだ一八歳そこそこゆえ当然である。次の訳がおかしい。

「生命に固有の色が、作業台のうえ」、肉体内部に「作業台」などあるわけがない。粟津則雄は「台」、斎藤正二・鈴村和成は「台架」である。chantier《シャンティエ》は、建設工事現場、台、作業台の意。私の直訳を示せば、「命の固有な色が自分の中で濃く、心象《ビジョン》の現場のまわりで解放されて踊る」となる。これなら、出現した「他者」の創造の現場のまわりで、自分の命の機能が解放され小踊りする意となり、筋も通る。次の訳は大げさ過ぎである。

「そして戦慄が高まり、轟いて、さらにこうした効果の狂おしい味わいが、われわれの背後はるかかなたの世界がわれらの美の母に投げかける、死を呼ぶ摩擦音と内にこもった音楽とに包まれてくると、——彼女は後退し、まっすぐに立つ」とある。何の戦慄が高まり轟くものやら。また「味わいが／世界が」の格助詞の重複で文意不明。粟津訳は「身ぶるいが起り、唸る、そしてこれらの効果の狂おしい味わいが、おれたちのはるか背後でこの世がこの美の母に投げかける死の喘鳴《ぜんめい》としゃがれた音楽に充たされると、――彼女は退き、身を起す」である。

粟津訳なら、心象《ビジョン》の現場で身体機能が解放され小踊りの後、身ぶるいや唸りが生じ、狂しい思いに駆られる様子とわかる。創り出される〈美〉の凄さに衝撃を受けている態である。だがおれたちのわからぬ遥かな背後（内部）から投げかける、死の喘ぐ音やしわがれた音楽が「美の母（他者）」のまわりに満ちてくると、「美の母」は身を退き、身を起こす、となる。深層無意識には死霊も共存する如き想定によるのだろう。だが「美の母」はその呼び戻しに応じず、身を退いて「すばらしい肉」の中に立ち上がるのである。ここで「他者」は「美の母、彼女」と呼ばれている。「美＝女神」の常識を踏襲したものである。「他者」は、両性が眠る深層無意識の存在ゆえおかしくはない。

「おお！　われらの骨は愛に満ちた新しい肉体をまとっている」とは、彼女の立ち上がりにより、「すばらしい肉」と一体化することである。すると「われら」の複数となった主体は、美と愛に満ちた「新しい肉体」の姿を現わすのだ。「おお、なんたる奇跡！」と叫びたい思いに包まれている。実際は潜在化し顕在化するのは「他者」の気ままで、ランボーの思い通りにはならない。だから無意識に戻らず立ち上がって欲しいのは、彼の強い願望である。

以上見てきたように、中地の言う「古い肉体」などはどこにもない。また井上の言う「二つの肉体の中に二つの存在」ではあるが、「祭司と蛇」ではなく、「素顔のランボー」と「内なる他者」であった。

×××

おお灰のように白い顔よ、剛毛の盾形紋よ、水晶の腕よ！　微風に揺れる雑然とした木々の繁みを突き抜けて、ぼくが襲いかからなければならない大砲よ！

「美しい存在」に続く断片である。これも「素顔のランボー」が書いた「他者」の印象であり、オマージュ（讃辞）である。中地は『「灰のように白い顔」は死のイメージ、「剛毛の盾形紋」は女性器を思わせるエロテックなイメージ、「水晶の腕」は脆弱さのイメージ、後の文は戦いないし自己破壊の衝動が読み取れる」と言う。

「剛毛」にあたるcrin《クラン》は、［馬などの］たて髪と尾の毛の意。「盾形紋」のécusson《エキュソン》は、楯形模様（紋章）の意。粟津則雄は「楯形の髪の毛」、斎藤正二は「乱れた髪の楯形紋章」とあるが、「たて髪の楯形模様」と読むのが妥当である。解読してみる。

おお、血の気のない白い顔よ（無意識層の存在ゆえ当然）、雄々しいたて髪の楯形模様よ、輝かしい水晶のような腕よ！　「乱れまじる樹々と軽やかな大気のあいだをぬって」（粟津訳）、襲いかかってもものにしたいあの言葉の大砲よ！　となるだろう。「他者」に対する称讃と羨望である。樹々や大気は架空の情景で意味はない。ここの「他者」は男性である。

7　生活

I

おお、聖なる国の広大な並木道、神殿のテラス！　私に〈諺《ことわざ》〉を説明してくれたあのバラモン僧はどうされてしまったのか？　あの時の、あの場所の老女たちまでが今なお見える！　銀色の月光のもと、また陽光のもと、自分の肩に田園の手を感じながら、いくたびか川べりで過ごした時間が思い出される。それに、胡椒《こしょう》を撒いた平原に突っ立って私たちが交わした抱擁のことも。――いっせいに飛び立つ真紅の鳩の群れが、私の思考の回りで雷のように鳴り渡る――ここに流謫《りゅうたく》の身となって、ありとあらゆる文学における戯曲の傑作を演じるべき舞台を手に入れた。お望みならば、未曾有の富を君たちに見せてやることもできるのだ。君たちが発見した財宝の歴史は押さえてある。その先がどうなるかも見えている！　私の叡知は、混沌と同じように侮られている。君たちを待ち構えている呆然自失に較べれば、私の無能が何だというのだ？

Ⅱ

私はすべての先人よりもはるかに称賛に値する発明家、それどころか、愛の調号《キー》とでもいうべきものを見つけた音楽家だ。今は、つましい空を戴いた厳しい田舎の一貴族の身となって、物乞いをした幼いころのこと、修業時代や木靴を履いて到着したときのこと、あれこれの言い争い、五、六度あったやもめ暮らし、それにまた、意地っ張りなせいで仲間たちと調子を合わせて盛り上がれなかった何度かの婚礼などの思い出に浸ることで、この心を動かそうと努めている。かつての自分の神々しいまでの陽気さを、懐かしんでなどいない。なにしろ、この厳しい田舎のつましい空気が、私のおぞましい疑念をひどく活発に掻き立てるからだ。だが、もはやこの疑念に頼るわけにはゆかず、そのうえこの身は新たな混乱に捧げられているのだから、――私はきわめて陰険な狂人となるのを待っている。

Ⅲ

十二歳のときに閉じ込められた屋根裏部屋で、私は世の中を知り、人間喜劇を解き明かした。酒倉のなかで、歴史を学んだ。北方のとある街の夜祭で、昔の画家が描いたすべての女たちに出くわした。パリの古い小路で、古典的学問を教わった。東洋全体に取り巻かれた壮麗な住まいで、自分の途方もない仕事を完成し、輝かしい隠遁生活を送った。私は自分の血を撹拌した。私の義務は免除になった。もうあのようなことを思い出すことすらしてはならない。私はじつは墓のかなたの人間だ、だから請け負う役目などない。

中地義和・粟津則雄・西条八十が「生活」、斎藤正二は「生涯」、鈴村和成は「生」。原題Vies《ヴィ》は、生命、生涯、生活の意。詩に「生活」は書かれてなく、「生命」は実体ゆえ無理。書かれているのは「内なる他者」の来歴と未来。「生涯」が妥当、超生命ではあるが。

中地は『三部構成の「生活」は「子供のころ」と同じく自伝性を想起させるタイトルだが、「生活」の自伝性は、詩人ないし創造者としての自己の営みの遡行的視線のなかに現れる。……自分の能力の自負ないし詩的成果の再確認を行うための過去回想に始まって、やがて視線は「私」のつましい孤独な現実に注がれ、最後に未来のパースペクティヴ（透視図）が記される』と捉えている。そして「自分の創造の価値を信じながらも、それが他人に共有されて世界が変わる事態など起こりえないという確信も同時に抱いている話者は、他人への迎合を拒否し、あくまで矜持《きょうじ》を保とうとする。ここには、自分の創造した宝物をたった一人で背負い、持て余し、廃棄せざるを得なくなった詩人の姿が描き出されている』と解説している。

話者の不鮮明な回想・予想の独白から、詩の表情を読み取り、話者の信念、拒否、矜持を汲み取ったのはよい。だが、「宝物を持て余し、廃棄せざるをえなくなった」は、勝手な思い過ごしである。ランボーはようやく見者行に入ったばかりで、これから創造力の宝物が駆使されて行くのである。「古代」や「美しい存在」は、「素顔のランボー」の独白だった。この詩は「内なる他者」の独白である。解読に入る。

I節。「おお、聖なる国の広大な並木道、神殿のテラス！　私に〈諺〉を説明してくれたあのバラモン僧はどうされてしまったのか？」とは、紀元前への回想である。「聖なる国、神殿、バラモン僧」はインドのこと。紀元前一〇世紀から五世紀にかけて組織されたバラモン教の国である。宇宙の根本原理を語るウパニシャッドの話を教えてくれた、あのバラモン僧はどうされたか？　とまるで昨日のごとく語る裏の意は、私はそれほどの太古からやってきた者という「他者」の来歴である。「あの時、あの場所の老女たちまでが今なお見える！」も、そのことを強調している。人間の歴史を流れ下り、深層無意識に蓄積された四次元の潜在エネルギーの証しでもある。紀元前が昨日のごとく見える筈もなく、太古をインドに限定したのも、リアリティーを持たせるための「他者」の幻術である。

月や太陽の経巡る下で、肩に田園の手のぬくもりを感じながら、川べりで過ごした時間の途方もない流れや、胡椒《こしょう》（インド原産）を撒いた原っぱで立ったまま愛撫したエロスも、思い出ぶかいと言う。——の間は、数千年の歳月の落差である。一転、炎のように鳩の群れが飛び立ち、思考を断ち切る雷鳴がひびき、気付けばこの世に「流謫《りゅうたく》の身」、追放の身になっていたと言う。だが文学の面では、あらゆる芝居の傑作を演じられる「舞台」を手に入れたとほくそ笑む。これは文才があり、人一倍勝気なランボーという肉体を手に入れたことである。言うことを聞く御しやすい男を得たことになる。

お望みなら、見たことも聞いたこともない「未曽有の富」を、君たちにひけらかすことだって出来る。「君たちが発見した財宝の歴史は押さえてある」とは、人間が発見した財宝はみな私のものだ、と言うことになる。その文明・文化がこの先どうなるかもわかっている！ と断言。私は神の眼を持つ者だ、と言うのだ。私の神がかった物言いは、〈何を言ってるものやら〉と馬鹿にされ、「混沌」と同様の扱いを受けている。しかし君たち人間を待ち構えている「呆然自失」、文明の行き詰まりに較べれば、影の存在でしかない憑依者の「私の無能（自分では何も出来ない）が何だというのだ？」と開き直る。

Ⅱ節。「私はすべての先人よりはるかに称賛に値する発明家」は粟津・斎藤・鈴村も「発明家」である。inventeur《アンヴァントゥル》は、発明者、創造者の意。「他者」は物作りなどしないから「創造者」のほうが正しい。加えて「愛を解く鍵のようなもの」（斎藤訳）を発見した「音楽家」でもある、と誇示している。今はぜいたくなど出来ない厳しい田舎の「落ちぶれ貴族」だが、と自己弁護も忘れない。次は重要な詩句だが、訳が混乱している。「物乞いをした幼いころのこと、修業時代や木靴を履いて到着したときのこと」とは、「他者」がランボーに辿り着いたときのことを語っている箇所である。

enfance《アンファンス》は少年時代、apprentissage《アプランティサジュ》は見習時代、arrivée《アリヴエ》は到着の意。原文は「乞食のような少年時代、［詩の］修業時代」と併記されたもの。「木靴を履いて」歩き回っていたその時代のランボーに、「他者」が「到着」したのであった。「他者」が読めない訳者には、話者が「木靴を履いて到着した」としか受け取れまい。それは「他者」の幻術である。

「あれこれの言い争い」や「意地っ張りなせいで仲間たちと調子」が合わなかったのは、ランボーの性格だった。だが「五、六度あったやもめ暮らし」や「何度かの婚礼」は、中学生のランボーにはあり得ない。「他者」のことでもない。しかし「思い出に浸る」のは「他者」で、ランボーの「心を動かそうと努めている」のも「他者」である。虚構のやもめや婚礼の回想に浸って、どのようにランボーの心を動かそうとしたものやら。野暮な話である。

以前の「神々しいまでの陽気」な自分を思い出してる暇などない。なんと言っても、この厳しい田舎の質素な暮らしぶりは、「私のおぞましい疑念」自分を尊い者として扱わぬことへの腹立たしい思いを、一層掻き立てるからである。だが今は、この腹立たしい思いを突き出すわけにも行かず、この身は「新たな混乱」、ランボーという「舞台」が詩人追放という混乱にあるのを、救済してやろうと乗り出しているのだから、となる。そしていっそのこと「きわめて陰険な狂人」に、復讐鬼になってやろうとさえ思い詰めていると言う。

Ⅲ節。「十二歳のときに閉じ込められた屋根裏部屋で」とは？　ランボーが一二歳のときに、「内なる他者」は彼に到着していたことになる。ランボーは一一歳から中学生で、シャルルヴィルのムーズ川岸のアパート住まいだった。屋根裏部屋などはない。ランボーの頭の中の屋根裏部屋のことであり、「閉じ込められた」は「おちぶれ貴族」の愚痴である。ランボーは中学で数多く優等賞を受け、飛び進級もした。担任教師ペレットが、「卓抜な知力に驚嘆と不安を覚え、いかに頭脳明晰たりとも先行き不始末に終わる人物」と評している。一二歳から「他者」がランボーの力になっていた可能性は、ありそうである。しかしランボーが自覚し「他者」が明確に姿を現わすのは、一六歳の「見者の手紙」からであった。

バルザックの『人間喜劇』は、ランボーが読んだのだろう。「他者」は屋根裏でそれを吸収したのだ。一八一六年から四八年まで、フランス社会の記録と風俗が九〇編あまりの小説にまとめられたもの。四八年には二月革命もあった。それで世間を知り歴史を学び、革命を知ったのだろう。「酒倉のなか」は未成年のランボーにあり得ない。「他者」の気分的設定だろう。

北のとある街の夜祭で、「昔の画家（たち）が描いたすべての女に出くわした」とは、何のためのひけらかしやら。能力万能の「他者」にしてはケチな話。「すべての女」も私のものと言いたいのか。ただきれいなだけの〈美〉は、「花について詩人に語られたこと」でランボーは真っ向から否定している。彼には自慢話にもなるまい。パリの露路で「古典的学問を教わった」も、意図がわからない。ランボーは図書館で古典ものも読んだろうが、パリではない。「他者」が今更古典を学ぶ必要など何もない。描かれた「すべての女」に会わせてやり、古典もじっくり勉強させてやるさ、という「他者」の迎合的おせっかいとしか読めてこない。

「東洋全体に取り巻かれた壮麗な住まいで、自分の途方もない仕事を完成し、輝かしい隠遁生活を送った」とは、ここから未来の予想である。東洋の風土・文化に浸りたいのは「他者」の願望であり、ランボーの願望となって行くものと思われる。日本の浮世絵のパリ浸透もこのころからであった。東洋的安らぎのある見事な住まいで、「見者の詩」を完成させ光栄ある「隠遁生活」に入りたいのは、「落ちぶれ貴族」のせめてもの思いである。その裏に、パリ詩壇に「うむ」と言わせたいランボーの思いも貼り付いている。でも予想である。手に入れた願ってもない「舞台」との葛藤が生ずるなどとは、「他者」にしても見通せていなかった。

「私は自分の血を撹拌した。私の義務は免除になった。もうあのようなことを思い出すことすらしてはならない」とは？「他者」に血などないから、私は宿主ランボーの血を撹拌したと言うのだろう。血を掻き立てられたランボーは、見者目指して一途に進んだ。これで「見者の詩」が詩集にするほど蓄積されてくれれば、「私の義務」役目は終わったことになる。「もうあのようなこと」とは何？ 田舎の「落ちぶれ貴族」となり、「おぞましい疑念」で腹立たしい思いをしたことと思われる。そんなことはもう思い出したりなどするなと、予想の中なのにすでに満足の態である。

「私はじつは墓のかなたの人間だ、だから請け負う役目などない」とは、私は現世の存在ではなく、深層無意識に集積した四次元の潜在エネルギーであることを明確に認識していることであり、「他者」に脳や心を駆使されているランボーも熟知していることである。「他者」は私は影のような存在、掻き回した彼の血が目的を果たせたら、その後彼がどうなるかは私の役目ではないし、請け負う柄でもない、と言っているのである。ランボーは死ぬまで一緒にいてくれの思いが強いのに、「他者」は突き放し気味である。この詩はランボーの言葉のささり込む予地もなく、「他者」だけの回想と予想で終始している。彼だけの生きざまであった。ランボーの自伝性などは何もない。

中地は「最後の三文（私の義務は免除……以降）はⅡの文末同様、元来、他者のためのものであった〈仕事〉の対他性を断念することを告げているが、実はそれにとどまらず、彼岸からの自己の視線を想定することで〈仕事〉そのものの放棄を暗示している」と解説している。文中の「他者」は他人の意である。「内なる他者」にとっての「仕事」は、ランボーに「見者の詩」を書かせることであった。一身二人格の行為ゆえ、「対他」でもない。「墓のかなたの人間」からを、彼岸からの自己の視線などと捉え、仕事（詩）の放棄の暗示だと言う。まるでえせ探偵の推理のごとしである。「他者」を理解できない訳者は、何度もこのような迷路に入り込む。「私の義務は免除になった」の詩句は、そうなる筈だという予想の中での断定である。ロンドンでのランボーの見者行は、まだ始まったばかりであった。

8　出発

十分に見た。幻影はどこの空にもあった。
十分に得た。夕べに、日差しのなかで、どんな時にも、都会の〈喧噪〉。
十分に知った。いくたびもの生活の休止。──おお、〈喧噪〉と〈幻影〉！
新しい愛情とざわめきとに包まれての出発！

中地義和・粟津則雄・斎藤正二・鈴村和成ともに「出発」。原題 Départ《デパル》は、出発、始まりの意。中地は『「出発」は国立図書館所蔵草稿第一巻九枚目に、「生活III／出発／王位」の順で清書されており、「出発」のタイトルは後から書き加えられたもの、「生活」への一種の反歌として読める』と解説している。清書したのはジェルマン・ヌーヴォーであり、追加タイトルはランボーである。たった四行の詩。反歌と見たくなるのも無理はない。しかしどういう反歌なのか、読み解きはない。幻影、喧噪、生活休止、愛情、ざわめきでは何のことやら。そしてどこへ出発するのか？　粟津訳も挙げる。

これだけ見ればたくさんだ。幻はどんな空気にも見つかった。

これだけあればたくさんだ。町々のざわめきよ。夜がきても、陽が照っても、いつもかも。

これだけ知ればたくさんだ。生命の停滞よ。――おお、ざわめきと幻よ！

新しい情愛と響きとへの出発！


栗津は「寺田透氏、ジェルマン・ヌーボーとの出発とする通説に反して、ヴェルレーヌとの同棲生活への出発ととる。……ぼくとしては、必ずしもヌーボーとの出発とは思わず、ランボオがおのれの過去をのりこえる際の、荒々しい絶対性がこの詩の透明簡潔な詩形を生んだと見たい」と注記している。この詩はまだ一八七二年九月の作と思われる。ヴェルレーヌとの共同生活は始まって間もなく、ヌーボーとの渡英は七四年であり得ない。また渡英後すぐ見者行は始まっており、過去はすでに乗り越えていた。「荒々しい絶対性」は、「おはなし」で見たごとく始まろうとしていた。これは反歌ではない。私の直訳的意訳を挙げてみる。


十分に見られた。すべての環境に、幻想との出会いを。

十分に得られた。夕方に、日中に、相変わらずの街々の不満の声を。

十分に知った。人生の停止を。おお、不満の声よ、幻想よ！

出発だ！　経験のない愛と評判の中へ。

意味の選択により、詩の表情も内容もこれほど変わる。air《エア》は、空気、風、空、雰囲気、環境の意。rumeur《リュムル》は、ざわめき、不満の声、噂、風聞の意。Vie《ヴィ》は、生命、人生、生活の意。arrêt《アレ》は、停止、中止、休止の意。neuf《ヌフ》は、新しい、経験がない、初々しいの意。bruit《ブリュイ》は、音、騒音、大騒ぎ、噂、評判の意。主なものを列記した。

「生活Ⅲ」の後半で未来予想を語り、「途方もない仕事を完成し」としたが、これは「他者」の楽観的思惑であり、「見者の詩」追究はこれからだと重々承知していた。だから〈よし出発するぞ！〉の意志を、新たに書き留めた断片である。これも「他者」の詩。解読に入る。

十分に見ることが出来た。普仏戦争、パリ・コミューンの蜂起と壊滅、パリと詩の現況、ヴェルレーヌ争奪による女の心理、亡命者たちの口惜しさ・嘆き、そこから数々の幻想を生むことが出来た。十分に得られた。この世に満ちる不満の声を。やはり再度の変革の波を起こさねば。十分に知った。私の人生にブレーキをかける世間のからくりを。おお、不満の声よ立ち上がれ、幻想よ火を放て！　さあ、見者に向けて出発だ！　まだ経験のない友愛《シャリテ》と世間の驚きの中へ。という詩意のものである。

中地訳の「幻影」はまぼろしで不適。「生活」はなく彼は寄生のヤドカリ。「生命の停滞」は死線のさ迷いで不適。ランボーはヴェルレーヌとの間に「友愛」を築こうとしていた。失敗に終わるのだが。「見者の詩」でパリ詩壇を驚愕させ、詩人を取り戻すのが彼の目標だった。

9　王位

ある朝のこと、とても温和な人々が住む国で、美しくて堂々とした一人の男と一人の女が公共広場で叫んでいました。「諸君、私はこの女《ひと》に王妃になってもらいたい！」「私は王妃になりたい！」女は笑い、震えていました。男は同胞たちに向かって、啓示だの、終わった試練だのを口にしていました。二人は身を寄せ合ってうっとりとしていました。

実際、二人は、真紅の垂れ幕が家々の上に掲げられた午前中と、棕櫚の庭のほうへ歩いて行ったその日の午後の間ずっと、王と王妃でした。

粟津則雄・斎藤正二・鈴村和成は「王権」である。原題Royauté《ルワイオテ》は、王位、王威、王権、王政の意。「王位」が詩に合う。粟津は「この王と王妃は明らかにランボオとヴェルレーヌだろう」と注記。斎藤も同じである。中地は『一組のカップルが王位を望む話であるにもかかわらず、その願望は女の側からのみ表明されている。その時点で男がすでに王位に就いていて、女を王妃としたい旨を民衆に公表する場面というよりも、二人はともに「試練」を経て「啓示」を受けたのであるから、むしろ共通の願望を「カップルをめぐる宮廷的換喩（ギュイヨー）」

によって表現していると考えるべきだろう』と解説している。

この詩は、見者に向けて「出発」を決意した後の、ヴェルレーヌとの関係を明示したものである。彼の社会的・金銭的支援を得ての見者行であるにも拘らず、「見者の詩」に至る道を教えるのは私だという思いが、「内なる他者」にある。それを公的に示す形で、王と王妃の婚約宣言となった。宣言の対象は反応を求めない架空の存在ゆえ、「とても温和な人々の住む国」なのだ。これも「他者」の詩である。解読に入る。

ある朝、立派そうに見える男と女が、この二人を知る者たちに向かって明言した。「みなさん、私はこの女《ひと》を見者の道へ進む従者にしたい!」と。「私も従者になりたい!」と笑いながら言い、震えてもいた。男はみんなに説明した。われら二人は、天からその道を進めと啓示を与えられた者であること、またその試練を経てきた者であることなどを。二人は睦まじかった。実際に二人は、見者行では詩人と従者の関係であった。

わざと言い換えて詩意を解いた。「他者」の意図はそこにあるからである。ヴェルレーヌのほうが社会的に詩人である。だが「見者の詩」を説き伏せられた彼には、ランボーの方法論に従うしかなく、まさにその幻術に吸い寄せられていた。実際に知人たちにそう宣言したのではなく、ヴェルレーヌとの応答があったわけでもない。「出発」に当たり、「他者」の信念がこの詩片となって表われたのである。

「啓示」は、「他者」が太古から流れ下った人類の叡知と言えるものであり、その言を受け止めたヴェルレーヌもその恩恵を受けた者だからである。「試練」はランボーには数々あり、ヴェルレーヌもパリ詩壇を離れ、妻子を置き去りにした別離があった。だから何としても「見者の道行き」を成功させる責務が、「他者」にはあった。この詩の後「他者」は、王と王妃の主従関係を貫き通そうとする。ヴェルレーヌに逃げられると「素顔のランボー」に戻るのだが、ピストル事件が生じるまで続いた。

詩の末尾の「真紅の垂れ幕」と「棕櫚の庭」について、斎藤正二は『緋色の幔幕』および「棕櫚の葉の茂る庭」は、栄光と勝利との象徴である。ランボーは、イエズスのエルサレム入城を念頭に置いていたのだろう。ただし、この王国も永くは続かなかったのだ』と注記している。栄光と勝利の象徴としての物語というのはあるのだろう。しかしキリスト教嫌いが、イエズスを念頭などに置くわけがない。詩が語るのは、栄光と勝利の「ほうへ歩いて行った」であり、栄光と勝利はまだ予想のものだった。その間ずっと「王と王妃」であるだろう、となる。

斎藤説にあるように王国は長続きせず、翌一〇月半ば過ぎには、ヴェルレーヌに離婚訴訟が生じて荒れ始める。『イリュミナシオン』の詩も、それが一つの目安で、一〇月前半と後半では大きな変化が現われる。一年後の『地獄の一季節』の「錯乱I／狂える処女《おとめ》」では、王と王妃の失敗譚が書かれることになる。

10　ある〈理性〉に

お前の指が太鼓をひとつ弾《はじ》けば、すべての音が解き放たれ、新しいハーモニーが始まる。

お前が一歩踏みだせば、新しい人間たちの決起だ、そして彼らの進軍だ。

お前の頭が横を向けば、新しい愛！　お前の頭が向き直れば、——新しい愛！

「われらの定めを変えよ、災いを打ち砕け、手始めに時間から」と、この子たちはお前に向かって歌う。「どこでもよい、高く掲げよ、われらの運命とわれらの願いの実質を」、そう人々はお前に祈る。

つねに到来していて、どこにでも立ち去るお前。


粟津則雄・西条八十・鈴村和成も「ある理性に」、斎藤正二は「ひとつの理性」である。原題A《ア》 Une《ユヌ》 Raison《レゾン》は、一つの理性にの意。uneは、一つの、あるの意だが、「ある」は不特定の場合。詩は特定の対象ゆえ「一つの」が正しい。斎藤は「ランボーが殊更に'À la raison'とせず'À une raison'としたところに見者の観念を窺い知ることができるのではあるまいか。新しい意味の理念に頼り、全人類の救済を夢みていたのではあるまいか」と注釈している。

西条も斎藤同様に「ランボオの言葉に対する新しい解釈が見られる。彼はこの新しい意義の〈理性〉の把握によって、夢みるユートピアの招来を確信する」と捉えている。鈴村は『運命を司るものとしての「ある理性」にランボーは呼びかけている。……この「理性」は女性である点に注意したい。最後の一行でも「いつでもやって来て」は、Arrivée de toujours というふうに過去分詞が女性に一致している』と奇妙な解釈である。中地は海外説紹介のみ。

この詩は、「内なる他者」が潜在化の折、「素顔のランボー」が「他者」を称讃し願望を述べたものである。特定された「お前」は「他者」である。新しい理念や新しい解釈の理性があるのではない。今までになかった「理性」に対する彼の従属創造の途上であった。「他者」はランボーを、見者に仕立てようと持てる愛を傾注していた。解読に入る。

「お前の指が太鼓をひとつ弾《はじ》けば……」は、「見者の手紙」にある「ぼくが楽弓を一弾《ひ》きします。すると交響曲は奥深くで鳴り始めるか、あるいは一挙に舞台の上に躍り出します」と同意の詩句である。一つのヒント（一つの音）を得ると、潜在化していた「他者」が華やかに躍り出し（顕在化し）、「新しいハーモニー」が奏でられるのだ。「お前が一歩踏み」出すたびに、この世には思考を新たにした人間たちが立ち上がってくる。そして「彼らの進軍」も始まるだろう。「お前の頭が」横を向いても向き直っても、人間本来の健康な愛が生まれる。「他者」には、偽善や人間を抑圧する道徳などないからである。ここまでは「素顔」の讃歌。

「われらの定めを変えよ、災いを打ち砕け、手始めに時間から」とは、「われら」がまずランボーとヴェルレーヌ。障害の多いわれらの運命を変えてくれ、襲いかかる災いは破砕してくれ、手始めに停滞したこの時間を何とかしてくれ、との「他者」に対する懇願である。「この子たち」とは、非力な二人のこと。「お前に向かって歌う」頼むしかないのだ。時間の停滞が「見者行」を阻んでいる。時間の停滞とは、異国の地で詩の発表場所もなく、金銭や人間関係の閉塞状態を指している。

「どこでもよい、高く掲げよ、われらの運命とわれらの願いの実質を」とは、ロンドンでなくともどこでもいい、われらを高々と掲げてくれ目立つように、見者を目指すわれらの運命と願いを確かなものにしてくれ。「そう人々はお前に祈る」となる。「人々」は詩の上のぼかしで、二人のこと。そして最後に「つねに到来していて、どこにでも立ち去るお前」よ、私の声が聞こえているか!?　となるのだ。

西条は『「まず時間をどうにかしてくれ」という時間の問題や、「いつでもやってきて、またどこへでも行くだろう」という空間の問題までを、ランボオが理性《レゾン》に結びつけていることに関しては一考を要する。この見者の観念については、多くの研究家が十人十色の解釈を与えている』と書いている。その「一考」は一向に出現せず、十人十色のまま。ランボーが顕在し潜在化する「お前」を明示しているのに、変幻自在の存在に食い下がる者はいなかった。

11　陶酔の朝

おお、ぼくの〈善〉！　おお、ぼくの〈美〉！　すさまじいファンファーレ！　そのなかで、ぼくは少しもよろけはしない。魔法のような拷問台！　途方もない業《わざ》とすばらしい肉体に万歳！　はじめてのことだ。それは子供たちの笑いのなかで始まった、またそれで終わるだろう。ファンファーレが衰えて、ぼくらが元の不調和に戻されるときも、この毒はぼくらの血管の隅々に残るだろう。おお、今やこの拷問にこれほどにふさわしいぼくたち！　熱烈に取り集めよう、ぼくらの創造された肉体と魂とになされたこの超人的な約束を。この約束《プロメス》、この錯乱《デマンス》を！　優雅《エレガンス》と、科学《シャンス》と、暴力《ヴィオランス》！　ぼくらは約束されたのだ、ぼくらのとても純粋な愛を持ちきたることができるよう、善悪の木を闇に葬り横暴な正直さを追放してもらうことを。それは何か不快な感じで始まった、そして——ぼくらにはあの永遠を即座につかみとることはできないのだから——終わるのだ、散り散りに消えてゆく香りとともに終わるのだ。

　子供たちの笑いよ、奴隷たちの慎みよ、生娘たちの厳格さよ、ここにある図柄や物体への嫌悪よ、眠らずに過ごしたこの夜の思い出によって聖なるものとなれ。それはまったく粗野な感じで始まった、今それは炎と氷の天使たちで終わるのだ。

陶酔に満ちたささやかな一夜よ、ぼくらに授けてくれた仮面のためだけであれ、お前は神聖！　ぼくらはお前を肯定する、方法よ！　ぼくらは忘れない、きのうお前がぼくらのそれぞれの年代に栄光を授けてくれたことを。ぼくらは毒を信頼する。ぼくらはいつの日も自分の命をそっくり投げ出すことができるのだ。

　今、〈暗殺者たち〉のときが始まる。


肩点は原文でイタリックで強調されている言葉。粟津則雄・斎藤正二・西条八十・鈴村和成はともに「陶酔の午前」である。原題 Matinée《マティネ》 D'《ド》Ivresse《イヴレス》 は、前者が朝の間、午前中の意。後者は酔い、夢中、陶酔の意。「陶酔の午前中」となる。「朝、午前」は matin《マタン》 である。斎藤は「この詩は麻薬摂取とか飲酒乱行とかの悪魔的手段に殉じようとする強い意志を表明したもの。アダンによれば、ランボーが初めてハシッシュを服用した直後に書かれたもので、見者の道の遂行のためには〈あらゆる毒物〉をも摂取しようとしていた時のものだ」と注記している。

　中地義和は「一定の時間（晩から翌朝まで）に自分の肉体を通して生きた体験を、それがまだ完全に終わっていないが終わり近くまできた時点で、回顧し描写している。そしてその体験の幸福な効果が肉体のうちに残存するであろうこと、それが〈方法〉的に何度でも再開されうる体験であることを、熱烈に断言している」と解説し、『イリュミナシオン』の他の詩との関連性を考える読み方と、ハシッシュの陶酔を想定しながらボードレールとの類比を検討する二通りの読み方があると指摘している。

この詩は「麻薬摂取とか飲酒乱行」ではない。「ジュティストのサークル」で乾燥大麻を吸ったが、以後はない。ロンドンで大麻を吸う余裕など全くない。「ボードレールとの類比」も関係ない。アダンの「見者遂行への毒物摂取」は当たりだが、麻薬の毒ではない。見者の道への「出発」を意志し、ヴェルレーヌとの主従関係を「王位」で定め、この詩は「見者の手紙」の理論の反芻《はんすう》に入ったものである。ドメニー宛の手紙の一部を挙げる。

「詩人になろうと望む人間のなすべき第一の探究は、自分自身を認識すること、それも全的に認識することです。彼は自分の魂を探究し、綿密に検査し、それを誘惑し、それを学ぶのです。（中略）詩人はあらゆる感覚の長期にわたる、大がかりな、そして理に適った壊乱を通じて見者となるのです。あらゆる形態の愛や、苦悩や、狂気。彼は自分自身を探究し、自らのうちにすべての毒を汲み尽くして、その精髄のみを保持します。それは、全き信念を、超人的な力のすべてを必要とするほどの言い表わしようのない責苦《せめく》であって、そこで彼は、とりわけ偉大な病者、偉大な罪人、偉大な呪われ人となり、――そして至上の〈学者〉になるのです！」

「あらゆる感覚」とは、善意・美醜・新旧の価値判断である。詩人たろうとする者は、その感覚の壊乱・転倒なくしては本当の価値を見通す見者にはなれない、と言う痛烈な逆説であり一理あるが、理論ゆえ具体例はない。しかし詩は、その理論の実践のように見せながら、「言い表わしようのない責め苦」の具体は何も示されていない。何もないということは、詩は「見者理論」をなぞった予行演習である。やたらに感嘆符！を打ち、リアリティーを持たせている。「ぼく」はランボー、「ぼくら」はランボーとヴェルレーヌ、最後にある「お前」は他者だから、この詩も「素顔」が書いたもの。まだ一八七二年九月の作と思う。解読に入る。

「おお、ぼくの善よ！　ぼくの美よ！」は、ランボーの求める逆説の善美ゆえ肩点で強調している。ぼくの悪よ！　ぼくの醜よ！　でもある。凄まじい吹奏楽の中で立ち上がれ！　と楽団付きで勇ましい。ぼくはそのすごさによろけたりしない。価値転倒の魔法じみたわが身の責め苦！　と強調するが、夜から朝までの一人の行為の中で生ずる筈がない。価値をめぐる「責め苦」は心の問題で、物理ではない。途方もない苦悩や狂気に耐える素晴らしい肉体に万歳！と虚構の中で自分の肉体を褒め、それは子供の笑いの中で始まり、笑いの中で終わるだろう、と豪胆ぶる。rire《リル》は、笑い、あざ笑いの意。粟津・斎藤は「哄笑」の訳だが、ここは子供の健康な笑いと読むほうがいい。後に出てくる同じ詩句がそれを語る。

吹奏楽の血の掻き立てても衰えて、ぼくらが元の不活発に戻されても、この毒は体の隅々に残るだろう。「この毒」を訳者すべてが乾燥大麻の毒と捉えている。これは「見者理論」の「自らに汲み尽くしたすべての毒」である。そして「おお」の感嘆詞となり、今やその毒の拷問（試練）に耐えるにふさわしいぼくたち！　となる。見者行にふさわしいお前と私である。

熱烈に取り集めるのは、「あらゆる形態の愛や、苦悩や、狂気」である。ぼくらの創造された肉体（ランボー）と魂（他者）との間に交わされた約束は、既成の美・道徳・価値を錯乱することだ！　優雅さと、知識（科学）と、暴力を駆使して！　である。ぼくらは純粋な愛を招来するために、既成の善悪判断を闇に葬り、権力に媚びる無気力で横暴な正直を追放して貰おうと念じているのだ。中地は「善悪の木」とは『創世記』の楽園の中央にある木で、アダムとイヴが人間の原罪とされた木だ、と注釈している。見当違いも甚だしい。

「それは何か不快な感じで始まった」は、訳が悪い。既成価値への反発は、「いくつかの強い嫌悪」（quelques《ケルク》 dégoûts《デグウ》を直訳）で始まったのである。そして、われわれに永遠など摑まえることは出来ない話だから、その嫌悪も香気の放散するごとく、ちりぢりに消えて終わるだろう。われらの力だけではどうにもならぬだろう、と現実に戻っている。

「子供たちの笑いよ、奴隷たちの慎みよ、生娘たちの厳格さよ、ここにある図柄や物体への嫌悪よ、眠らずに過ごしたこの夜の思い出によって聖なるものとなる。それはまったく粗野な感じで始まった、今それは炎と氷の天使たちで終わるのだ。」

この段落は、肩点部分が誤訳で意味不明である。discrétion《ディスクレスイオン》は、慎み、遠慮、控え目の意。粟津・斎藤も「慎み深さ」としている。「奴隷たちの控え目よ」となるべきものだ。austérité《オステリテ》は、峻厳、重々しさ、飾り気のなさ、簡素の意。粟津・斎藤も「峻厳さ」と話にならない。ここも「生娘たちの飾り気のなさよ」が正しい。horreur《オルル》は、醜悪さ、残酷さ、醜い人、恐怖、激しい嫌悪の意。figures《フィギュル》は、顔、表情、人物、図形の意。objets《オブジェ》は、物体、品物、対象、主題の意。三語合わせて、中地は「図柄や物体への嫌悪よ」、粟津・斎藤は「姿かたちや事物への嫌悪よ」と、何のことやら意を成していない。ここは「顔の醜い人たちよ、ここに対象たち」と転ずる文である。「子供、奴隷、生娘、醜い人」は、偽りのない対象として併記されたもの。価値転倒の一例でもある。何とも愚かな訳が、まかり通っていたものである。

「子供たちの笑いよ、奴隷たちの控え目さよ、生娘たちの飾り気のなさよ、顔の醜い人たちよ、ここに対象たち」となるものだ。そして「おまえたちも、この不眠の夜の思い出で祝福されろ、はじめはぎくしゃくしていたが、今やそれは、焔と氷の天使たちによって終る」（粟津訳）となる。「見者理論」を反芻しながら不眠の一夜を過ごしたのだ。偽りのないお前たちも、私が肯定したように祝福される口がきて欲しいものだ。始めは「見者理論」の追跡も順調ではなかったが、情熱（焔）と理性（氷）の天使たちに見守られて終わった、と言うのだろう。

最後も粟津訳のほうがわかりやすい。「陶酔のうちに過したささやかな一夜、こいつは神聖なものなのだ！　おまえがおれたちに授けてくれた仮面のためにすぎなくとも、おれたちはおまえを認める、方法よ！　おれたちは忘れはしない、昨日おまえが、どんな年令の奴にも洩らさず至福を与えてくれたことを。おれたちは毒を信ずる。いつでも、この命をことごとく投げうつことが出来るのだ。今は暗殺者のとき。」

夢中のうちに一夜が過ぎた。これはぼくらにとって神聖なものだ。「見者理論」はぼくらの仮面にすぎないとしても、お前の授けてくれた方法は確かなものだ！　ぼくらはお前に付いて行く。決して忘れはしない。昨夜お前は、どんな世代にも至福を与えてくれた。ぼくらは汲み上げた毒を信ずる。ぼくらは「見者詩人」になるために、この命を投げ出すことが出来るのだ。今こそ既成価値を破壊する、精神の暗殺者のとき！ となる。

「ぼくら」をヴェルレーヌと二人としたが、「見者理論」を反芻し追跡したこの一夜にヴェルレーヌが参加したとは思われない。「見者」を目指す二人の関係がまだ良好であったゆえの「ぼくら」だと思われる。最後の「暗殺者《アササン》」について、西条八十はランボーの友人ドラエーの説を取り上げている。「暗殺者 Assassins」の言葉は、"Haschischines《アサッシン》"から来ている。これはイスラムの異宗派の教徒たちを指し、中世の亜細亜《アジア》でもっとも恐れられていた。彼らは大麻の酒で酔わされると、昂奮してどんな苦痛にも耐え、敵陣に乗り込み、彼らの長《おさ》の敵は誰でも殺しに行った」というもの。この解釈によれば、〈わが身を毒殺する時〉、〈毒物を呷《あお》る時〉の意味ともとれると西条は言う。

これは一一世紀ごろのペルシア暗殺者集団の話。彼らは大麻酒を飲まされ首領に命じられると、どこへでも暗殺に走った説話がある。斎藤も同じ注記。ランボーを独占したいドラエーに、海外研究者も振り回されている。ランボーの「毒」とは、世間が否定したものである。その「毒」で、どう新しい美や価値を生み出すかが「見者」の課題であった。そして自分の幸福・安泰のみを求める人々の、精神の暗殺者たろうとしているのである。「見者の思想」そのものは、人類愛を目指すものであることさえ理解されていない。

12　断章

世界が、私たちの四つの驚いた目が眺めるたった一つの黒い森になったとき、――変わらない思いやりで結ばれた二人の子供が遊ぶ浜辺となったとき、――私たちの澄み切った共感が憩う音楽の家となったとき、――私はあなたを見つけるでしょう。

この地上に、「未曾有の絢爛豪華」に囲まれた、穏やかで美しい一人の孤独な老人しかいなくなったら、――そうすれば私はあなたの前にひざまずきます。

あなたの思い出のすべてを理解してしまい、――あなたをがんじがらめにできる女になったら、――私はあなたの息の根を止めましょう。

～～～～～～～～～～

ぼくらがとても強ければ、――誰がしり込みなんかする？　とても快活であったなら、誰が笑いぐさになったりする？　ぼくらがとても辛辣であったなら、人から何をされることがあるだろう。

着飾りたまえ、踊りたまえ、笑いたまえ、――〈愛〉を窓から放り出すことなど、ぼくにはけっしてできないだろう。

〜〜〜〜〜〜〜〜

――おれの仲間よ、乞食女よ、仕方のないわんぱく娘よ！　お前にはどうでもいいのだ、あの不幸な女たちも、ああした手練手管も、それにこのおれの困惑も。聞いちゃいられないその声で、おれたちにしがみついて離れるな。このあさましい絶望をくすぐるのは、お前のその声だけだ！

粟津則雄も「断章」、斎藤正二は「章句」、鈴木和成は「フレーズ」、西条八十は不採用。原題 Phrases《フラズ》は複数ゆえ、いくつかの文の意。中地義和は『タイトルは文字通り「いくつかの文」であるが、この語は複数で用いられると「美辞麗句、大袈裟で内容空疎な文」という軽蔑的な意味にもなる。どちらの意味にせよ、詩のタイトルに掲げられたこの語に、詩人の超脱ないし自己アイローがこもっているのは確かである』と解説している。

辞典には確かに「[複数]空疎な言葉、気取った言葉」の意はある。中地は詩意を読めぬまま推測しているにすぎない。これは三断片を一つに括った複数である。見者を目指すランボーの、現況から発した呟《つぶや》きだろう。これも「素顔」の詩である。解読に入る。一断片。「私たち」はランボーとヴェルレーヌである。見者詩人を目指す私たちの眼がびっくりするほど、もしもこの世が沈黙の「黒い森」にでもなったとき、——または、目標に進もうと誓い合った二人の子供（ランボーとヴェルレーヌ）の前で、この世が二人の遊んでいい浜辺になったとき、——あるいは私たちの「澄み切った共感」が何の反抗心も生じない、憩いの場の「音楽堂」とこの世が化したとき、「私はあなたを見つけるでしょう」とまず言っている。

「未曽有の絢爛豪華」は、《luxe《リュクス》 inoui《イヌイ》》で「前代未聞の豪華」が素直。「美しいbeau《ボ》」は素晴らしいの意もある。もしこの世が「前代未聞の豪華さ」で、そこに穏やかで素晴らしい一人の老人しかいなくなったら、——「私はあなたの前にひざまずきます」と脱帽する。次の「あなたの思い出のすべてを理解してしまい」も誤訳。souvenirs《スヴニール》は、記憶、回想、思い出の意。réalise《レアリゼ》は、実行する、実現する、実感する、分かるの意。「あなたの記憶をすべて実現してしまい」のほうが文脈に添う。「あなたをがんじがらめにできる女になったら」もおかしい。原文に「私がje《ジュ》」はあるが「女」はない。私の直訳では「私があなたを束縛する術《すべ》を心得ているなら」となる。そして「私はあなたを窒息させるでしょう」と脅迫する。

　一断片で言ってることは何か。研究者も訳者たちも、森・子供・浜辺などはどの詩にあってなどと瑣末な分析に終始するが、「見つける、ひざまずく、脅迫する」や、肝腎な「あなた」への言及が何もない。文脈から絞れるのは、「神」である。それもキリスト教の「神」。詩人になろうと決意してから否定してきた「神」を正面に据えて、問答を始めたのだ。この世が沈黙の森、子供二人の遊ぶ浜辺、澄み切った音楽堂、そのようになったら私は「神」を実感できるだろうと、難題を並べ立てる。詩のサブ・テクスト（裏の意）は、そうなったら私たちは、「見者詩人」など目指さなくとも済むだろう。だがこの世は、醜い欲望と無気力の群れのがんじがらめではないか！　と言いたいのである。

　この世が私たちの創造の及ばない「前代未聞の豪華さ」で覆われ、穏やかで素晴らしい神にも等しい一人の老人の世界になるとしたら、私たちは何もすることがない。あなたの前にひざまずくばかりだ。もし私たちがあなたの記憶にあるものを創造力で実現してしまい、あなたを拘束する術が手に入るとしたら、私はあなたの息の根を止めるだろう、と言い切っている。「神」がこの世を救済出来ないなら無用な存在だ。「見者」目指して進むしかないとなる。

　二断片。この詩は人との関係の中での反発心である。ロンドンにきて、コミューン亡命者との交流がかなりあった。いろいろ渡英の事情も聞かれた筈である。答えられなかった思いが吐き出されている。ぼくら（ランボーとヴェルレーヌ）が社会的に強い存在であったら、誰がロンドンなどに逃げてきたりしますか。ぼくらが非常に陽気（gais《ゲ》は、陽気な、快活なの意）であったなら、誰がこそこそ陰で「笑いぐさ」にしたりできる？　ぼくらが大変な意地悪（méchants《メシャン》は、意地悪、辛辣の意）だったら、ぼくらの生き方を他人がどうこうなど出来ないだろう。さあ、いつまでもくすんでいないで、「着飾って、踊り、笑うがいい」、これは愚痴の多い亡命者たちへの鼓舞である。そしてヴェルレーヌとの〈友愛《シャリテ》〉を放棄するなど、「ぼくにはけっしてできない」と決意させている。

〈愛〉は鈴村も同訳だが、粟津・斎藤は「愛の神」、原文はle Amour《ル アムール》で「あの愛」である。ぼくの「あの愛」は、支援者ヴェルレーヌと築こうとしている「友愛《シャリテ》」以外にない。それが亡命者たちから陰口のネタにされたのだと思う。おそらくこの時点から、同性愛の疑念が持たれたのだろう。亡命者との関係は、始めはヴェルレーヌもコミューンの仲間として受け止められ、会合にもよく二人で参加したが、警察の密告者も動めていて、次第に行かないようになって行く。でも事が起こるまでは、何かと亡命者たちを頼りにはしたようだ。

三断片。始めの「――おれの仲間よ、乞食女よ、仕方のないわんぱく娘よ」は、" ―― Ma camarade mendiante enfant monstre !" の綴りである。順に直訳すれば「私の、仲間、乞食、子供、醜い」。Ma が女性形所有形容詞だから「おれの」は誤訳。中地は「女・娘」をヴェルレーヌと見立てているらしく、意味を成していない。粟津は「――ああわたしの仲間の乞食女よ、みっともない女の子よ！　おまえにはどうだっていいんだね、あの不仕合せな女たちも、いろんなかけひきも、わたしの当惑も。やりきれぬ声をはりあげてわたしたちにまといつくがいい、ああ何て声だろう！　この声だけがこのいやしい絶望におべっかを使う」とある。

この詩の核は「不仕合せな女たち、やりきれぬ声」である。ランボーの生きざまでみれば、ベルギーまでヴェルレーヌを取り戻しにきた妻マチルドと母モーテ夫人のことだ。税関手続きで一旦下車した国境の駅で、ランボーがヴェルレーヌを再び取り返し、二人の女を汽車で立たせた一件がある。妻のヴェルレーヌを呼び叫ぶ声が、耳底にこびり付いていたと思われる。始めの「――」間は、言い出すのをためらう間と気付いた。「わたし」の女性形は、詩の上のアリバイ隠しである。「仲間の乞食女、醜い女の子」は、ランボー同様に世間から疎外された者たち。その者たちには何の関係もないことさ。だがあの裕福な女たちにとっては不幸なことだった。「いろんな駆け引き」は、妻たちが取り戻しにき、それに応じてランボーも共に帰ることにし、国境の駅でヴェルレーヌに再び逃亡を促したことなどである。彼を取り返さなければ見者行は成り立たず、「当惑」どころではなかった。妻の叫びが二人の耳に残った。何というやり切れない声だったことか！「その声」だけが、見るに堪えない絶望寸前の私の願望をくすぐるのだ、〈勝ったぞ！〉と。

中地訳では詩意追跡は不可能だった。原文に当たり、他訳を読み比べ、ベルギーの一件が見えてきたのである。「断章」の三篇とも、ランボーの生きざまを知らぬと見えてこないものだ。ヴェルレーヌとの関係は、何のトラブルもなく良好と読める。亡命者たちとの関係も、好悪はあるが交流は続いている。後で拒絶となるのだが――。ベルギーの一件もまだ昨日のことのようだ。それらを勘案して、この詩も一八七二年九月作である。

13　労働者たち

おお、あの二月の生暖かい朝。時ならぬ〈南風〉が吹いてきて、私たちの愚かしいほど貧しかったころの思い出を、若い私たちの貧窮を、蘇らせたのであった。

アンリカは、前世紀に着られたにちがいない白と焦げ茶のチェックの木綿のスカートを履き、リボンの付いたボンネットを被り、絹のスカーフを巻いていた。喪の雰囲気をはるかにしのぐ陰鬱さだった。私たちは郊外をぶらついていた。曇り空で、あの南の風が、荒れ果てた庭や枯れた草原のいやな臭いを余さず掻き立てていた。

それでも妻は、私ほどには疲れなかったにちがいない。前の月の洪水でかなり高くにある山道にも残っていた水たまりのなかに、とても小さな魚が何匹もいると私の注意を促したのだから。

街は、煙とさまざまな職業のざわめきとで、道行く私たちをはるか遠くまで追ってきた。おお、別世界よ、空と緑陰の恵みを受けた住まいよ！　南の風が、幼いころの惨めなできごとや、夏の絶望や、いつも運命が私から遠ざけてきた恐るべき量の力や知識を、思い起こさせるのだった。ごめんだ！　私たちがいつまでたっても婚約を交わした孤児でしかないようなこんなしみったれた国で、夏を過ごすまい。私は、このこわばった腕が、もう愛しい面影を引きずったりしないことを望むのだ。

西条八十も「労働者たち」、粟津則雄・斎藤正二・鈴村和成は「労働者」。原題 Ouvriers《ウヴリイエ》は、「工場の」労働者たちの意。中地義和は『この詩は自伝性の濃い詩とみなされ、スカンジナヴィア特有の女性名「アンリカ」や「前の月の洪水」などを、ランボーの実存のしかるべき時点に位置づけながら、その成立時期を推定することさえ可能であると考えた註釈者もいた。しかしこれらの指摘は「何か確定的なことを引き出すにはあまりに曖昧」であり、今日ではむしろ「このテクストは写実主義的なものではない」という見方のほうが支配的である。逆に、一見変哲のない筆致で書かれたこの詩のテクストとして「きわめて豊か」であり、まずその内的構造こそが分析の対象となるべきである、という認識が共有されている』と解説している。

西条は「この詩人としては稀《めずら》しい平明な抒情詩」と言い、鈴村も「(詩集中)唯一の自然主義的・写実主義的色彩の強い一篇」と捉えている。ならば詩が読めそうなもの。何も読めていない。どの訳者も、題「労働者たち」と内容のまるで異なる落差にも言及がない。その見極めがまず難題である。労働者に係わる詩句は何もない。私には「労働者たち」は呼びかけだと思われる。呼びかける内容が、詩にあるのだと思われる。詩句を解きながら核に迫ってみる。

一つ鍵が見付かった。終わりの「私たちが……婚約を交わした孤児でしかない」である。これはすでに解読ずみの王と王妃の婚約話「王位」の変形譚であり、ランボーとヴェルレーヌの来し方・現況が核となるようだ。その思いで読み直すと、抒情詩や写実主義どころか、巧みな幻術にくるまれたピリカラ・スープである。歳月・情況・思想・批評などが、渾然一体となって溶けている。詩作時期も一八七二年一〇月始めごろと推定できる。解読に入る。

「おお、あの二月の生暖かい朝」とは、「おお、あの」の感嘆詞・連体詞による強調は、ただの二月ではない。前年の一八七一年二月である。普仏戦争が休戦協定に入り、二月八日にパリより遠いボルドーで総選挙、二六日には『講和予備協定』が結ばれた。蟄居中のランボーは、矢も盾もたまらず二五日に三度目の出奔でパリに行き、一週間滞在で敗戦の街を見、三月一日のドイツ軍のパリ入城を目撃し、六日かけて徒歩で帰郷した。その八日後にパリ・コミューンの蜂起があった。休戦とともに各地区国民軍は、自ら造った大砲をモンマルトルの丘などに集めて隠した。後で正規軍がそれを奪いにきてコミューンとの激突に発展したのである。

ランボーにとって、七一年二月は「生暖かい朝」だった。そして「時ならぬ〈南風〉」パリ・コミューンの解放の風が吹いてきたのである。ランボーは「愚かしいほど貧しかった」。父に捨てられた母子家庭だった。「私たち」の複数は、婚約がらみの話の筋上のぼかし。二月を思うたびに、徒歩で帰郷の貧しさが蘇ったのである。

「アンリカ」この具体名に、研究者も訳者も振り回されている。「大洪水のあとで」の「マダム＊＊＊がアルプス山中にピアノを据えた」同様、具体名で眼を眩ませるのはランボーの幻術である。北欧風の女性名は本で知ったか、「内なる他者」の叡知によるもの。「前世紀に着られたに違いない」衣装は、これも具体を装った幻術で、アンリカ（ヴェルレーヌ）は貧しい私に比べ、人目につく衣装を着ていたというのが詩の裏の意である。もう一つ裏返せば、彼はすでに詩人であった、しかし「前世紀の衣装の詩人」と揶揄し、「喪の雰囲気の陰鬱さ」とけなしている。見者行は、詩人としてのヴェルレーヌの活気を取り戻す旅でもあった。

「私たちは郊外をぶらついていた」とは、パリに始まりベルギー、ロンドンの逃避行まで含む。カルジャ刃傷事件でパリ詩壇から追放されたランボーは、詩壇「郊外」でヴェルレーヌだけが頼みの綱だった。コミューン壊滅後は「曇り空」、希望のない世相だった。「荒れ果てた庭や枯れた草原」は、抑圧による思想の頽廃や枯渇した活力のこと。そのはざまから社会の腐った臭いを、壊滅した筈のコミューンの風が「余さず掻き立てていた」と言う。これはそうあって欲しいランボーの願望に過ぎない。

「それでも妻は、私ほどには疲れなかったにちがいない」の「妻」は、すでに「王位」で主従関係を決めたことに拠っている。コミューンを巡る動きは、二人で話し合ってきたのだろう。ランボーは埒外の義勇兵よろしく、「パリの軍歌」、「パリのどんちゃん騒ぎ」、「正義の人」などの詩を書き、コミューンの動向に一喜一憂してきた。ヴェルレーヌはコミューン政権下のパリ市庁で新聞局長の地位にあったが、正規軍がパリに侵入して「血の一週間」が始まると、妻とともに他県の叔父の家に避難していた。パリに戻ったのは、ランボーの手紙が届く七一年九月初めごろ。確かに彼の疲れは少ないと言える。

「前の月の洪水でかなり高くにある山道にも残っていた水たまりのなかに、とても小さな魚が何匹もいると私の注意を促したのだから」とは、これまたさりげなさの中の幻術。中地は、妻が私ほど疲れていないのは、水たまりの小さな魚に関心を寄せるほど、瑣末なことしか頭にないせいだと思い込んでいる。「促したのだから」は、他訳はみな「教えてくれた」である。「水たまり flache」は、ランボーの住んだアルデンヌ地方の方言、と中地の注記にある。辞典にはない。辞典にない単語は、他にも幾つかぶつかる。

「前の月の洪水で」は、七三年二月のロンドン出水説が海外にある由。この詩は七二年だから無関係である。「前の年の大洪水」とすべきところを、「水たまり」に合わせて映像を縮小したものである。それは次の詩句を調べてわかった。「かなり高くにある山道にも残っていた水たまり」の「山道 sentier《サンティエ》」は、［森・山・牧場などの］小道、［精神的な］険しい道の意。どの訳者も後者は不採用だが、「かなり高くにある精神的な険しい道の水たまり」となれば、大洪水後の亡命者たちの「水たまり」、集会場となるのは必定である。ベルギーにもロンドンにも「水たまり」があり、ヴェルレーヌから知人亡命者を紹介されている。それにしても「とても小さな魚が何匹も」とは突き放した言葉。活力の失せた存在に早くも批判含みだ。

「街は、煙とさまざまな職業のざわめきとで、道行く私たちをはるか遠くまで追ってきた」とは？　何とも詩意が不鮮明。他訳もほぼ同様である。粟津は「町はロンドンを指していよう」と注記。原文を調べて啞然となる。La ville, avec sa fumée et ses bruits de métiers. これを直訳すれば「街は、彼女の仕事の噂と虚しさが一緒に」となる。sa《サ》 は女性形所有形容詞。

fumée《フュメ》は、煙、湯気、虚しさ、心の乱れの意。bruits《ブリュイ》は、音、騒音、大騒ぎ、噂、評判の意。主語が「彼女の」ゆえ、「街」はパリである。

　女王パリの街で起きているよくない噂と虚しさが、遠く逃れてきた私たちにまで届いてやり切れない、と文意が明解になる。続く次の文も「おお、別世界よ、空と緑陰の恵みを受けた住まいよ！」とは、おお、別世界よ、気候と緑陰の恵みに満ちた住まいの理想郷よ！　の意となるものだ。「空 ciel《スイエル》」は、気候、風土、天の意もあり、気候のほうが合う。中地は「否定的叙述に突如侵入する肯定的世界の夢想」と注記している。夢想ではなく心の叫びである。革命壊滅後のパリの噂や虚しさが「水たまり」で聞かされ、亡命者たちの思想も萎え、見者行の先行きも不明なランボーにとって、どこかに別世界が現われて欲しい心境だった。

　「南の風が、幼いころの惨めなできごとや、夏の絶望や、いつも運命が私から遠ざけてきた恐るべき量の力や知識を、思い起こさせるのだった」とは？　これも意味不明。粟津訳は「南風はおれの心に、少年の日のみじめな出来事を、夏の日の絶望を、運命がいつもおれから遠ざけて来たおそろしいほどたくさんの力と知識を呼び起した」である。こちらは文が素直で、ランボーの過去も辿りやすい。「幼いころ」でなく「少年の日」である。

　コミューンの解放の風（南風）が吹いた少年の日々、パリに出て詩人になりたいとあがいていた。母ヴィタリーには食える職につけと追い詰められ、師イザンバールやドメニーには役立つ人間になれと説教されて出口なしだった。「夏の日の絶望を」は「落胆を」とすべきである。désespoirs《デゼスプワル》は、絶望、落胆の意。これは七一年五月二八日、コミューン壊滅の翌日あたりのこと。ランボーがドメニー宛「見者の手紙」を出し、返事の来次第、パリに飛び出そうとしていた矢先であった。「絶望」なら何も手につかぬが、パリ行きの意志はその後も続いた。

次の「運命がいつも」も「境遇がいつも」のほうに正しく、「力と知識」も「能力と知識」が妥当である。sort《ソル》は、運命、境遇の意。force《フォルス》は、力、能力、体力の意。「境遇がいつもおれから遠ざけてきた恐ろしいほどたくさんの能力と知識を呼び起こした」となれば、コミューン蜂起に欣喜雀躍し、「内なる他者」が顕在化し、その「能力と知識」があふれ出て「見者の手紙」をまとめた経緯を示唆していることが明らかとなる。「他者」の憑依も運命の一つだから、「運命」が阻んでいた文ではちぐはぐなものとなる。

「ごめんだ！　私たちがいつまでたっても婚約を交わした孤児でしかないようなこんなしみったれた国で、夏を過ごすまい。私は、このこわばった腕が、もう愛しい面影を引きずったりしないことを望むのだ」とは？　肩点は原文でイタリック体の強調句。粟津訳は「なつかしい面影」である。中地は『「愛しい面影」は、眼前の女性が体現しえなくなった不在の女性像』と解説している。見当違いも甚だしい。原文 une《ユヌ》 chère《シエル》 image《イマジュ》は、「一つの貴重な記憶」と訳すべきものだ。une は、ある、一つの意。chère は、高価な、愛する、新しい、大切な、貴重なの意。image は、絵、版画、写真、映像、心象、記憶、象徴の意。

ああ厭だ！　いつまで経っても見者行を進められない、こんなけちな国で思い出の夏を噛みしめたくない、と言ってるのだと思う。詩の文脈はコミューンへの追想で進んできている。渡英は九月始め、この詩は一〇月始めと推測できる。すでに秋である。「夏を過ごすまい」は錯乱であろう。ロンドンでは金に余裕のない逃亡者にすぎない。詩を書いても発表の場もない。亡命者たちもイギリス人も見者行は無視である。「婚約（見者行の約束）を交わした孤児でしかない」のは当然だった。おれは「こわばった腕」どうすることも出来ない情況の中で、「一つの貴重な記憶」欣喜雀躍したコミューンの思い出を引きずっていたりしてはいけない、と自戒の思いに浸るのである。以上、文脈を整え読み終えた。

中地は『「こわばった腕」は、「労働者の逞しくなった腕」であると同時に、女の感傷性を受け付けなくなった頑な男心の換喩でもある』と注記している。「労働者たち」の題意を、こんな瑣末なところでこじつけている。とんだロン・パリ（薮にらみ）である。

わずか二か月のパリの革命を追想しながら、詩人になりたかった貧しい日々、ヴェルレーヌとの遭遇と逃亡、亡命者との交流から彼らの無気力とパリのよくない噂や虚しさを知り、別世界よ現われてくれと心で叫んだ。再び追想に戻り、貧しいあがきや壊滅による落胆もあったが、「他者」出現という昂揚感もあった。今は「他者」の叡知に導かれての見者行のとば口である。亡命者たちの愚痴や嘆きに、私がどうにかしてやれるわけもない。この辺で、未練がましい革命への追想はやめよう。今は見者を目指すことが喫緊の課題だ。これがランボーのこの詩の心理である。「労働者たち」は呼びかけだが、別れのひと声でもある。亡命者たちに貧しい労働者はいない。革命の再起をもたらす、労働者たちのエネルギーに未練を残しながら、となろう。この詩は「他者」の書いたもの。ヴェルレーヌへの厳しい対応がそれを語る。

14 橋

水晶のような灰色の空。橋が織り成す奇妙な模様、こちらのはどれもまっすぐで、あちらのは弓形に反り、それらの上に他のが降りてきたりいろいろな角度をなして斜めに入ったり、さらにこうした図形が運河の明るく照らされた他の湾曲部で繰り返されるが、何ぶん、どの橋もあまりに長くて軽いので、円屋根を担った河岸は低まり小さくなる。これらの橋のなかにはまだあばら家を担っているものもある。マストや標識や頼りない欄干を支えているものもある。短調の響きが交叉し、また糸を引くように流れ、弦楽の調べが土手から上がってくる。赤い上着がひとつ見える、それにひょっとすると他の衣装にさまざまな楽器か。あれは流行歌か、貴族たちの催す音楽会の断片か、民衆の歌う讃歌の名残か。水は青みがかった灰色で、入江のように広い。――白い光線が一本、空高くから射してきて、このコメディを跡形なく消してしまう。

五人の訳者はみな「橋」。原題Les《ル》 Ponts《ポン》は、複数ゆえ「橋々」の意。中地義和は『「描写」の手法に依りながら、視覚の戯れによって対象の現実性を弱め、むしろ幻想に転じようとする傾きが強い点で、他の『都市詩篇』の書法に通じる一篇である』との感触だけの解説である。ランボーが幻想だけを書いた詩は、今まで解読してきた中で一篇もない。ただ「労働者たち」までは、ランボーの生きざまがからんでいて解読の鍵を摑みやすかった。この詩からは茫漠とした摑みどころのない表現で埋められている。だから他訳者もみな、幻想と思い込んだものばかり。幻想詩など見者を目指すランボーに何の足しにもならぬ筈では？　詩の俎上に載せた対象は何か？　読み解く確信もないが、分け入ってみる。

冒頭から怪しい。「水晶のような灰色の空」とは、透明な水晶がなぜ「灰色の空」の比喩となるのか矛盾している。中地は「空」が「通常の複数形 cieux ではなく、絵に描かれた空を想起させる ciels である」と承知している。中地が「通常の」という cieux《スイウ》は、「神がいると考えられる」天の複数形の意。ciel《スイエル》は、空、宇宙、気候、天の意。「絵に描かれた」空の複数は ciels と辞典に明記されている。キリスト教拒絶のランボーに「神のいる天」はあり得ず、「絵に描かれた天」の含みが、内容の感触からも強い。

「水晶 cristal《クリスタル》」には、結晶、クリスタル・ガラスの意も、「灰色の gris《グリ》」には、うっとうしいの意もある。斎藤正二は「結晶体をなす灰色の空」、西条八十は「結晶した灰色の空」で、やはり意味不明である。「結晶したうっとうしい天」と、まずは読み替えておく。

次のセンテンス（文の一単位）は長い。比較を含め粟津則雄訳は「橋が描く奇妙な模様、まっすぐなもの反りかえったもの、これらのうえに降りてくるやつ、いろんな角度で斜めに走ってくるやつ、そしてこういう形は、明るく照らされた運河の他の屈曲部でも繰り返されるが、どの形もひどく長くて軽やかなので、円屋根を背負った両岸は、低く小さくなってゆく」とある。幾つかの橋の形状が語られているが、これはすでに絵をはみ出している。流れるスクリーン上の映像でもあるようだ。加えて「ひどく長くて軽やか」な橋は、具体の橋ではない。

「橋が描く奇妙な模様」は、「模様 dessin《デッサン》」に、素描、デッサン、簡単な絵の意があり、「素描」のほうが妥当である。運河に架かる幾つかの橋の形状がさまざまで、まるで奇妙な素描《デッサン》のようだ、と言っている。屈曲部（湾曲部）を持つ運河とは何？ そこでまた奇妙な素描が繰り返されるとなれば、時空を貫くものとなる。歴史だ！ 歴史に架かる橋なら、思想・宗教・希望などの抽象の橋である。この詩は「思想の橋」を対象に据えたものだ。それならば、まっすぐなもの、反り返ったもの、その上に降りてくるもの、斜めに入ってくるものなどがあり得る。そして屈曲部は、戦争や革命となるだろう。

「明るく照らされた運河」とは、太陽や照明が当たっているのではない。隠しようもない歴史的事実という暗喩である。隠れもなき歴史的事件のたびに、多様な思想の素描が繰り返されてきた。パリ・コミューンの革命でもそれはあった、と詩の裏で語っている。それがまた動機でもあった筈だ。「どの形（橋）もひどく長くて軽やかなので」とは、視野に入り切らず全体を知ることの困難な含みだろうか？ 「軽い、軽やか」の表現は、思想の橋ならその計量さえないもの。ただ次の文には掛かっている。「円屋根を背負った両岸は、低く小さくなってゆく」

である。屋根は立体ゆえ「丸」が正しい。「背負ったchargées《シャルジェ》」には、重荷を背負った、荷物を持った、任務を帯びた、責任のあるの意がある。見え始めた文脈からすれば、「丸屋根の任務を帯びた両岸は、低く小さくなってゆく」となる。

「丸屋根」は何の象徴？　丸く覆うもの。多くの人の幸福を約束する思想の塔（党）となるか。その思想の「任務を帯びた両岸」は、主義者たちとなる。「両岸rives《リヴ》」はｓ付きの複数だが、岸辺の意もあり、「岸辺」のほうが文に合う。思想の渡る橋の向こう岸は未来であり、不確かなものゆえ。その「岸辺」がなぜ「低く小さくなってゆく」のか？　それは橋の形が「ひどく長くて軽やか」なせいだと言う。現実を変革するには、長くて軽い理想だけのものでは実用に堪え得ない、と言ってることになる。パリ・コミューンも壊滅後、主義者は散りぢりに消え、亡命者などの「水たまり」となり、低い小さい存在となって行った。

中地訳に戻る。「これらの橋のなかにはまだあばら家を担っているものもある。マストや標識や頼りない欄干を支えているものもある」とは、「あばら家masures《マズュル》」には廃屋の意もあり、「担っているchargés《シャルジェ》」には、重荷を背負った、任務を帯びた、責任のあるの意もある。「これらの中にはまだ廃屋の任務を帯びたものもある」のほうが文脈に合う。コミューンが壊滅しても、その思想を担っていく責務を帯びた者もいる、と言うことだ。「マストや標識や頼りない欄干」は、旗じるしの主義やスローガンや頼りない組織となろうか、そんな部分のみに縋りついている者もいる、となる。

「短調の響きが交叉し、また糸を引くように流れ、弦楽の調べが土手から上がってくる」とは？　ここから音楽に転調する。粟津訳は「短調の調べが交叉して流れてゆく、弦の音が堤防から立ちのぼる」である。短調の調べや弦楽器の音が、運河（歴史）の堤防から立ち上がってくるとは、より良い人間の世がくることへの待望だろう。覆され続けてきた待望に長調は合わない。次も粟津訳「赤い背広がはっきり見えるが、たぶん他の衣装や楽器もあるのだろう」である。「赤い背広」は「赤旗」のこと。パリ・コミューンを「世界最初のプロレタリア政権」と称讃したのは、ロンドン亡命中のマルクスだった。コミューンには僅かだが共産主義者も参加した。ランボー自身、三度目の出奔でパリにいた折、「共産主義政体案」なるものを書いている。七一年三月始めのこと。彼のユートピアであった。

共産主義はまだ労働者を導く思想になり得ていなかった。「たぶん他の衣装や楽器も」とは、ユートピアに迫る他の思想やエネルギーもあるだろう、となる。共産主義思想はマルクス以前からあり、一六世紀前半のトーマス・モアの書いた『ユートピア』も、資本主義初期のイギリスを痛烈に批判し、理想的共産社会を目指すものであった。

また中地訳に戻る。「あれは流行歌か、貴族たちの催す音楽会の断片か、民衆の歌う讃歌の名残か。水は青みがかった灰色で、入江のように広い」とは、「他の衣装や楽器」に係わることである。歌や音楽は思想を盛り立てるエネルギー。潜在するエネルギーは、大衆の歌うシャンソンなどにあるのか、貴族の催す音楽会の一端などにあるのか、民衆の歌う公的讃歌などに潜んでいるのか、と疑念を提示している。貴族の催す音楽会については、ベートーヴェンのケースがある。「第九交響曲」。これによって、フランス革命と自由主義時代を象徴する存在となった。ランボーは知っていたのだと思われる。

「民衆の歌う讃歌」は、d'《ド》hymnes《イムス》 publies《ピュブリエ》が原文で、「公の讃歌」である。ならば、「ラ・マルセイエーズ」が浮かぶ。フランス革命中、マルセイユの義勇軍が歌いながらパリに進軍した「立て飢えたる者よ……」だ。一七九五年に国歌に制定されたが、その後の反動政治やコミューン壊滅後では、抑圧された歌だったのだろう。これこそ血の沸き立つエネルギーだった。

次の「水は青みがかった灰色で、入江のように広い」が何とも不可解。「青 bleue《ブル》」は青ざめたの意もあり、「灰色 grise《グリズ》」はうっとうしいの意もある。「水は青ざめたうっとうしさ」なら、運河（歴史）を流れる水は、数知れぬ抑圧された諸現象（出来事）となる。そして「入江のように広い」ではなく、「入江のように広がる」と読めば、ユートピアに渡る思想の橋とエネルギーをいろいろ想起したが、歴史的現実は青ざめたうっとうしさで、どうしようもなく眼前に広がる、の意となる。文脈の起承転結から見てもそうなる筈である。

「――白い光線が一本、空高くから射してきて、このコメディを跡形なく消してしまう」とは、想念から転じての現実の太陽光で、喩的意味は何もない。そしてこの「喜劇」は跡形もなく消滅すると容赦がない。彼の見者行もまだとば口だった。何とか読み解けた。

15 都市

私は、家々の内装や外観においても都市の設計においても、いっさいの既知の趣味が回避されているがゆえに現代的と信じられている一都会の、つかの間の、たいして不満でもない市民です。当地ではあなたは、どんな迷信的記念物の跡形も指摘されますまい。道徳も言語も、とうとうそのもっとも単純な表現に還元されたのです！　互いに知り合う必要のないこれら幾百万の人々が教育を受け、職業に従事し、老年を過ごすその仕方は、きわめて一様なので、ここでの人生の流れは、ある気違いじみた統計が大陸の諸国民に関して得たものに比して、数倍短いにちがいありません。ですから、私が自分の窓から、石炭の分厚い永遠の煙のなかをいくつもの新たな亡霊が転々とうごめくさまを眺め、——私たちの林の木陰、私たちの夏の夜！　——私の祖国であり私の心のすべてであるこの別荘《コテージ》の前に新たな復讐の三女神《エリニー》を眺めるように、——祖国だとか心のすべてだとか申すのも、すべてが似ているからです——私たちの甲斐甲斐しい娘にして下女である、涙ぬきの〈死〉や、絶望した一つの〈愛〉や、街路の泥のなかでけたたましく鳴く美しい一つの〈罪〉に。

粟津則雄は「町」、斎藤正二・鈴村和成は「街」、西条八十は不採用。原題Ville《ヴィル》は、都市、都会の意。中地義和は『五つの文から成る単一パラグラフ（一段落）の詩で、一連の「都市詩篇」の一つ。「都市〔Ⅰ〕」、「岬」、「労働者たち」などにおけると同様に、話者は、そこを本来の居住地としない一時的滞在者の立場から、都市を描く。前半部（最初の四文）では、レアリスム（偽レアリスム）の筆致で、都市の外観、文化、生活が叙述されるが、後半部（長大な最終文）では一変して、神話的幻想的世界になる』と解説している。

上っ面をなぞっただけで、何の解説にもなっていない。一時的滞在者たることはどの詩にも通底しており、レアリスム（偽レアリスム）の手法などランボー詩にはなく、勝手な思い込みにすぎない。この詩は、ロンドンを歩き回った経験による、反応と批判の始まりである。

「家々の内装や外観においても都市の設計においても、いっさいの既知の趣味が回避されている」とは、従来の西洋建築のゴシック、ルネサンス、バロックといった装飾過剰な重々しい様式が排除されているということだ。その機能的簡潔さ「ゆえに現代的と信じられている一都会」は、ロンドンである。「現代的moderne《モデルヌ》」は「近代的」のほうがよい。近代化の波はロンドンから起きたのであり、ランボーも近代化にこだわったからである。「つかの間の、たいして不満でもない市民です」とは、一時滞在者として特に嫌な街ではないということ。市民権なしに「市民」はいかさまである。

「当地ではあなたは、どんな迷信的記念物の跡形も指摘されますまい」は、もたついた訳。

粟津訳は「ここでは迷信的な記念物の名残りなどは示そうたって出来はしない」と明解である。ロンドンを「あなた」と人称扱いしているのは省略している。それほど古建築は見当たらないとの意である。ロンドンの典型的近代建築には、一八五一年の最初の世界万国博覧会のために造られたクリスタル・パレス（水晶宮）がある。天井も壁面も総ガラスのモダンで巨大な建築である。五四年に完成した。ランボーたちも見たと思われる。

「道徳も言語も、とうとうそのもっとも単純な表現に還元されたのです！」とは、建築や都市計画に見られる合理性が、道徳や言語にまで及んでいるということである。単純化の実態は知りようもないが、無駄切り捨ての単純化は人間関係の孤立化を生む。次がそれを語っている。

「互いに知り合う必要のないこれら幾百万の人々が教育を受け、職業に従事し、老年を過ごすその仕方は、きわめて一様なので、ここでの人生の流れは、ある気違いじみた統計が大陸の諸国民に関して得たものに比して、数倍短いにちがいありません」とは、孤立化したロンドン市民の寿命は、他国民の統計より極端に短いだろうと言うのだ。「数倍短い」は、ランボーのはったり的断定であろう。中地は「一八六五年にヨーロッパ各国とアメリカの国勢調査の結果が、ベルギーのブリュッセルから出版された」旨の海外説を注記している。

この詩も「内なる他者」のもの。統計との数値との比較などなく、直感による批判である。これはすぐれた問題提起でもあった。一九一〇年代に、ドイツの社会学者テニエスが発表し唱え続けた「ゲマインシャフトとゲゼルシャフト」の問題である。社会をゲマインシャフト（共同社会）とゲゼルシャフト（利益社会）に分類し、歴史的展開は共同社会から利益社会に否応なく移行し、近代社会は人間意志の機能性を欠いたゲゼルシャフトに覆われたものになる。だがいつの日か、人間はゲマインシャフトに戻らざるを得ないだろうという説。ランボーはそれより四〇年ほど前に、ロンドンでそれを直観していた。それは資本主義による顕著な弊害であり、労働の単純化である。チャップリンの『モダン・タイムス』がそれを痛烈に諷刺した。

「ですから、私が自分の窓から、石炭の分厚い永遠の煙のなかをいくつもの新たな亡霊が転々とうごめくさまを眺め、——私たちの林の木陰、私たちの夏の夜！」とは？ ロンドン人の寿命は他国より数倍短いに違いない、「ですから」となる。「私が自分の窓から」は「心の窓」だろう。「永遠の éternelle《エテルネル》 煙 fumée《フュメ》」は、煙が女性名詞に当たるので éternelle には、「名詞の前」果てしないの意が生ずる。他訳もみな「永遠の煙」と誤訳。「果てしない煙」でようやく映像が成り立つ。石炭の煙はロンドンに立ち上り、果てしなく漂うもの。その中に「いくつもの新たな亡霊が転々とうごめくさまを眺め」は、「亡霊」が死者の魂、spectres《スペクトル》 は「幽霊」のほうが妥当である。強迫観念による不在の映像。「亡霊」では利益社会の犠牲者たちとなる。「幽霊」なら利益社会の欲望に動めく「新たな幽霊」を、いくつも眺めることができる。儲かるためなら戦争も辞さじの貪欲を、ランボーが見据えていたか否かは知る由もない。

「——私たちの林の木陰、私たちの夏の夜！」について、中地は「否定的叙述のなかに一瞬輝やく〈別世界〉の夢想」だと言う。違う。——の間を置いて、否定的現象の中での回想である。人間が機械部品化された利益社会を見詰めていると、「林の木陰や夏の夜」の人肌匂う世界が懐しい！　利益社会を見ていると村落共同体の温もりが恋しい、と同義である。「私たち」はヴェルレーヌとでなく、共同社会を恋う人々の意。

「私の祖国であり私の心のすべてであるこの別荘《コテージ》の前に新たな復讐の三女神《エリニー》を眺めるように、――祖国だとか心のすべてだとか申すのも、すべてが似ているからです」とは？　斎藤正二訳は「おれの祖国でもありおれの心のすべてでもあるこの小屋の前に、新しいエリニュエスたちがさまよっているのを。それというのも、ここでは、何もかもが、それらの女神に似ているからなのだ」である。中地訳は「祖国や心のすべて」に似ており、斎藤訳は「エリニュス（復讐の三女神）」に似ていると異なる。粟津訳も後者である。加えて中地訳には「ここでは」がない。それは「ロンドンでは」の意。それで復讐の三女神の登場の意も明らかとなる。

「小屋 cottage《コテージ》」には、しょうしゃな小別荘、山荘の意がある。「おれの祖国でありおれの心のすべてでもあるこの小屋の前に」とは、おれのすべての拠りどころとなる「内なる他者」の小屋の前に、と言うこと。ランボーの心に住みついた「他者」の「小別荘の前に」ぐらいがふさわしい。「エリニュス」復讐の三女神は、ギリシア神話に登場するアレクト、ティシポネ、メガイラである。公の裁きを逃れたり、それを軽蔑する人々に対し、秘密の針で刑罰を加える女神で、頭に蛇冠をかぶり、怖ろしげなもの凄い姿をしていたという。それが利益社会の「新しい女神」とどう似ていたのか。

斎藤訳を続ける。「おれたちのまめまめしい娘でもあり下婢でもある、涙を知らぬ〈死〉の女神に。絶望した〈愛〉の女神に。さらには、街路の泥にまみれて、しくしくすすり泣きしている可愛らしい〈罪〉の女神に」とある。これも肩点部分が誤訳。粟津訳は「ひいひいと泣きわめく小ぎれいな罪の女神に」である。このほうが原文に添っている。粟津訳も意味が通らぬ誤訳があり、部分しか使えない。おれたちにとって、働き者であり涙も知らぬ非情な〈死〉の女神、夢も希望も失せてしまった〈愛〉の女神、追い詰められてひいひいわめく少し小ぎれいな〈犯罪〉の女神が、新しい復讐の三女神だと言っているのである。

訳者みな「罪」の訳だが、crime《クリム》は、犯罪、犯行、罪の意。ここは「犯罪の女神」のほうが文意に適う。「犯罪」は都市の復讐の一つだからである。互いに無関係な都会の孤独死、機械のはざまに埋もれる絶望の愛、生活からはみ出して追われる犯罪、それらが利益社会の新しい復讐の三女神だと見通した眼は、「見者の眼」と言ってよいものだ。この詩はまだ七二年一〇月前半の作。渡英してから一か月余の観察によるものであった。

「おれの祖国でもありおれの心のすべてでもある」に考察を加えると、これは「他者」に心酔した「素顔」の思いである。それを「他者」が使ったため、二者が混然一体化している。続く「この小屋（小別荘）の前に」は、明確に「他者」のセリフである。このころ「素顔」の「他者」に対する信頼度は高く、緊密な関係にあった。『地獄の一季節』に至ると、もの凄い葛藤を生むことになる。それを踏まえておくことが、ランボー詩理解の鍵となる。

16 轍

右手では、夏の夜明けが、公園のこの一角の葉むらや靄やざわめきを目覚めさせ、左手の斜面は、湿った街道の無数の敏速な轍《わだち》を、その紫の影のなかにとどめている。つぎつぎに繰り出される夢のような眺め。実際に見えるのだ、――金色の木材で作られた動物や、支柱や、色とりどりの幕を積んだ何台もの山車《だし》が、疾駆するまだら模様のサーカス馬二十頭に引かれてゆくのが。そして不思議このうえない獣に跨がった子供や男たちが。――古い時代の、あるいはおとぎ話に出てくる豪華馬車さながらに、浮き彫りを施して旗や花で飾り立てた二十台の乗り物が、郊外の牧人劇のために着飾った子供たちを大勢乗せてゆくのが。――さらには、夜間用天蓋に守られたいくつもの柩が漆黒の羽根飾りを掲げ、速足で進む濃紺色の大きな雌馬たちに引かれてゆくさままでが。

訳者みな同じ訳である。原題 Ornières《オルニエル》は、轍、溝、因習、古い考えの意。中地義和は『「ぼくは夏の夜明けを抱いた」で始まる「夜明け」と同じく、ランボーにあってポエジーの特権的時刻と場所(「夜明け」では「林」、この詩では「公園」)に詩の時空が設定されている。徐々に明るさを増してゆく「夜明け」の場合とは逆に、ここでは朝のなかに残る夜の痕跡を出発点に、想像力が闇の奥深くへ、夜の核心へと遡行してゆく動きが軸をなしている』と解説している。「夜明け」はもう少し後の詩。訳が悪そうで、どう掘り起こして行けるものやら。

西条八十は「要するにこれは、夏の暁の仄暗い森陰に印されている轍——いずくより来て、いずくへ去ったとも知れぬある車輪の痕が、詩人の脳中に醸《かも》した童話風の幻想詩に過ぎぬ」と断定している。斎藤正二は『ランボーは、しばしばアルデンヌ県の回想に「すみれ色の薄暗がり」という表現を用いている。「大洪水のあと」にその用例がある。影が暗黒でなく「すみれ色」であるのは、明らかに印象派の手法に先駆する表現法である』と述べている。少年期の回想とみるこの注記は妥当なもの。これも「他者」作。七二年一〇月前半。解読に入る。

「右手では、夏の夜明けが、公園のこの一角の葉むらや靄《もや》やざわめきを目覚めさせ」とは、当たり前の朝靄の景を装いながら、含んでいる詩意はまるで異なる。社会（右手）では夏の夜明けが告げられ、社会（公園）の一隅では、夜明けの気配に揺れる葉っぱたち、見通しのきかない靄が動き出し、言葉たちも立ち上がってざわめき、目覚めがあらわ、と言う。これは覚醒したランボーの心的現象である。この作は秋だから「夏の夜明け」は回想である。それは七一年五月、正規軍に対するパリ・コミューン軍の戦いと壊滅であった。惨敗とは言え、ランボーにとっては「夜明け」だったのである。

「左手の斜面は、湿った街道の無数の敏速な轍を、その紫の影のなかにとどめている」とは、訳が悪い。斎藤訳は「左手の斜面は、そのすみれ色の薄暗がりのうちに、湿った道を迅速に通り過ぎた車の轍が、無数にその痕をとどめている」と明解である。「左手の斜面」は、ランボー内面の映像世界であろう。「湿った道 route《ルウト》 humide《ユミド》」は訳の通りだが、「柔らかい道」ほどの含みと思われる。「すみれ色の薄暗がり」は「アルデンヌ県の回想」というより、「パリ上京前の回想」であり、ランボーの夜が明けぬ「薄暗がり」であった。その道を素早く通り過ぎた「車の轍」とは、車でなく「他者」の生み出した映像の痕跡である。一方ではコミューンのもたらす夜明けが聞こえ、一方では「他者」の映像活動が活発化した、という意である。鈴村和成は『「左手の斜面」の「斜面」は、「少年時Ⅱ」では「魔法の花が唸りをあげた。斜面がその人を揺さぶった」とあり、同じ比喩である』と。同じ内面の映写幕である。

　中地訳に戻る。「つぎつぎに繰り出される夢のような眺め。実際に見えるのだ、——金色の木材で作られた動物や、支柱や、色とりどりの幕を積んだ何台もの山車《だし》が、疾駆するまだら模様のサーカス馬二十頭に引かれてゆくのが」とは、これも訳が悪すぎる。他訳も得心できるものがないので、諸訳を勘案しながら私の直訳を示す。「夢幻の美しい光景のつらなり。まさにそうだ。金色の木製の動物たち、旗竿、色とりどりの幕を積んだ幾つもの荷車を、曲馬団の二〇頭の斑《ぶち》のある馬が引いて疾駆する」となる。原文に「——」の間はない。「金色の木材」は駄訳。「支柱 mâts《マ》」は、マスト、帆柱、旗竿の意もあり、s付き複数、曲馬団の含みからも「旗竿」がいい。「山車《だし》 chars《シャル》」には、花車、戦車、荷車の意もあり、「荷車」が妥当。「山車」

は祭の車で場違い。「二〇」の数には、多数の含みがあるとのこと。

「そして不思議このうえない獣に跨がった子供や男たちが。――古い時代の、あるいはおとぎ話に出てくる豪華馬車さながらに、浮き彫りを施して旗や花で飾りたてた二十台の乗り物が、郊外の牧人劇のために着飾った子供たちを大勢乗せてゆくのが」とは、これも直訳を示す。「そしてより一層驚くべき動物たちの上に乗った子供たちや大人たち。――古い昔の、あるいは童話の中に出てくる豪華な四輪馬車さながらに、二〇台の乗り物は小旗や花で飾られ、郊外の牧人劇に出るために着飾った子供たちを一杯乗せて行く」となる。「驚くべき動物」は幻想のもの。「牧人劇」は牧場で催す田舎芝居でもあろうか。

「――さらには、夜間用天蓋に守られたいくつもの枢が漆黒の羽根飾りを掲げ、速足で進む濃紺色の大きな雌馬たちに引かれてゆくさままでが」とは、「枢《とぼそ》」が「枢《ひつぎ》」の誤植。「夜間用天蓋の枢」などは無い。これも直訳すれば「――いくつかの枢でさえ、夜の天蓋の下に漆黒の羽飾りを立て、青と黒の大きな雌馬たちの跑足《だくあし》に乗って進んで行く」である。「跑足」は、馬の少し急な歩き方のこと。始め危ぶんだが、何とか直訳もでき、幻想の筋も通せた。

七一年八月のドメニー宛に、「その気になれば、六つの尾があったり、三つの嘴《くちばし》があったりする鳥だっていると信じ込ませることだってできるんですよ！」という文面がある。この詩は「他者」の生み出す幻想の轍を披瀝したものである。幻想は幻想のまま味うしかない。

17　都市〔Ⅰ〕

公共施設の立ち並ぶアクロポリスは、現代の野蛮が抱懐するこのうえなく巨大な構想を極端に推し進めたものだ。いつも変わらぬ灰色の空が生み出す鈍い光、石組みの堂々たる輝き、それに地面を覆う永遠の雪は、言葉に表わしようがない。建築上の古典的傑作のことごとくが、奇抜な巨大趣味においていて再現されたのだ。私はハンプトン・コートの二十倍もある場所で開かれているさまざまな絵画展を観ている。何という絵だ！　ノルウェーのネブカドネザル王とも言うべき人物が、各省の階段を築いたのだ。私が会うことのできた下っ端たちからしてすでに梵天王よりも尊大であるし、建物の番人や役人の巨像じみた姿には震え上がってしまった。建物が寄り集まって、広場や中庭や、周囲とは隔絶した高台を形成することになったので、御者たちは締め出しを喰った。方々の公園は、原始の自然が見事な技術によって練り上げられた様を見せている。山の手には不可解な場所がいくつかあるが、船などなくて巨大な灯火の立つ埠頭と埠頭の間に青い霰《あられ》の水面をうねらせている入江もそのひとつだ。一本の短い橋を渡ると、〈聖礼拝堂《サント・シャペル》〉のドームの真下の間道に出る。このドームは技巧を凝らした鉄筋でできていて、直径は約一万五千ピエである。

銅製の歩道橋、平屋根、中央市場や列柱を取り囲む階段などのしかるべき地点に立てば、街の深さが判断できるだろうと思った。それこそ私の理解の及ばなかった驚異なのだ。アクロポリスよりも上や下にある他の地区の高さはどうなっているのだろう。今の時代のよそ者には確認は不可能だ。商業地区は一様なスタイルの円形広場《サーカス》になっていて、アーケード街が何本も伸びている。店は見えない。だが車道の雪は踏み潰されていて、ロンドンの日曜の朝の散歩者と同じくらい数少ない富豪どもが何人か、ダイヤモンドの乗合馬車のほうへ歩いてゆく。赤いビロードの長椅子が何脚かあり、八百ルピーから八千ルピーの間のいろいろな値の付いた極地の飲み物が供されている。この円形広場で劇場を探してみる気になったが、商店のなかにもかなり陰鬱なドラマが隠されているにちがいないと思い直す。警察もあるとは思うが、法律はきっとひどく風変わりなものであろうから、この地の山師たちについて見当をつけることなどあきらめた。

パリの美しい通りに劣らず洗練された町外れは、光溢れる大気に恵まれている。民主主義分子は約百名を数える。ここでもやはり家屋はまばらだ。町外れは奇妙な具合に田野のなかへと消えているが、そこは永遠の西方を不思議な森や農園で満たす「伯爵領」であり、そうした森や農園では野性のままの貴族たちが、人間の創造した光のもとで彼らの年代記を狩っている。

粟津則雄は「町々」、斎藤正二は「街々」、西条八十は「街々㈡」、鈴村和成は「街々（Ⅰ）」である。粟津・斎藤にはⅠ・Ⅱの区別がなく、西条の㈡は㈠の間違い。原題Villes《ヴィル》は、都市、都会、町の意だが、複数ゆえ街々、町々は妥当。また原題にⅠ・Ⅱの区別はなく、区別は後期詩集編者の便法によるものである。この詩の言いたい核は何か、取り付く島がない。加えて詩集としての問題を孕んでいる。まず中地義和の解説がそれについて精しい。

この詩は『「都市〔Ⅱ〕」―「さすらう者たち」―「都市〔Ⅰ〕」の順で、三枚の草稿に書かれている。それに基づいてギュイヨーが指摘したように、ランボーの最初の構想では、「都市Ⅰ」と「都市Ⅱ」とは「都市」という詩の第Ⅰ部と第Ⅱ部を成すはずであった。ところが、おそらくヌーヴォーが逆の順序で、しかも間に「さすらう者たち」を挟んで清書されてしまった。それに気付いたランボーは、Ⅰ、Ⅱの数字を消して同じ題の二つの詩として独立させることを余儀なくされた。その際当初のタイトルの複数形（Villes）は、単一の「都市」を描く第一部に適さないのにそのまま残された。エラーに気付き二篇の詩に分けたのはランボー自身だが、ここでは最近のフォレスティエ版に倣い、ランボーの最初の意図を生かす配列を採る。あくまで復元の意味で、〔Ⅰ〕、〔Ⅱ〕のかぎ括弧入りとする。』文は若干縮めた。

手元にある『ランボー全集』ガリマール出版社、一九七二年刊では、確かに「都市Ⅱ、放浪者たち、都市Ⅰ」の順に並んでいる。粟津・斎藤・鈴村も同じ配列である。西条はⅠのみ。ジェルマン・ヌーヴォーとのロンドン行きは、七四年三月中旬であり、『イリュミナシオン』

となる原稿の清書を引き受けたが、五月後半にはパリに逃げ帰ったと思われるから、二か月余の同居、清書も途中までである。ただこのエラーでわかることは、「放浪者たち」がヴェルレーヌの離婚騒動にからむものゆえ、「都市Ⅰ、Ⅱ」は七二年一一月ごろの作と推測できる。一二月初旬には、母の厳命でシャルルヴィルに戻される。詩にはヴェルレーヌとの心理的トラブルはまだないが、背を向けている気配を感じられはする。

『ランボー全集』の原文に当たって行くと、[ ]の空欄があり、「判読できない言葉」の注記があった。粟津・斎藤は不明のまま。鈴村・中地訳になって「梵天王《ぼんてん》」と判明している。加えて中地の注記には、『ギュイヨーによると、草稿で「巨像の番人や建物の役人の姿には震え上がってしまった」となっているのは、清書したヌーヴォーの誤りであり、正しくは「建物の番人や役人の巨像じみた姿には震え上がってしまった」である』とある。『ランボー全集』原文も誤りのまま。粟津・斎藤も誤りのままである。ランボー詩の難物ぶりがもたらすものでもあった。解読の無理を承知で分け入ってみる。詩の核が摑めたらもっけの幸いとする。

粟津訳は「近代蛮族文明のもっとも巨大な着想も思い及ばぬ堂々たるアクロポリス」で始まる。近代文明の建築とアクロポリスの比較で、アテネのアクロポリスを想起させる含みを持つ。原文に「文明、堂々」に当たる単語がないから意訳である。中地訳は「公共施設の立ち並ぶアクロポリスは、現代の野蛮が抱懐するこのうえなく巨大な構想を極端に推し進めたものだ」であり、公共施設のある界隈をアクロポリスと呼んでいる。

「公共施設」は officielle《オフィシャル》で、官辺筋の、公式の、公認の意。直訳すれば「官辺筋のアクロポリス」となる。「公共」なら public《パブリック》がある。意図は「官庁施設」に絞られている。また「現代の野蛮が抱懐する」も「近代」が妥当。イギリスは一七世紀以来、世界の各地に植民地を建設し、海賊的行為で七つの海（大西洋、地中海、紅海、ペルシア湾、アラビア海、ベンガル湾、南シナ海）を制覇してきた。産業革命は一七六〇年イギリスに始まり、一八三〇年以降にヨーロッパ各地に広がる。近代化の先頭を走るロンドンの官庁街は、近代の頂上都市（アクロポリス）であり、近代の野蛮の象徴だ、とランボーは言っている。私の直訳では、「官庁街というあのアクロポリスは、近代の野蛮な考え方を越え、より一層巨大なものだ」となる。世界からの掠奪により形成された、頂上都市に対する批判がまずある。

「いつも変らぬ灰色の空が生み出す鈍い光、石組みの堂々たる輝き、それに地面を覆う永遠の雪は、言葉に表わしようがない。建築上の古典的傑作のことごとくが、奇抜な巨大趣味において再現されたのだ」とは？　鈍い光に石組みの輝き、永遠の雪は万年雪、何ともしっくりしない。頂上都市の景観であり、「野蛮」と睨《にら》んだランボーの批判含みの表現と思われるが、何も読めない。綴りからの私の直訳を挙げてみる。

「変わることのない灰色の空が生み出すくすんだ日の光、馬鹿でかい建築群の昂然とした鮮やかさ、そして地面の果てしない雪、言葉に表現することは不可能だ。人々の奇抜な法外な好みによって、古典建築の驚嘆すべきものをすべて再現させたのだ」となる。「人々の」があるのに無視されている。「永遠の雪」など極地か超高山にしかあり得ぬから、「果てしない雪」とした。éternelle《エテルネル》は、永遠の、不朽の、果てしない、絶え間ないの意。それにしても、一〇月半ばのロンドンに雪はあるまい。頂上都市の「果てしない非情」の暗喩でもあろうか、不明である。批判は見えぬが、あきれている様子は読めてくる。

「人々の奇抜な法外な好み」の一例として、「15都市」に挙げたクリスタル・パレス（水晶宮）がある。一八五一年、世界初の万国博覧会の会場になったものだ。長さ一八五〇フィート（六〇六八ｍ）、横四〇五フィート（一二三八ｍ）と超巨大なガラス張り建築。「古典建築の驚嘆」を飛び越えた驚嘆であった。ランボーも実見し、唖然としたものと思われる。

「私はハンプトン・コートの二十倍もある場所で開かれているさまざまな絵画展を観ているのだ。何という絵だ！　ノルウェーのネブカドネザル王とも言うべき人物が、各省の階段を築いたのだ。私が会うことのできた下っ端たちからしてすでに梵天王よりも尊大であるし、建物の番人や役人の巨像じみた姿には震え上がってしまった」とは？　まず「ハンプトン・コート」について、中地は「ロンドン郊外南西部、テムズ川左岸の町ハンプトンにあった元領主の館を、十六世紀にイギリス王ヘンリー八世が豪華な邸宅（ハンプトン・コート・パレス）に改造したもの。以後も拡張され、十八世紀まで歴代イギリス王が好んで住んだ。十九世紀に入り、ウィリアム四世がこの宮殿の回廊に名画を集め始め、ヴェネチア派やフランドル派の作品を多数収める重要な美術館ともなった」と注記している。

その宮殿美術館より「二十倍もある場所」というが、宮殿の大きさが不明ゆえ見当も付けられない。「二十」の数は「多数」の含みを持つことも、すでに中地の注記にあった。クリスタル・パレスなら該当もしようが、文脈から見てこれは建物ではなく「場所」である。「場所locaux《ローカウ》」は［ある特定の］場所の意の複数である。ロンドンはテムズ川北岸の金融・商取引地区であるシティを中心に、西にバッキンガム宮殿、ウェストミンスター修道院、国会議事堂、官庁街などがある高級地域であり、東は当時工場で働く低所得層の地域、テムズ川南岸も貧民街であった。「ある特定の場所」ならば、テムズ川西岸の国会議事堂を軸とした官庁街となる。宮殿や寺院も含め、この高級地域が頂上都市（アクロポリス）であった。

「絵画展」も絵の催しではない。ランボーの脳裡に展開する映像である。「何という絵！」と強調するが、映像は絵からどんどんはみ出して行く。「ノルウェーのネブカドネザル王とも言うべき人物が、各省の階段を築いたのだ」とは、何ともみみっちい誤訳。紀元前のメソポタミア（現イラク）で、バビロンの町に七層の「エテメンアンキ」という聖塔を建て、「バベルの塔」の伝説を残したのはネブカドネザル二世であった。一六世紀フランドル派の画家ブリューゲルが、雲より高い「バベルの塔」を描き、現場見聞のネブカドネザル王（ニムロド王）を登場させている。この絵は三枚描かれ、現在はウィーンとロッテルダムに一枚ずつあり、一枚は不明とのこと。ひょっとすると、ハンプトン・コート美術館に一枚あり、ランボーがそれを観たのでは？　と思いたくもなる。

ネブカドネザル二世は新バビロニア王として黄金時代を築き、たびたびシリアに遠征、エルサレムを破壊し、ユダヤ人多数を捕虜（バビロンの捕囚）として連れ去った絶大な権力者である。それに擬せられる「ノルウェーのネブカドネザル」とは？ イギリス歴史で該当する人物に、「征服王」と呼ばれたウィリアム一世がいる。一〇六六年に従兄エドワード懺悔王の死後、王位継承を主張して、ノルマンディー公（現フランス）がイングランド（現イギリス）に侵攻して征服し、スコットランドも服従させて全土を掌握、ノルマン人のウィリアム王朝を開き、封建制度を確立した。ノルマン人は、スカンジナビア半島にいた北方ゲルマン民族。

その王が「各省の階段を築いたのだ」とは、馬鹿々々しい。粟津も「各省の階段」、斎藤は「諸官衙《かんが》の階段」、鈴村は「庁舎の階段」、何とも情けない。ministeres《ミニステル》は、内閣、閣僚、（各）省の意。escaliers《エスカリエ》は、階段、階段状のものの意。「内閣の中に階段を築いたのだ」とすれば、何やら塔を思わせる意味が膨らんでくる。ウィリアム王朝に「内閣」などないから、「権力」と言い替えてもいい。その「階段」は階級差別となる。封建制度は階級差別の確立でもあった。もちろんこの暗喩は、アクロポリスの官庁街がらみのものである。

それで「下っ端の尊大」さや、「番人・役人の巨像じみた姿」のガリバー像にもつながる。権力機構の末端とは言え、支配層の一端である傲慢さである。それを見て「震え上がってしまった」とあるが、訳がオーバーだ。tremblé《トランブレ》は、こまかく震えたの意である。所詮ランボーの詩の上の演技である。「梵天王よりも尊大」も、人物の背景無視の唐突さ・意外さが狙いと思われる。「梵天王」は、インド哲学では万有原理のブラフマンを神格化した存在であり、仏教では帝釈天《たいしゃく》と並ぶ護法神である。知ってるだけでも人を驚かすに足りる。

「建物が寄り集まって、広場や中庭や、周囲とは隔絶した高台を形成することになったので、御者たちは締め出しを喰った。方々の公園は、原始の自然が見事な技術によって練り上げられた様を見せている」とは？「することになった」の現在進行形が変だ。訳が恣意的で散慢である。私の直訳を示す。「建物は方形の広場に一つに集められ、中庭もテラスも閉鎖されて、御者たちはお払い箱になった。広い公園は、原始の自然を思い起こさせるすばらしい芸術のようだ」となる。これでアクロポリスの「場所」につながる文脈となる。

方形の広場に建物が効率的に集められ、中庭やテラスなどゆとりのある空間がなくなって、馬車屋が不要になった。広い公園は、原始の自然のように見事だ、と言っている。大臣たちの公的邸宅でもあろうか。御者の失業はランボーらしい着眼だが、広い公園が「原始の自然のよう」などとは空々しい。官庁街の西にセント・ジェームズ・パーク、グリーン・パーク、ハイド・パークと、広大な公園が三つも続いている。世界の富を掻き集め、近代化の先端を走るロンドンの頂上都市に、「原始の自然のよう」な空間が温存されているなどとは考えられない。公園自体が加工されたものである。加えてこの詩は単なる景観描写ではない。さりげない映像の裏の意が見えてこない。そして詩は、ますます不可解な叙景へと進む。

「山の手には不可解な場所がいくつかあるが、船などなくて巨大な灯火の立つ埠頭と埠頭の間に青い霰《あられ》の水面をうねらせている入江もそのひとつだ。一本の短い橋を渡ると、〈聖礼拝堂《サント・シャペル》〉の真下の間道に出る。このドームは技巧を凝らした鉄筋でできていて、直径は一万五千ピエである」とは？　山の手に入江や埠頭があるとは奇妙だ。粟津も「山の手」、斎藤は「高台」、鈴村は「上方の街衢《がいく》」と似たようなもの。haut《オ》は、高い、高所の、上級のの意。quartier《カルテイエ》は、地区、街、界隈の意。私の直訳では、「上級の界隈には不可解な場所がある。船も見えない入り海と、枝付大燭台を荷《にな》った河岸《かし》の間に、青い霰が水面に広がっている」となる。

　これならアクロポリスの景観の続きとなり、入り海も河岸も不思議はない。テムズ川は東が下流で海につながり、北岸のシティまでは東西に流れて外洋航海に出る埠頭もある。埠頭の西にあるウォータール橋からテムズ川は南北に曲がり、官庁街の左岸を形成している。その南西が上流である。この界隈の河岸に大きな照明があっても、船が見当たらなくて不思議でない。

「青い霰」もその閑散ぶりを強調する暗喩と思われる。ここまでは叙景に無理を感じない。

　続く後半も直訳を示す。「短い一つの橋を渡れば、隠し戸のある地下道に入る。聖なる礼拝堂の円天井の下にすぐに出た。ドームは鋼鉄の美しい骨組みで、直径約一万五〇〇〇ピエである」となる。poterne《ポテルン》は、［城壁の］隠し戸、間道の意。conduit《コンデュイ》は、水路、導管、地下道の意。そしてimmédiatement《イメディアトマン》は、すぐに、即座に、直ちにの意。中地訳はこの「すぐに」を無視して、「ドームの真下の間道に出る」の奇妙な文をこね上げている。「短い一つの橋」は、川を渡る橋ではない。心が移行する橋のようだ。だから「隠し戸のある地下道に入る」喩も成り立つ。

「聖なる礼拝堂の円天井の下にすぐに出た」とは、何の暗示だろう。キリスト教拒絶のランボーが、反撥心一つ見せていないのは不思議きわまりない。

ドームの直径が「一万五〇〇〇ピエ」も、これまたとてつもない。「ピエ」は昔の長さの単位で、一ピエは〇・三二四メートル。一万五〇〇〇ピエは四八六〇メートル、約一・二里である。クリスタル・パレス（水晶宮）に及ばないが、一・二里の円天井のドームなど現実にあり得ないと思われる。中地は「〈聖礼拝堂〉はパリのかつてのシテ宮付属の礼拝堂で、十三世紀にルイ九世によって建造された。ここでは一万五千ピエのドームを有することになっており」と、海外説を注記していて何の懸念も抱いていない。

パリの「シテ宮」なら、セーヌの中洲であるシテ島の聖堂だろう。一三世紀半ばには、シテ島にノートルダム大聖堂が完成している。一一六三年起工とあるから、ルイ七世が着手したもの。ルイ九世は一二二六年一二歳で王位を継いだから、彼の建造ではない。また三〇〇メートル余の幅しかないシテ島に、一・二里のドームなど馬鹿げた話。ロンドンのアクロポリスの中に、パリの礼拝堂を紛れ込ませる愚は、ランボーとてする筈がない。

「短い一つの橋を渡れば、隠し戸のある地下道に入る」とは、アクロポリスの景観を外れて自分の内面への短い橋を渡れば、自らの映像世界への地下道に入る、と読めないことはない。そして「すぐに」とてつもない「礼拝堂の円天井の下」に出るのだ。「ドームは鋼鉄の美しい骨組み」とあるから、クリスタル・パレス並みの建築。一・二里の巨大構造もそれと比肩するものである。鉄骨丸出しの礼拝堂のドームなどあり得ない。圧倒的アクロポリスの景観の一角に、ランボーの幻像を加えて、読む者を唖然とさせる意図と思われる。そして次景に移る。

「銅製の歩道橋、平屋根、中央市場や列柱を取り囲む階段などのしかるべき地点に立てば、街の深さが判断できるだろうと思った。それこそ私の理解の及ばなかった驚異なのだ。アクロポリスよりも上や下にある他の地区の高さはどうなっているのだろう。今の時代のよそ者には確認は不可能だ」とは？　ここからアクロポリスより続く西側の街の景観に変わる。ある高さに立てばの文に、「平屋根」は誤訳である。plates-formes《プラト・フォルム》は、複数ゆえ台地、高台の意と思われる。複数でなければ、駅のプラット・ホーム、バスのデッキ、平屋根の意がある。街中にある高台のようだ。「銅製の歩道橋」とは、自動車社会に入っていたことを示している。

歩道橋や高台や市場を囲む階段などの高みに立てば、街の奥行きが判断できるだろうと思った、と言うが、それ位の高さでは「街の深さ」など見えないだろう。「それこそ私の理解の及ばなかった驚異」も何か空々しい。「歩道橋」や自動車は「驚異」に値しようが、「街の深さ」ならパリとて同じと思われる。「驚異」を粟津・斎藤は「不思議」、西条・鈴村は「奇跡」の訳。prodige《プロディジュ》は、奇跡、驚異の意で、不思議は意訳である。

「アクロポリスより上や下にある地区の高さはどうなっているのだろう」もおかしな訳。土地の高低差が上下の地区にあると思えないが、あったところで気にする問題ではない。粟津も「高さ」、斎藤は「標高」、鈴村は「水準」。niveaux《ニヴォ》は、水準、レベル、高さ、水位、階層の意。

ここではアクロポリスを取り囲む高級地区の生活「水準」に眼を向けているのだ。それは　時滞在者の「よそ者」に確認できる筈がないのは当然のこと。

「商業地区は一様なスタイルの円形広場《サーカス》になっていて、アーケード街が何本も伸びている。店は見えない。だが車道の雪は踏み潰されていて、ロンドンの日曜の朝の散歩者と同じくらい数少ない富豪どもが何人か、ダイヤモンドの乗合馬車のほうへ歩いてゆく。赤いビロードの長椅子が何脚かあり、八百ルピーから八千ルピーの間のいろいろな値の付いた極地の飲み物が供されている」とは？　商店街の景観だが、店は見えず、幻想めく景が並べられる。

「車道」は、粟津・斎藤が「道路」、鈴村は「歩道」とするが、原文chaussée《ショセ》は、車道、堤防の意。「道路」にはroute《ルート》の単語が別にある。車道はまだ馬車が主であろうが、バスやトラックは走っていた。ドイツのダイムラーが、小型内燃機関を自動車に載せて走らせるのは、一八八五年である。その車道の「雪」が踏み潰されているのも、「富豪」が数人歩いて行くのも、ランボーの頭の中の映像である。「ダイヤモンドの乗合馬車」がメルヘンそのもの。「乗合馬車diligence《デイリゲンス》」には、駅馬車（急行）の意もあり、富豪が乗るなら「ダイヤモンドの駅馬車」のほうがぐんとふさわしい。粟津・斎藤も「乗合馬車」、鈴村は「馬車」である。

「赤いビロードの長椅子が何脚かあり」も場所が宙に浮いており、人の気配が皆無で極地の飲み物が供され、値段だけがひけらかされている。極地の飲み物なら万年氷しかあるまいし、「ルピー」はインド、パキスタンなどの通貨単位である。こんなはったり的映像が、高級地区商店街の象徴的把握に何の足しになっているのだろう。ランボーの詩にしては何か鈍い。

「この円形広場で劇場を探してみる気になったが、商店のなかにもかなり陰鬱なドラマが隠されているにちがいないと思い直す。警察もあるとは思うが、法律はきっとひどく風変わりなものであろうから、この地の山師たちについて見当をつけることなどあきらめた」とは？　芝居を見ようと思ったが、商店の中に陰気なドラマがあると思えたのでやめたと言う。思わなくとも警察はあるのに、法律は風変わりなものと決め付けてかかり、山師たちの見当もあきらめたと言う。推量と臆測だけの文。何の批判の力にもなっていない。ひねくれた外れ者の狭い根性があらわになっているだけだ。どうしたのだランボー!?

「パリの美しい通りに劣らず洗練された町外れは、光溢れる大気に恵まれている。民主主義分子は約百名を数える。ここでも家屋はまばらだ」とは、西側高級地区の郊外であろう。パリ郊外と比較して、光も空気もすがすがしいは当然として、「民主主義分子は約百名」はおそらく少ないと言いたいのだろうが、「家屋はまばら」と言わずもがなの言葉でぼかしている。

「町外れは奇妙な具合に田野のなかへ消えているが、そこは永遠の西方を不思議な森や農園で満たす「伯爵領」であり、そうした森や農園では野性のままの貴族たちが、人間の創造した光のもとで彼らの年代記を狩っている」とは、郊外の森や農園は大方「伯爵領」で占められているという話。森や農園を含む「永遠の西方」などというものはない。方位としての「永遠の西方」はある。地球をぐるぐる回るだけだが。原文は l'occident《レ　オクスイダン》 éternel《エテルネル》で、「永遠の西洋」である。「そこは永遠の西洋を不思議な森や農園で満たす〈伯爵領〉であり」となるものだ。それでも「永遠」は過剰だが、そう思い込んではいる。「野性のままの貴族たち」が続くから、西洋文明を嫌った伯爵領の貴族たちの含みである。

野性の貴族が「人間の創造した光のもと」とは、ローソクか灯油ランプと思われる。ガス灯はすでにあったが、それは拒否してるのだろう。ちなみに白熱電球の発明は一八七八年にイギリスの発明家スワンによる。エディソンより一年早かった。灯油ランプの下で書き綴る彼らの編年史とは、貴族が幅をきかせたよき時代の回想だろう。ここも推測のままの言いっ放し。

この詩はロンドン西部のウエストミンスター地区の、アクロポリスから郊外までを描いているが、叙景はあまり無理なく進んでいるものの詩の核と言えるものがない。アクロポリスに若干の批判はあるが、後は景観に流されている。流されまいとして幻想をはめ込んだり、推測・憶測でけちを付けたりしているが、ランボー詩の鋭さはない。この詩は「素顔のランボー」の作と思われる。始めは読み解けまいと思ったが、読み進むにつれて詩の矛先の鈍さに馬鹿らしくなった。「16輸」までは、自分の生きざまを語って見事な暗喩を展開していた。ロンドンの景観そのものには、生きざまの係わりようもあるまいが、「見者の思想」で対峙できる筈だ。それが「素顔」には出来なかった。それに不満な「他者」が、「都市〔II〕」を書くのだと思われる。次にそれが見えてくるだろう。

18 都市〔II〕

いくつもの街だ！　あのような夢のアレガニー山脈やレバノン山脈が聳え立ったのは、この民衆のためだ！　見えないレールや滑車の上を動く、水晶と木でできた山小屋。巨像や銅の椰子に取り囲まれた古い火口が、火を噴きながら旋律豊かに吼えている。愛の祭典が、山小屋の背後に宙吊りになった運河の上で鳴り響いている。チャイムが、追いかけっこをするように、峡谷でけたたましく鳴っている。巨大な体軀の歌手たちが作るいくつもの同業組合が、山の頂に照る光のように鮮やかな衣装と幟《のぼり》で走ってくる。淵のまん中の平たく盛り上がった岩の上で、ロランたちが鳴り物入りで己れの勇猛を誇っている。深淵の上に懸かる歩道橋や宿屋の屋根の上では、空の熱気がマストを、旗で飾ったように輝かせている。祭典のフィナーレが崩れ落ちて、熾天使じみたケンタウロスの雌たちが雪崩のなかを歩き回っている高地の畑とひと続きになる。一番高い尾根の線のさらに上方には、男声合唱団の船隊を浮かべ貴重な真珠や二枚貝のざわめきに満たされた、ヴィーナスの永遠の誕生で荒れ騒ぐ海があり、——その海は、ときどき死のきらめきを見せて翳る。斜面上では、われわれの武器やトロフィーと同じくらい大きな花々が刈り取られて唸り声を上げている。赤茶色やオパール色のドレスをまとったマブの行列が、小さな峡谷から上がってくる。あちらの高みでは、鹿たちが滝や茨のなかに立ってダイアナの乳を吸っている。郊外のバッカス神の巫女《みこ》たちは嗚《お》咽《えつ》にむせび、月は燃え、また吠えている。ヴィーナスが鍛冶屋や隠者の住む洞穴に入ってゆく。群れなす鐘楼が諸国民の思想を歌っている。骨で造られた城からは未知の音楽が流れ出してくる。伝説という伝説が動き回り、大鹿たちが町中に駆け込んでゆく。嵐の楽園が崩れ落ちる。野蛮人たちが休みなく夜宴を踊っている。そこでひと時、バグダッドのとある通りの往来のなかに降りてみると、いくつもの団体が、重苦しい微風のもと、新しい労働の喜びを歌ったのであったが、この私は、また帰らなければならない山々のとてつもない亡霊たちから逃れられずに徘徊していたのだ。

　どんな立派な腕が、どんな楽しいひと時が、私の眠りも私のほんのかすかな動きもそこに発しているあの地域を、返してくれるのだろうか。

　各訳者の題はすでに述べた。「17都市〔I〕」は都市の一部の街と郊外で「街」が妥当。この詩は街の景観など何もなく、どこが「街々」やらと思われる。中地義和は『第II部は静的な第I部の描写とは違い、ギリシア・ローマ神話、聖書的語彙《ごい》、中世のロラン伝説、イギリス神話、『千一夜物語』風の地名など、種々の神話的要素を混淆しながら、またそこに「諸国民の思想」や「新しい労働の喜び」といった十九世紀の同時代的観念を挿みながら、沸騰するような祝祭空間を現出させている』と解説している。この詩の奔放な知の披瀝は、研究者や訳者たちの研究成果に頼らざるを得ず、どこまで読み込めるのかも怪しい。分け入ってみる。

「いくつもの街だ！　あのような夢のアレガニー山脈やレバノン山脈が聳え立ったのはこの民衆のためだ！」とは？「いくつもの街」は「街々」を言い替えただけのもの。「アレガニー」は、アメリカ東部にあるが「山脈」ではなく「台地」。「アパラチア山脈」がその右にある。「レバノン山脈」は、中東のレバノンにある小さな山脈である。アメリカやレバノンが持ち出されているから、「民衆peuple《ププル》」は、国民、民族、人民の意もあり、「民族」のほうがよいのではと思われる。私の直訳を示す。「それは街々だ。それは民族のために、夢のアパラチア山脈やレバノン山脈をそびえ立たせていた」となる。このほうが文に歪みがない。

アメリカは新興国。レバノン山脈は古代国家の含みか。一八五四年に、紀元前七世紀のメソポタミアの粘土板文書に書かれた楔形文字の図書館が発見されている。一五年後にはノアの洪水に類似した洪水物語も解読された。『ギルガメシュ叙事詩』である。英雄ギルガメシュが、フンババの守護するレバノン山脈の森に攻め入り、フンババを打ち倒して、建材に最適のレバノン杉を大量に奪ってくる話が山場である。ランボーが知っていた可能性は高そうである。

「見えないレールや滑車の上を動く、水晶と木でできた山小屋。巨像や銅の椰子に取り囲まれた古い火口が、火を噴きながら旋律豊かに吼えている。愛の祭典が、山小屋の背後に宙吊りになった運河の上で鳴り響いている。チャイムが、追っかけっこするように、峡谷でけたたましく鳴っている」とは？　幻想の羅列であるが、幻想をさらに誇張して歪め、意訳で膨らませて奇態な文にしている。他訳も同様に不明。私の直訳を提示する。

「水晶と木で成る山荘は、眼に見えないレールや滑車の上を動いている。銅の巨像や棕櫚をまとった古い火口は、火の中で美しい旋律を奏でて吼えている。山荘の後ろに吊り下げられた水路で、愛情をこめた祭が鳴っている。カリヨン（合鳴鐘）の狩は、咽喉《のど》で叫ぶ」となる。気になる主な単語を挙げる。palmiers《パルミエ》は、椰子、棕櫚の意。canaux《カナノ》は、運河、水路、海峡の意。carillons《カリイオン》は、カリヨン（大小四つ組み合わせた鐘）、［時計などの］チャイムの意。gorges《ゴルジュ》は、咽喉、喉元、［女の］胸、乳房、峡谷の意。妥当と思えるものを直訳に用いた。誇張・意訳は避け得たが、ランボーの幻想は分析できない。解読できない幻想は、より原文に近い文に整え直しておくことが、詩に迫る私の役割と思い直す。

「巨大な体軀の歌手たちが作るいくつもの同業組合が、山の頂に照る光のように鮮やかな衣装と幟《のぼり》で走ってくる。淵のまん中の平たく盛り上がった岩の上で、ロランたちが鳴り物入りで己れの勇猛を誇っている。深淵の上に懸かる歩道橋や宿屋の屋根の上では、空の熱気がマストを、旗で飾ったように輝かせている。祭典のフィナーレが崩れ落ちて、熾天使じみたケンタウロスの雌たちが雪崩のなかを歩き回っている高地の畑とひと続きになる。一番高い尾根の線のさらに上方には、男声合唱団の船隊を浮かべ貴重な真珠や二枚貝のざわめきに満たされた、ヴィーナスの永遠の誕生で荒れ騒ぐ海があり、——その海は、ときどき死のきらめきを見せて翳る」とは？　これも誇張と意訳と文の癒着が何ともひどい。直訳を示す。

「巨人の歌手たちの同業組合は、山頂の光のように色鮮やかな衣装と幟《のぼり》で駆けつけてくる。深淵の真ん中の台地の上で、ローランたちが彼らの勇猛を吹き鳴らしている。深い溝の上の歩道橋や宿屋の屋根の上で、灼熱の天空がマストを旗で飾っている。名誉が没落して丘の畑に復帰し、熾天使《してんし》のようなケンタウロスの雌たちが雪崩《なだれ》の中を動き回る。山の尾根の一番高い水準よりもっと上に、ヴィーナスの永遠の誕生のときの動乱に満ちた海が、男声合唱団の重荷を背負った船団や、貴重な帆立貝や真珠の不満の声を抱え、――死ぬほどの閃光と一緒に、ときどき海を悪化させる」となる。

気になる単語を挙げる。gouffre《グウフル》は、深淵、深い穴、渦潮、どん底の意。abîme《アビム》は、深淵、底知れぬ深み、深い溝、奈落の意。この二語はどう使い分けるのかは知らないが、文脈に添って語意を選んだ。apothéoses《アポテオズ》は、非常な光栄、名誉、フィナーレの意。écroulement《エクルウルマン》は、崩壊、倒壊、没落の意。「祭典のフィナーレが崩れ落ちて」は、「祭典」の語などなく勝手な意訳。chargée《シャルジエ》は、重荷を背負った、荷物を持った、任務を帯びたの意。中地訳はこの語を無視している。rumeur《リュムル》は、ざわめき、不満の声、噂、風聞の意。ヴィーナスの誕生に対する、帆立貝や真珠の「不満の声」としたほうが詩意が深まる。s'assombrir《ス・アソンブリル》は、暗くなる、曇る、「情勢が」悪化するの意。「死ぬほどの閃光」に続く文ゆえ「悪化させる」がふさわしい。

あり得ぬ映像の脈絡のない展開だが、人が出てきた。「同業組合」で巨人の歌手たちが存在感を持ち、歴史の「深淵の真ん中」でローランたちが武勇を語っていると言う。「ローランの歌」という武勲詩がある。八〇一年、フランク国王カール大帝がスペインのバルセロナを奪い、帰路ピレネー山脈中で裏切者の計略に遭い、ローランたちが戦死する話である。危険な歩道橋や田舎の宿屋の上で、灼熱の大気が満艦の旗のようだと景気をつけ、名誉が没落して元の百姓に戻り、活発な天使に似てケンタウロス（半人半馬）の雌が雪崩の中を動き回ると言う。

「山の尾根の一番高い水準」とは、歴史の尾根と思われる。その「もっと上に」ヴィーナス（仏語でウェヌス）が、帆立貝に乗って誕生したときの「動乱に満ちた海がある」と言う。やっとランボーらしい詩句と出会った。その海は、責務を負った男声合唱団の船団や、帆立貝や真珠の「不満の声」を抱え、恐怖の閃光を放ち海を荒れさせると言うのだ。愛の女神が嫉妬の対象となり、動乱の女神に変じている。

「斜面上では、われわれの武器やトロフィーと同じくらい大きな花々が刈り取られて唸り声を上げている。赤茶色やオパール色のドレスをまとったマブの行列が、小さな峡谷から上がってくる。あちらの高みでは、鹿たちが滝や茨のなかに立ってダイアナの乳を吸っている。郊外のバッカス神の巫女たちは嗚咽《おえつ》にむせび、月は燃え、また吠えている。ヴィーナスが鍛冶屋や隠者の住む洞穴に入ってゆく。群れなす鐘楼が諸国民の思想を歌っている」とは？　各訳者は、あり得ぬ映像にあまり逆らわず、ひどい誤訳もないが少しずつ違う。私の直訳を示す。

「山の斜面の上では、われわれの優勝杯や武器ほどの大きさもある、刈り入れた花々が唸りを上げる。赤褐色やオパール色の婦人服を着たマブたちの行列が、谷間から上がってくる。あそこの高所では、滝や茨の中に脚を踏み入れ、雄鹿たちがダイアナの乳を飲んでいる。郊外のバッカスの巫女《みこ》たちはすすり泣き、月は燃えながら吠えている。ヴィーナスは、鍛冶屋や隠者たちの洞窟の中に入る。鐘の群れが、民衆の思想を歌っている」となる。

「マブ」は、一六～一七世紀のイギリスの詩に登場する妖精の女王とのこと。シェイクスピアの『ロミオとジュリエット』に出てくるから、それによる知識と思われる。「ダイアナ」は、ローマ神話の月の女神。「バッカスの巫女」は、ローマ神話の酒の神を慕う狂女たち、夜ごとに浮かれ騒ぐ集団である。「ヴィーナス、鍛冶屋」は、ローマ神話で、ヴィーナスが醜い鍛冶屋の火の神の妻になったことを踏まえている。beffrois《ベフルワ》は、塔、鐘楼、鐘、警鐘の意。各訳者とも「鐘楼」の訳だが、それが「群れる」とは映像化できない。投げ出した訳である。「鐘の群れ」なら「民衆の思想」も歌えるだろう。

「骨で造られた城からは未知の音楽が流れ出してくる。伝説という伝説が動き回り、大鹿たちが町中に駆け込んでゆく。嵐の楽園が崩れ落ちる。野蛮人たちが休みなく夜宴を踊っている。そこでひと時、バグダッドのとある通りの往来のなかに降りてみると、いくつもの団体が、重苦しい微風のもと、新しい労働の喜びを歌ったのであったが、この私は、また帰らなければならない山々のとてつもない亡霊たちから逃れられずに徘徊していたのだ」とは？　あり得ぬ映像も終わりを迎え、最後に「私」が出てくる。そして勝手な解釈の誤訳が増えている。

直訳を示す。「骨で築かれた城館から、未知の音楽が流れ出ている。すべての伝説が変化し、市場のある町に北欧の大鹿が押し寄せてくる。雷雨の天国は崩壊した。未開人は夜の祭を休みもせずに踊っている。私は一時、バグダッドのある大通りの活気の中に降り立った。豊かな微風の下で、一緒に集う仲間たちが、手に入れた新しい労働の喜びを歌っていた。私は戻らねばならぬ山々が繰り広げる想像を絶する妄想を、うまく避けることもできず往ったり来たりだ」となる。かなりすっきりした筈である。

気になる主な単語を挙げる。évoluent《エヴォリュエン》は、変化する、進展する、動き回るの意。伝説には「変化」が妥当。orages《オラジュ》は、雷雨、にわか雨、夕立の意。paradis《パラディ》は、天国、楽園の意。合わせて「雷雨の天国」とした。sauvages《ソヴァジュ》は、野生の、原始の、野蛮人、未開人の意。中地・粟津・鈴村が「野蛮人」、斎藤は「未開人」である。夜祭に踊りまくるのは「未開人」だろう。compagnies《コンパニ》は、一緒にいること、仲間、劇団、団体、会社の意。中地は「団体」、粟津・斎藤は「仲間」、鈴村は「劇団」とまちまち。新しい労働を喜ぶのは「仲間」である。fabuleux《ファビュル》は、神話の、伝説の、空想の、想像を絶するの意。fantômes《ファントム》は、幽霊、亡霊、妄想、幻の意。合わせて「想像を絶する妄想」とした。eluder《エリュデ》は、うまく避ける、逃げるの意。circulant《スイルキュレン》は、巡回する、往来するの意。文に逡巡があるので「往ったり来たり」とした。

「骨で築かれた……雷雨の天国は崩壊した」までの幻想も近付き得ない。あり得ぬ幻想が未開人の踊りの中に止んで、「私」が現われバグダッドに降り立つ。八世紀に建設されたイラクの首都である。そこで耳目にしたのは、「新しい労働の喜びの歌」と彼の欲するものがすんなり吐き出される。しかし私が「戻らねばならぬ山々」とは？　「内なる他者」の原始につながる深層無意識の山々のようだ。詩に描かれた「想像を絶する妄想」の数々も、そこから吐き出されたものである。その妄想を牛耳るのは「他者」だが、「うまく避けることもできず」とは、ひけらかしでしかない妄想に彼自身うんざりしている態だ。

「どんな立派な腕が、どんな楽しいひと時が、私の眠りも私のほんのかすかな動きもそこに発しているあの地域を、返してくれるのだろうか」とは？　中地は『この自問は、ヴィジョンが消えた時点から、ヴィジョンが生きていたときに触れていたと思われる、あの根源的な「地域」を惜しんでいる』と解説。何もわかっていない。私の直訳を示す。

「どんな良い腕が、どんな美しい時が、その領域を私に返してくれるのか。私にくる眠り、私のかすかな動きも？」となる。「そこに発している」は勝手な意訳。region《レジオン》は、地方、地域、［抽象的な］領域の意。これは「内なる他者」の詩。あり得ぬ幻想を数々吐き出したが、妄想をうまく躱《かわ》しえず、街の路上で行き暮れてしまった。「他者」顕在化のときが過ぎ、「私にくる眠り、私のかすかな動きも？」どうなるものやら、と?を打っている。潜在化に際し、どんな優れた能力が、帰るべき私の「領域」を返してくれるのか、と言っているのである。

「想像を絶する妄想」でエネルギーを使い果たし、ランボーの体内で潜在化の方便も忘失した態。これも幻術である。この詩に「街々」はなかった。歴史的都市らしき気配があるのみ。

19　さすらう者たち

みじめな兄貴！　奴のおかげで、寝ずに過ごしたさんざんな夜が幾度あったことか！「私がその企てに熱を入れて取り組んではいないとか。私が奴の弱さを手玉に取ったとか。私の過ちのせいで、われわれは島流しの境遇に、奴隷状態に舞い戻りだとか。」彼は、この私には、実に奇妙な運の悪さと純真さとが同居していると考え、不安を掻き立てるようなあれこれの理由を付け足すのだった。

私は鼻であしらいながらこの悪魔めいた学者先生に応じていたが、最後には窓辺に行ってしまった。そしてめずらしい音楽の幾本もの筋が横断する田園のかなたに、未来の夜の豪奢の亡霊を創造していた。

この何となく衛生的な気晴らしのあとで、私は藁のマットに横になった。するとほとんど毎晩のように、寝入ったばかりのあわれな兄貴は、腐った口にくり抜かれたような目をして――夢のなかでまさにそんな姿の自分を見ていたのだ――起き上がり、自分が見たばかりの、愚かしい悲嘆の夢をわめき散らしながら、私を部屋へ引っ張って行くのだった。

なにしろ私は、ほんとうに真面目な気持で、彼を太陽の息子としての原初の状態に返してやることを、約束していたのだ、――それで私たちは、泉の水を飲み大道の堅パンをかじりながらさまよい歩いていたが、私のほうは、場所と方式を見つけようと躍起になっていた。

栗津則雄・斎藤正二・鈴村和成はみな「放浪者たち」である。原題Vagabonds《ヴァガボン》も、「放浪者たち」が簡潔でいい。中地義和は『「みじめな兄貴」と「私」が作るカップルが主題をなす点で、やはり「狂える処女」と「地獄の夫」のカップルが主題となっている『地獄の一季節』の「錯乱I　狂える処女」との関連性が強い一篇である』と解説。他訳者も同様の解釈しかしていない。「錯乱I」は、ヴェルレーヌと訣別後の彼に対する全体的な把握と批判である。ランボーに縋りつく狂女ヴェルレーヌを描いている。

「さすらう者たち」に、そこまでの把握・批判はまだない。支援者ヴェルレーヌにまだ依存して行かねばならぬ心理がちらついている。詩に描かれたヴェルレーヌの狂態は、フランスの民事裁判所から届いた別居と財産分割の通達によるもの。妻マチルドの訴訟により、「モーテ家に妻を訪ねることを禁ずる」ことと「一年に一二〇〇フランの別居手当並びに一〇〇〇フランの補償前渡し金」の命令が、七二年一〇月一三日付だから一六日ごろには届いている。以降ヴェルレーヌは狂い出して行く。一一月に入ると彼も弁護士を立て、ランボーとの同性愛を主張するマチルドの告発を粉砕すると友人に手紙したりするが、ヴェルレーヌは次第に離婚訴訟に追い込まれて行く。詩は狂い出した一一月ごろのものと推定できる。解読に入る。

難解な詩句はなく、書かれたままで読み取れる詩だが、はざまを補っていく。「みじめな兄貴！」の呼びかけは、「素顔のランボー」の詩である証しである。眠れぬひどい夜が幾度もあったとは、訳者たちは「過去」と捉えているが、これは「進行型」である。「その企てに熱を入れて取り組んでいない」とは、ランボーが「見者の詩法」確立に熱心でない、とヴェルレーヌの眼には映っていたということ。「奴の弱さを手玉に取った」とは、「9王位」で考察したように、「内なる他者」は自分を見者を目指す詩人とし、ヴェルレーヌをその詩を学ぶ従者と見立てたことによる高飛車な態度の反映である。それは訣別後までも続いた。「錯乱Ⅰ」、「錯乱Ⅱ」はその総決算であった。ヴェルレーヌは手玉にされながら、離れられなかったのだ。

「私の過ちのせいで」とは、ランボーが「見者詩人」を目指すという出来もしないはったりを掲げたせいで、である。それで「島流し」に「奴隷状態」になったと愚痴っている。片棒をかつぐのではなかった、と反省している。だが奴には「奇妙な運の悪さと純真さとが同居している」と思い込み、何とかしてやらねばの思いが先立った、と不安をかもす「あれこれの理由を付け足すのだ」と彼の心理を抉っている。

私は「あざ笑い ricanant《リカナン》」ながら悪魔めく学者を相手にしていたが、仕舞いにはぷいと窓辺へ行ってしまう、と言う。その後の訳が悪い。「そしてめずらしい音楽の幾本もの筋が横断する田園のかなたに、未来の夜の豪奢の亡霊を創造していた」である。中地は「幾本もの筋」につき注記しているが、誤訳である。辞典には bande《バンド》[1] は、帯状のもの、バンド、テープの意。

bande[2]は、群、隊、組、団、グループの意。と二つに分けている。s付き複数で、この後にmusique《ミュズイク》音楽があるから「楽隊」とするのが正しい。他訳はみな「楽隊」である。

　私の直訳を示す。「私は創造する。珍しい楽隊が通過する田園の彼方に、未来の夜の豪華な妄想が通って行くのを」となる。ヴェルレーヌが、「見者詩人」などまやかしと言わんばかりになじった後立ち去る。ランボーはその稚気を笑い捨て、「見者の詩法」確立の妄想を未来の夜に託すのである。「珍しい楽隊が通過する田園」とは、そのようなことなどあり得ぬ田園である。あり得ぬことをあり得るものとする、それは見者行の狙いでもあった。fantômes《ファントム》を、中地は「亡霊」、粟津・斎藤・鈴村は「幻」だが、想像を堅く信じる「妄想」の意が正しい。

　豪華な妄想の「衛生的な気晴らし」と、文脈が無理なくつながる。「藁のベッドに横に」もなれた。するとまたぞろ、腐った口臭と虚ろな眼で「愚かしい悲嘆の夢をわめき散らし」、部屋へ引っ張り出すと言う。「お前のせいだ！」とわめくのだろう。ランボーは「真面目な気持で、太陽の子（息子は過剰）」に戻してやろうと「約束」していたようだ。しかしそれは、マチルドとの夫婦愛の束縛から抜け出すことでもあった。『地獄の一季節』の「錯乱Ⅱ」に描写されている。真面目であったろうが、それはランボーの打算でもあった。そのために見者行の支援者を得たのだから。それが今破綻局面にある。あざ笑ってる場合ではない。

　「――」は気を引き締める間である。私たちは「見者詩人」を目指してさまよい歩いた。「泉の水を飲み大道の堅パンをかじりながら」。原文Vin《ヴァン》 des《デ》 caverns《カヴェルヌ》は、「洞窟のワイン」の意だが、ランボーの住んだアルデンヌ県の方言で「泉の水」の意、との中地の注記があり、他訳もみな同様である。この詩句は意訳で原文と少し違う。私の直訳では、「泉の水を飲み道々でのビスケットに養われながら」となる。biscuit《ビスキュイ》を「堅パン」にする必要もないし、「噛じる」単語もない。わずかな銭を節約しながらさまよったのである。「養われながら」は、「助けられながら」の謙虚な含みとなる。

さまよいながらもランボー自身は、「場所と方式を見つけようと躍起になっていた」と言う。「場所」はよいが「方式」は誤訳である。粟津も「方式」、斎藤・鈴村は「公式」で、やはり駄目。formule《フォルミュル》は、書式、決まり文句、定式、公式、手段、趣向、手法の意。ランボーが見つけようとしていたのは、「見者の詩法」の「手法」である。その「詩法」が「方式、公式」の凝り固まったものである筈がない。ここまで私が解読してきたように、「他者」と「素顔」が交互にいろいろ詩を試みてきている。それらは殆どヴェルレーヌにまだ見せていないのでは、と思われる。このようにすればという「手法」を、まだ見付け出していなかった。

「手法」を示し得なければ、従者のヴェルレーヌを導くことが出来ない。「場所」については、「13労働者たち」の末尾で「こんなしみったれた国で、夏を過ごすまい」と言い放っている。見者行を妨害するロンドンに、うんざりしていた。文なしのランボーに「場所」の選択など出来る筈もないのに、導く者としての責務はある。その二つを見つけるために、心が「急き立てられて pressé《プレセ》」いたと言う。まず「手法」の提示は急を要したことであった。

20　眠らない夜

Ⅰ

ベッドの上での、または野原での、発熱でもものうさでもない、明るく照らされた休息だ。血気盛んでも弱々しくもない友だ。友。苛《さいな》みも苛まれもしない愛しい女《ひと》だ。愛しい女。探し求められたわけではない空気と世界。生活。

――ほんとうにそんなふうだったのか？

――と、夢が激しさを増してくる。

Ⅱ

照明が建物の中心軸に戻ってくる。ホールの両端は何ということもない書き割りで、そこから上に伸びる調和のとれた線が一つに合わさる。夜を明かす人の正面にそびえる壁は、帯状装飾の断面や大気の筋や地質学上の異変の、心理的な連続である。――ありとあらゆる外観をまとったありとあらゆる性格の存在たちを伴う、いくつもの感情群からなる強烈でつかの間の夢。

Ⅲ

眠らない夜のランプと絨毯は、夜、船体沿いに、また三等船室の回りに、波の音を立てる。眠らない夜の海は、アメリーの乳房のよう。
なかほどの高さまで貼られた壁紙は、エメラルド色に染まったレースの雑木林、眠らない夜の雉鳩がそこに飛び込む。

……………………………………………………………………………

黒い暖炉の背板は、浜辺に輝くいくつもの本物の太陽、ああ、魔法の井戸、今度は、ただ、あかつきの眺め。

粟津則雄は「眠られぬ夜々」、斎藤正二は「不眠の夜々」、鈴村和成は「不眠の夜」、西条八十は不採用。原題 Veillées《ヴェイエ》は、夕食後の団欒、通夜、徹夜の看病の意。あえて上げれば「徹夜」ぐらい。Veillers で、徹夜する、眠らずに過ごす、通夜をするの意の複数となる。斎藤の

「不眠の夜々」が妥当と思われる。中地義和は『「眠らない夜」というテーマの共通性により、別に書かれた三つの詩が一つに集められたもの。ⅠとⅡは若干異なる字体で書かれ、Ⅲは異なる紙に「神秘的」、「夜明け」に先行する形で書かれている。Ⅲは始め Veillée の単数だったが、ⅠとⅡを合わせて Veillées の複数になった』と解説している。

この三つの詩は、「さすらう者たち」のヴェルレーヌに生じた狂態に対する、「内なる他者」の反応だと思われる。今失ってはならない遠慮の気配と迎合と、さり気ない批判が含まれているように思われる。私の直訳を添え、誤訳を正しながら、詩意を掘り起こしてみる。

Ⅰ節。「ベッドの上での、または野原での、発熱でもものうさでもない、明るく照らされた休息だ」とは、間延びした訳。fièvre《フィエヴル》は、熱、熱病、熱中、興奮の意。langueur《ラングル》は、物憂さ、けだるさ、物思い、悩ましさの意。直訳すれば、「それは明るい休息だ。ベッドの上で、また野原の上で、興奮もなく、悩ましさもなく」となる。不眠の夜はヴェルレーヌにも襲った。興奮し、悩ましさに駆り立てられた。詩はその逆を表現している。「それは明るい休息だ」、発散したほうがいいのだとばかりに。

「血気盛んでも弱々しくもない友だ。友。／苛《さいな》みも苛まれもしない愛しい女《ひと》だ。愛しい女。／探し求められたわけではない空気と世界。生活。」とは？　この三句の頭には、「それは……である」の意の C'est《ス・エ》が反復されており、スタインメッツという研究家が、ヴェルレーヌの詩「忘れられたアリエッタⅠ」の第一連に類似していると、中地が解説に加えている。その詩は

C'est の首句が四つもある。「眠らない夜」Iは、i音とe音が脚韻を成し、久々の韻文であることも詩の含みを語っている。私の直訳を示す。

「それは友だ。熱烈でもなく弱くもない。友。／それは愛人だ。胸のさいなみも苦しみもない。愛人。／少しも探したわけではない空気と世界。人生。」となる。C'est は生かすべきである。aimée《エメ》は、愛されているの意。「愛人」とした。point《プワン》は、少しも……ないの意。cherchés《シェルシェ》は、探すの意。合わせて「少しも探したわけではない」となる。どうして「探し求められたわけではない」と受け身になるのか。これでは自分が探されること、意味は逆だ。vie《ヴィ》は、生命、生気、人生、生活の意。詩句の上では「人生」のほうがふさわしい。

　明るい休息にある者、それは私の友だ。情熱家ではないが、尻込みなどはしない。友。それは愛人でもある。自分をさいなんだり、苦しんだりしない。愛人。私はその存在を探し出したわけではない。何時の間にか空気のように私の世界に存在していた。これは私の人生。そう言っているのである。ランボーの言いたい意図としては、太陽の子としての明るい休息（解放）にある者である筈である。そうあって欲しい願望が並べ立てられている。探し出したわけではないが、探し出して貰った重宝な存在であった。ヴェルレーヌを見下している文体には、「他者」の主従関係意識が表われている。

「――ほんとうにそんなふうだったのか？／――と、夢が激しさを増してくる」とは？　詩意も成さず詩をぶち壊している。「――」の間は、書き連ねた願望から冷静を取り戻す間である。

——Était《エタイ》-ce《ス》 donc《ドンク》 ceci《ススイ》 ?を、粟津は「いったい、こんなことだったのか?」、斎藤は「してみると、こんなことだったのか?」、鈴村は「やはりこれだったのか?」と訳しているが、中地のも含めどれも当てずっぽうである。Étaitは、である、「に」いる、ある、存在する、生存するの意。-ceはその語の強調の意。直訳すれば「このことは一体、存在するか?」となる。次行も「夢はそして冷たくなる」となる。粟津・斎藤・鈴村も「冷える」意としているのに、中地だけが「激しさを増してくる」と狂っている。

Ⅰ節はヴェルレーヌの詩を模し、韻文にし、自分の願望を並べ、機嫌を直してくれと言わんばかりの迎合ぶり。最後の二行で、このことの修復は成り立つのか? と自問し、見者行の夢は冷えていく、となるのである。自問の二行とは、どの訳者も理解していない。

Ⅱ節。「照明が建物の中心軸に戻ってくる。ホールの両端は何ということもない書き割りで、そこから上に伸びる調和のとれた線が一つに合わさる。夜を明かす人の正面にそびえる壁は、帯状装飾の断面や大気の筋や地質学上の異変の、心理的な連続である」とは? 不眠という現象・心理に何の配慮もない、でたらめな訳である。暗喩がきついため、他訳もすべて意味を成していない。私にも難所だが、少しでも詩意に近づくために直訳を並べてみる。

「特徴のない家の木に、照明が戻ってきた。一つの背景に、二つの窮地が共同の部屋にある。調和的に高まって、結び合わせる。不眠の人は、心理学的な一つの相続の帯状装飾の切断について、城壁のようにそびえ立つものと向き合っている。地質学的な偶然の出来事だ、大気の一団によって」となる。意味不明の詩句はあるが、語意の選択でこれほど違う文になる。

bâtisse《バティス》は、ばかでかい建築、特徴のない家の意。「建物」は間違い。extrémités《エクストレミテ》は、先端、手足、窮地、苦境の意。「ホールの両端」の綴りはない。décors《デコル》は、舞台装置、背景、「室内の」装飾の意。「書き割り」は過剰な意訳。élévations《エレヴァスイオン》は、上昇、高まり、持ち上げての意。「上に伸びる」も勝手な意訳。succession《スュクセスイオン》は、相次いで起こること、連続、継起、相続、相続財産の意。coupes《クウプ》は、切り取り、伐採、切断の意。この単語は無視されている。muraille《ミュラユ》は、城壁、外壁、城壁のようなものの意。en《アン》 face《ファス》 de《ド》は、…の正面に、と向き合って、直面しての意。accidences《アクスイダンス》は、事故、災難、遭難、偶然の出来事の意。主なものを上げた。

特徴のないヴェルレーヌという存在に、注目が集まってきた、と読める。ロンドン逃亡という背景に、ヴェルレーヌの妻からの訴訟とランボーの見者行不安という窮地が二人の居間でかち合っている。何とか調和しながら詩のほうに心を高めて、一つに結束しなければならない。不眠続きのヴェルレーヌは、財産分割という相続問題を突き付けられていた。「相続」の語を詩に明記しているのに、訳者すべてが気付いていない。物理的・心理的両面のからむ問題である。心に帯状に起伏する現象を「帯状（浮彫）装飾」と見立てたものか。それを「切断」するのは「心理」の問題だと言っている。そびえる難問と向き合うヴェルレーヌよ。「地質学的」地続きの偶発事だった。モーテ家という「大気の一団によって」となるものか。

「——ありとあらゆる外観をまとったありとあらゆる性格の存在たちを伴う、いくつもの感情群からなる強烈でつかの間の夢」とは？「――」は二つの窮地から離れる間で、続く文はまさに呪文である。私の直訳を示す。「――いかなる外観の中にも、いかなる性格によっても存在する、感情の群れを伴った、すばやく並外れた夢」となる。tout《トゥ》の単数は、すべての、全体、そっくりの意だが、原文にはtous《トウス》, toutes《トウト》の二つの複数である。前者は男性形で「性格」にかかり、後者は女性形で「外観」にかかっている。複数は、いかなる、すべてのの意。男性形・女性形の両方使用は「いかなる」の含みに係わるのかも知れない。rapide《ラピド》は、速い、急な、すばやいの意。intense《アンタンス》は、強烈な、激しい、並外れたの意。

――さはさりながら、いかなる外観の人でも、いかなる性格の人でも、感情の起伏を伴った、すばやい並外れた夢というものはある、と言うのだろう。あると思わせたい呪文である。ヴェルレーヌよしっかりしろと。Ⅱ節は、ロンドン逃亡情況の中で二つの窮地がかち合っている。彼は別居手当という財産分割の難問だ。何とも出来ないが、心理的に断ち切ればそびえる壁も消え去ろうに。何とか調和を取り戻してまた詩の道に専心したい、という詩意のもの。

Ⅲ節。「眠らない夜のランプと絨毯は、夜、船体沿いに、また三等船室の回りに、波の音を立てる。／眠らない夜の海は、アメリーの乳房のよう。／なかほどの高さまで貼られた壁紙は、エメラルド色に染まったレースの雑木林、眠らない夜の雉鳩がそこに飛び込む。」とは？ Ⅰ節Ⅱ節はヴェルレーヌの不眠を気付かってものだが、Ⅲ節はランボーの不眠である。不眠の中で彼が何を思ったかが読めなければ話にならない。難物で危ういが、私の直訳を示す。

「不眠の夜のランプと敷物は、深夜、波の音を生じさせる。三等船室の周囲に、そして船体の長さの君に」とまずなる。steerage が、辞典になく、『仏和大辞典』を購って調べても載っていない。念のため英和辞典に当たると、あった。舵きき、操舵性、［昔の船の］三等船室の意である。各訳者とも英語とは注記していない。tapis《タピ》は、絨毯、敷物の意。nuit《ニュイ》は、夜、深夜の意。font《フォン》は、作る、生み出す、引き起こす、生じさせるの意。coque《コク》は、卵の殻、木の実の殻、船体の意。te《ト》 long《ロン》 de《ド》は、「の長さの君に」の意。訳者はみなこの語を無視している。

「不眠の夜の海は、アメリーの乳房のような」、この詩句は各訳大差ない。ただ中地・斎藤は「乳房のよう」とし、粟津・鈴村は「乳房のようだ」と断定。telle《テル》 que《ク》は、合わせて「のような」の意と明記。仮定である。一見現実めく「アメリー」の名は、ランボーのいつもの幻術である。追跡は無駄。不眠の海に乳房がどう絡むのか、の読みこそが大事である。

「半ばまでの高さのつづれ織や、レースの萌芽林《ほうがりん》は、エメラルド（緑玉石）色に染められて、不眠の雉鳩はどこに身を投げる」となる。tapisseries《タピスリ》は、つづれ織の意。訳者はみな「壁紙」とするが、tapisser《タピセ》が壁紙で綴りが異なる。また「雑木林」もみな同訳だが、taillis《タイ》は、萌芽更新、萌芽林、雑木林、低木林の意。続く「エメラルド色」の関係からも「雑木林」は不適。teinte《タント》は、染められたの意。se《ス》 jettent《ジュテン》は、身を投げる、飛び込むの意。

　ランプと敷物のみ眼に映る簡素な部屋の不眠は、幻聴の波音が粗末な三等船室（部屋）の周囲に、船体のように横たわる君の周囲にざわめく。「君」はヴェルレーヌ。不眠の夜の果てしない海は、アメリーの乳房のように悩みを深めるばかり。悩みの癒やしではない。文脈の前後からはそう読める。「半ばまでの高さのつづれ織」がわからなかった。

まず「つづれ織、レース」ともに部屋のものでない。彼の眼前にある映像であり、暗喩だろう。「半ばまでの高さ」は、まだ途中の意。「つづれ織」は模様を織った織物。これは書き溜めてきた「見者を目指す詩」であろう。「萌芽林」は、伐採木の株から再び萌芽して林になったもの。「萌芽林のレース」は、見者行のやり直しの含みと思われる。それらが「エメラルド色に染められる」のは、今後の道はその二つのみと言うのだろう。「不眠の雉鳩」はもちろん彼。見者行の続行にか、見者行のやり直しにか、どちらに「身を投げる」ことになるかの苦渋である。ヴェルレーヌの支援があっての見者行だった。代わりが見付かるわけもない。

次のまる一行の長い「……」は、苦渋の重苦しい沈黙である。「黒い暖炉の背板は、浜辺に輝くいくつもの本物の太陽、ああ、魔法の井戸、今度は、ただ、あかつきの眺め。」とは？不眠の苦渋を何も読めていない投げやりな訳である。私の直訳を示す。

「黒く汚れた家庭の板、いくつもの砂浜のいくつもの現実の太陽、ああ！　いくつもの魔法の井戸、今度は見える一人っきりの明け方」となる。この最後は、苦渋の中で見えてきたものである。noir《ヌワル》は、黒い、黒ずんだ、黒く汚れたの意。foyer《フワイエ》は、家庭、溜り場、炉の意。grèves《グレヴ》は、ストライキ、砂浜の意の複数。soleils《ソレユ》は、太陽の意の複数。magies《マジ》は、奇術、呪術、魔法の意の複数。seule《スル》は、唯一の、ただ一人の、一人っきりの意。aurore《オロル》は、曙、明け方の意。

中地・栗津・斎藤は「暖炉」、鈴村は「炉」とするが、ランボーに「暖炉」は縁がなかった筈だし、苦渋の中で思い浮かぶことでもない。「黒く汚れた家庭の板」としたが、生活経験のない彼が、生活に引き戻される恐れの係わりでは？　と思ったりした。「いくつもの砂浜、いくつもの太陽」は、苦渋の中の私をよそに日々は繰り返され、太陽は昇って沈むと言うのだ。「ああ！　いくつもの魔法の井戸」は、「内なる他者」が汲み上げる「見者の詩」の井戸である。ああ！　これはどうなってしまうのだの嘆息と言える。そして「今度は」見えてきたのだ、「二人っきりの」夜明けが。ヴェルレーヌに捨てられる予感が走ったのである。

妻マチルドの訴訟によるヴェルレーヌの狂態に、「19さすらう者たち」ではランボーはうんざりし、冷たくあしらいあざ笑っていたが、この詩のⅠ節Ⅱ節でヴェルレーヌにすり寄り、Ⅲ節は自分の不眠の中で見者行の破綻に気付くのである。ヴェルレーヌを従者とした「他者」の高飛車な強気も、ここでは何の力も発揮し得ない。長い「……」は「他者」の沈黙であり、「ああ！　いくつもの魔法の井戸」は「見者の詩」に辿り着けるのか、の思いでもあるようだ。

21　神秘的

土手の斜面の上で天使たちが、鋼《はがね》とエメラルドの草に包まれてウールのドレスをくるくると翻している。

あちらこちらの炎の野原が、円丘の頂まで跳ね上がる。左手では、尾根の腐植土がありとあらゆる殺人や戦闘に踏みつけられ、あらゆる災いの物音が糸のようなカーブを描いている。右手の尾根の背後は、東方の、進歩のライン。

また、画面上方の帯が海の法螺《ほら》貝や人間たちの夜の、回転し跳ね上がるどよめきで形成されているのにたいし、

星たちや空やその他のものの華やいだ甘美さは、花籠のように、土手の正面に、私たちの顔にぶつかるように降りてきて、下のほうに、かぐわしくも青い深淵を作る。

栗津則雄・西条八十・鈴村和成は「神秘」、斎藤正二は「神秘主義者」、原題 Mystique《ミステク》は、神秘的な、神秘主義のの意。中地義和は『タイトルはさしあたり、「神秘的（世界）」、「神秘的（タブロー）」というように、明示されない名詞を修飾する、あるいはテクストの雰囲気を一

語に要約する形容詞ととる。星のきらめく夜の世界における「天使」の存在、画面の「左手」と「右手」がそれぞれ、罪・災厄の空間と、始まり・進歩・希望の空間とに区別される象徴的書法、最終節での星空の降下がもたらす甘美な恍惚感など、ある神秘的な感じの創出が目指されていることはたしかである』と解説している。

鈴村は『「少年時」Ⅱに「斜面 talus《タリュ》」があり、「轍」にも「斜面」があった。この詩で三度目の「斜面」の登場である』と書いている。重要なことに気付いているが、「斜面」が何かは不明のままである。これはランボー内面の映像世界であり、「内なる他者」が繰り出す映像の映写幕でもある。この詩は、ヴェルレーヌが一一月前半以降狂態に陥り、見者行が破綻寸前の情況の中で、手足も出せぬ「他者」の苦渋のあげくの独白である。解読に入る。

私の内部の映写幕では、この世にあり得ない鋼《はがね》とエメラルドの草むらで、羊毛のドレスを振り回しながら、天使たちが自在に飛んだり駆け回ったりしている、と言う。これは「他者」の映像世界は健在だと言っているのだ。だがと続く次は、訳に不満がある。私の直訳を示す。

「おちこちの草原は、円い丘の頂まで炎が飛び跳ねる。左手の山の尾根の腐植土は、すべての戦い、すべての殺人の中で踏みにじられ、すべての不吉な騒音が曲がりくねった糸を紡ぐ。右手の山の尾根の後ろには、オリエントの向上の線」となる。près《プレ》は、牧場、草原、野原の意。複数ゆえ、「おちこちの草原」とした。bondissante《ボンディサント》は、飛び跳ねる、跳ね回る、息がはずむの意。toutes《トウト》, tous《トウス》は共に、全体、……のすべて、みんなの意だが、前者は女性形で「戦い」

にかかり、後者は男性形で「殺人」と「不吉な騒音」にかかる。courbe《クウルブ》は、曲がった、曲線、曲線上のの意。filent《フィレン》は、紡ぐ、糸に取るの意。derrière《デリエル》は、の後ろに、の陰にの意。orients《オリアン》は頭小文字ゆえ、［文章語］東、東方の意。progrès《プログレ》は、進歩、発展、進行、向上の意。

「おちこち（遠近）の草原」は、パリとロンドンのこと。どちらも理想を求める丘の上まで妨害の火の手が回ってきた、と言うのである。「左手の山の尾根の腐植土」は、今まで経てきた詩の尾根の「腐植土」栄養たっぷりな私の詩は、すべての葛藤や抹殺の中で踏みにじられ、「すべての不吉な騒音」別居訴訟や同性愛疑惑などの「曲がりくねった糸」おかしな噂を紡ぎ出す、と嘆く。「右手の山の尾根」は、未来の詩の尾根である。その尾根の向う側には、向上してくる東方（オリエント）の線が、おそらく見えると言いたいのだと思う。

「また、画面上方の帯が海の法螺貝や人間たちの夜の、回転し跳ね上がるどよめきで形成されているのに対し」は、ほとんど意味をなしていない。私の直訳では、「絵画の上の一団は、海の帆立貝と人間的な夜の飛び跳ね移り変わる不満の声が形成されている間に」となる。tableau《タブロ》は、絵、絵画の意。haut《オ》は、高い、上のの意。bande《バンド》には、帯状のもの、バンド、テープの意と、群、隊、組、団、グループの意がある。前にも取り上げたが、ランボーの使用例は後者だった。conques《コンク》は、ほら貝、帆立貝の意。訳者はみな「ほら貝」だが、二枚貝の「帆立貝」のほうが詩意に適う。humaines《ユマン》は、人間の、人間的な、人間味のあるの意。rumeur《リュムル》は、ざわめき、不満の声、不穏な気配の意。tandis que《タンディ ク》は、…する間に、…している時にの意。

映写幕の映像を、ここでは「絵画」と言い替えている。「絵画の上の一団」は、映像を離れた宇宙のことである。「海の帆立貝」はビーナスを意味し、女の暗喩でもあろう。「人間的な夜の飛び跳ね移り変わる不満の声が形成されている間に」は、ヴェルレーヌの人間的な狂態を述べている。宇宙から見れば、女にまつわる狂騒などちゃちな話と言わんばかりに。

「星たちや空やその他のものの華やいだ甘美さは、花籠のように、土手の正面に、私たちの顔にぶつかるように降りてきて、下のほうに、かぐわしくも青い深淵を作る」とは？ 前段落の「絵画の上の一団」の続きなのだが、やはり何のことやら。私の直訳では、「星々や宇宙やその他の花の咲いていているような穏やかさが、一つの花籠のように斜面の面前に降りてきて、――われわれの顔面のすぐそばの下方に、香りを発する青い深淵を作る」となる。

ciel《スイエル》は、空、宇宙の意。reste《レスト》は、残り、その他の意。fleurie《フルリ》は、花の咲いている、花で飾ったの意。douceur《ドウスル》は、柔らかさ、快さ、穏やかさ、優しさの意。panier《パニエ》は、籠の意だが、文脈上「花籠」とした。talus《タリユ》は、土手、斜面の意。face《ファス》は、顔面、面の意。二か所あり「面前、顔面」とした。contre《コントル》は、…のすぐそばにの意。fleurant《フルラン》は、香りを発するの意。

花の咲いてるような穏やかさが天空にある。相棒の狂騒に対し穏やかさを強調。それが盛られた花籠が、私の映写幕の面前に降りてきて、二人の顔面のすぐそばの下方に「香気を発する青い詩の深淵を作る」と言っているのだ。ヴェルレーヌよしっかりしてくれ。「見者の詩」の深い魅惑のそばまで私たちは来ている、と言いたいのだ。その予感を「神秘的」と言った。

22　夜明け

ぼくは夏の夜明けを抱いた。

宮殿の正面ではまだ動くものはなかった。水は死んでいた。野営した影たちは林の街道を離れはしなかった。生き生きとして温かい息吹を目覚めさせながら、ぼくは歩いた。すると宝石たちが目を凝らし、翼が音もなく舞い上がった。

最初の企ては、早くも冷たく青白いきらめきに満ちている小道で、ぼくに名を告げた一輪の花だった。

ブロンドの滝に笑いかけると、滝は樅の木立の向こうで髪を振り乱した。銀色の梢にぼくは女神をみとめた。

それからヴェールを一枚一枚剥いでいった。並木道では腕を振りながら。草原を横切っては雄鶏に彼女のことを告げながら。大きな町に入ると、彼女は鐘楼やドームの間に逃げ込んだ。それで乞食みたいに大理石の河岸を駆けながら、ぼくは彼女を追っていった。

道を登りつめたところの、月桂樹の林の近くで、取り集めたヴェールを彼女に巻きつけてやった。そのときぼくは彼女の巨大な肉体をかすかに感じた。夜明けと子供は林のふもとに倒れた。

目覚めると正午だった。

斎藤正二が「夜明け」、粟津則雄・鈴村和成は「あけぼの」、西条八十は「暁」、原題 Aube《オブ》は、夜明け、暁、黎明の意。中地義和は『この詩はそのみずみずしいエロティシズムによって、『イリュミナシオン』中最も美しい一篇に数えられるだろう。（中略）この詩は、早朝の自然のなかの散策が与えるみずみずしい感覚を、造物主的意志が紡ぎだす精妙な言葉によって神話的次元に変換するものであり、夜明けの光がしだいに「女神」として形象化されてゆく前半部から、明確な姿を現した「女神」をその肉体において捉える追跡へと、言葉の魔法は強まり、詩の空間の神話性は深まる。「女神」の「巨大な肉体をかすかに感じた」瞬間にその魔法は眠りに変わり、やがて完全に解ける』と解説している。虚構のあら筋を書いているのみ。

西条八十は「この詩は、ほの白みゆく夏の暁の、白さ、露けさ、爽やかさ、清々しさを、一切の説明的な描写をのぞいて、すべてを直接感覚に訴えて表白している。銀色の山の頂に立つ女神の全身を包むヴェールが、一枚一枚剝がされてゆくありさまは、刻々強くなりまさる暁の光度を語っている。路上に砂礫の輝く光だけを見て、これを〈宝石〉と呼び、舞い立つ小鳥を単なる〈翼〉という言葉で表わしている手法。白銀の山頂、大理石の河岸など、白く爽やかなものを列挙してきて、ひとつの渾然たる雰囲気を醸している暗示法など、実に巧緻を極めている。殊に最後近く、暁の巨大な肉体に、わずかに触れた感じを表わした辺り、余りにも鋭い感性の冴えに、一種の凄味をさえ感じさせるのである」と解説している。詩人の感性である。

この詩は、初めて自分の生きざまの関心事から離れた作品である。「17都市〔I〕、18都市〔II〕」も離れたと言えそうだが、まだ生きざまの内であった。この詩は、「見者の詩法」の見本としてヴェルレーヌのために書かれたものと思われる。「19さすらう者たち」では、「私がその企てに熱を入れて取り組んではいない」と、彼から強烈な反感を示されていた。詩人としての主従関係を決めていたランボーにとっても、それは身に応えることだった。「21神秘的」で、「花の咲いてるような穏やかさが天空にある」と気付き、「香気を発する青い詩の深淵」が身近にあると察知したとき、太陽の光を女神にする詩が閃めいたのだと思われる。

一気呵成の詩である。難しい暗喩は一つもなく、詩意は大方の人が読み解ける。これほどの豊満なエロスの詩はこれまでになく、多くの読み手が『イリュミナシオン』中で最高の一篇と讃えるのも無理はない。解読の必要のない作だが、訳の問題もからめて追ってみる。

「ぼくは夏の夜明けを抱いた」は、粟津も「抱いた」、斎藤・西条・鈴村は「抱きしめた」である。embrassé《アンブラセ》は、キスをした、抱擁したの意。最後に「巨大な肉体をかすかに感じた」があり、「抱きしめた」は無理。「抱いた」の言い切りが、この虚構にスピードを与えた。

宮殿前でまだ動くものはない。流れの水も死同様。森に宿ったものらもそこを離れていない。私は歩いて行った。「生き生きとして温かい息吹を目覚めさせながら」の訳が気になった。訳者みな「生き生きとした」である。情況はまだ夜明け前で、少しずつ明るみが加わってきたころである。薄暗がりで「生き生き」はなじまない。私の直訳では「生きている生温かい息を目覚めさせながら」となる。vives《ヴィヴ》は、生きている意の複数。だから「生き生き」としたのだろうが、生きているものが多数ゆえの複数である。tiedes《ティエド》は、生温かいの意の複数。「生きている生温かい息」が、目覚めかけてる存在にいかにふさわしいかがわかろう。目を凝らす「宝石たち」は、西条説のごとく「路上の砂礫」か石塊であろう。宝石と化す光を待っている。翼あるものが「音もなく舞い上がる」のは視野の効く明るさになってからである。

「最初の企ては、早くも冷たく青白いきらめきに満ちている小道で、ぼくに名を告げた一輪の花だった」とは、舌足らずである。一輪の花の名を知って企てたのではない。私の直訳では「最初に企てたのは、すでに青白い輝きの涼しさに満ちた小道で、一輪の花が私に彼女の名前を告げてくれたからだ」となる。éclats《エクラ》は、輝き、鮮かさの意の複数。frais《フレ》は、涼しい、冷たいの意。夏の夜明けの光が「冷たい」筈がない。son《ソン》は、彼（女）の、それのの意。nom《ノン》の名前の意の前に、この語が明確にある。斎藤・鈴村は「その名を告げた」、粟津・西条は「名を告げた」である。ここは「彼女の名を告げた」でなければ、話にならない。夜明けの女神の名を聞いて、よし捕まえてやろうと野心を抱くのである。

「ブロンドの滝に笑いかけると、滝は樅の木立の向こうで髪を振り乱した。銀色の梢にぼくは女神をみとめた」とは、「銀色の梢」で訳が割れている。鈴村が同じく「銀色に輝く梢に」、粟津は「銀色の頂きに」、斎藤・西条は「銀色の山の頂きに」である。cime《スイム》は、頂き、てっぺん、梢の意。滝のそばの樅の木立ちの「梢」ととるか、滝近くの山の「頂き」ととるかの問題だが、太陽の光は山があれば「頂き」からが当然。「梢」判断はスケールが小さい。ところで「滝」は、wasserfall《ワッサーファル》のドイツ語であることを粟津・斎藤が注記している。フランス語の「滝」は、cascade《カスカド》である。音感の違いが、擬人化した滝にふさわしかったものか。

「金髪の滝」とは、光を浴び始めた滝である。それに「笑いかける」とは、滝はいつも裸だからだろう。「樅の木立の向こう」とは、直視ではなく透かし見る先でとなる。「髪を振り乱した」とは、滝の羞恥心を描き取ったもの。そして滝近くの山頂に「女神」の姿を見付けたのだ。原文には「女神」の前に、reconnus《ルコニィ》は、広く認められた、周知のの意の単語がある。訳者はみな無視しているが、太陽は周知の女神であっても、太陽の光が周知の女神とは言い難い。これは光の女神を黙認させるランボーの細工である。滝の擬人化でまず濃厚なエロスを生み、女神という肉体化で健康なエロスが走り出すのである。

「それからヴェールを一枚一枚剥いでいった。並木道では腕を振りながら、草原を横切っては雄鶏に彼女のことを告げながら」とは、ヴェールを「脱ぐ」なら女神だが、「剝ぐ」のはランボーの行為である。朝の光が次々と暗闇に射し込み、夜のヴェールが一枚一枚剝がされていく現象である。それを、光の女神が野心に満ちた男に追跡され、一枚一枚衣装を引き剝がされて裸になっていく、スリリングな話にすり替えている。「並木道では腕を振りながら」は、追跡への執念だろう。「草原を横切っては」は、勝手な意訳。par《パル》は、を通っての意。横切るなど無駄な浪費である。「雄鶏に彼女のことを告げながら」は、夜明けの鶏鳴より早く鶏たちに彼女の通過を知らせながら、となる。

「大きな町に入ると、彼女は鐘楼やドームの間に逃げ込んだ。それを乞食みたいに大理石の河岸を駆けながら、ぼくは彼女を追っていった」とは、ここまでは通過経緯だけを語り、ここにきて裸で逃げ込む女神と、追いすがろうとする乞食じみた男を寸描して、二人だけの世界に凝縮しているのは見事。裸の女神が幻視化されている。次は私の直訳を示す。

「道を上ぼりつめた月桂樹の林の近くで、私は奪い集めたヴェールを彼女に巻き付けてやった。そして私は、彼女の巨大な肉体をかすかに感じ取った。夜明けと子供は、林の下のほうに倒れ込んで行った。／彼が目覚めたときは正午だった」となる。

月桂樹は、南欧原産の芳香のある常緑高木。その林のあたりで夜が明け、女神に追い付くことが出来たのだ。そこで奪った衣装をまとめて被せてやった。その時、女神の肉体の一部にかすかに触れ、その巨大・豊満に恍惚となった男は、夜明けという抜け殻とともに、林の下に倒れ込んで行った。気が付くと正午だった、という微笑を誘う幻想劇である。

倒れ込む「夜明け」は、女神ではない。唐突に「子供」の言い替えも奇異。巨大な女神との比較ではない。夜明けの女神と野心的な男が、林の下方に倒れ込んで行ったら性欲が絡む。それでは狂態にあるヴェルレーヌの夫婦愛《アムール》に火を付ける。倒れ込むのが夜明けという現象と子供では、何の変事も生じない。淡白な昼の目覚めに導いて爽やか。この詩は「見者の詩法」たり得た筈だ。しかしヴェルレーヌには、ランボーに耳目を借すゆとりはなかったようである。

23 花

金色の段々のひとつから、——絹紐や、灰色の紗や、緑のビロードや、陽を浴びてブロンズのように黒ずむ水晶の円盤に混じって、——ジギタリスが、銀と目と毛髪との透かし細工でできた絨毯の上に開花するのを、私は眺める。

瑪瑙《めのう》の上に撒かれた黄色い金貨、エメラルドのドームを支えるマホガニーの柱、白繻子《じゅす》の束、それにルビーの細棒が、水薔薇を取り囲む。

巨大な青い目と雪白の体つきをしたひとりの神のように、海と空は、大理石のテラスのほうへ若く力強い薔薇の群れを引き寄せる。


粟津則雄・斎藤正二・西条八十・鈴村和成はみな「花々」である。原題 Fleurs《フルル》 も複数ゆえ花々。中地義和は『花の開花と変容をめぐるランボー独特の「物質的想像力」とも呼ぶべきものが、短いテクストのなかに十全に展開されている一篇である。（中略）劇場上部の階段席に位置し、ホール内部を飾る絹紐やシャンデリアや、ビロードを張った座席が並び人々の髪と目が絨毯のように広がる客席や、バレーの上演らしきものが行われているきらびやかな舞台を見下ろしている詩人（ベルナール）が、詩の出発点にある可能性は考えられる。しかし、状況の具体的要素がことごとく捨象されている点にこそこの詩の特徴があり、鉱物と織物が作る抽象的書き割りのなかで花が開き、変容を遂げる運動が、とりわけ注目される』と解説。

この詩はまだ、七二年一一月前半の作と思われる。見者行の自負心がまだ窺われるからである。一一月一四日には、ヴェルレーヌが友人に、ランボーが母親に手紙した旨を伝えている。ランボー母ヴィタリーは、同性愛疑惑は家名の名誉毀損とばかりに、ヴェルレーヌ母を訪ねてモーテ家の誹謗を知り、モーテ家を訪ねて冷たく追い返される羽目となる。ランボーの手紙や原稿も、「訴訟資料として弁護士に預けてあるので」と一切返却されなかった。この詩にその心理の陰はない。「夜明け」もそうだが、この詩も「他者」の作である。解読に入る。

「金色の段々のひとつから」とあるが、私の直訳では「黄金の階段席から」となる。これはベルナール説の「劇場上部の階段席」ではなく、「内なる他者」の詩を生み出す「黄金の特等席」の意である。後も直訳を示す。「――絹のひも、灰色の薄織り、緑色のビロード、そして太陽で黒ずんだ青銅のような水晶の円盤などの中に、――私は見る、銀の線条細工と、目と髪で織られた絨毯の上に、ジキタリスの花が開くのを」となる。中地訳の「に混じって」や「銀と目と毛髪と」では、どう詩意に辿りつけるものやら。

「――」の後の「絹ひも、薄織り、ビロード、黒ずんだ水晶の円盤」は、高級な生活レベルの暗示である。簡潔で取り付く島も無い羅列の中に、読めてくるのはそれだけ。そうした生活の中に「私は見る」。「銀の線条細工」とは、銀の透かし細工である。心の透かし細工の暗喩とも読める。「目と髪で織られた絨毯」とは、只事ではない。嫉妬と妄想で織られた復讐の絨緞である。その上に「ジキタリスの花が開くのを」見たのである。

「ジキタリス」は南欧原産で、高さ一メートル余。夏、茎の一側面に淡紫紅色の指のような花を沢山つける。別名「狐の手袋」。花言葉は「不誠実」。葉に猛毒があり、一八世紀末にイギリスの医師が水腫《すいしゅ》の薬に利用、その後強心剤として心臓病に使われるようになった。猛毒のある花を、あえて取り上げている。この一段落は、ヴェルレーヌを訴訟したモーテ家と妻マチルドが対象である。モーテ家への非難など、研究者も訳者も誰もわからなかった。ヴェルレーヌを失ってはならないランボーにとって、最低限の加担ではあった。

後も直訳を続ける。「瑪瑙《めのう》の上に撒き散らされた一つ一つの黄色の金貨、エメラルドの円屋根を支えるマホガニーの柱たち、白い繻子《しゅす》の花束、ルビーの細いむちが、水のバラを取り囲む」となる。二段落は宝石ずくめである。「瑪瑙」は、石英・玉髄・蛋白石の混合物で、紅・緑・白の色模様の宝石。「エメラルド」は緑色の宝石。「マホガニー」は、中南米などが原産の赤褐色の光沢のある堅い木材。「繻子」は、光沢が美しい薄絹の織り物。「ルビー」は紅色の宝石である。これらの羅列は何を語るものか。かすかな手掛かりを読むしかない。

「撒き散らされた金貨」とは、権力者のなすこと。「瑪瑙」は権力者の暗喩と思われる。「エメラルドの円屋根《ドーム》」は宗教である。「マホガニーの柱たち」は信者であろう。「白い繻子」は上流階級と思われる。「花束」はこれ見よがしであろうか。「ルビーの細いむち」がぐいときた。中地は「ルビーの細棒」、粟津・斎藤は「ルビーの細い棒」、鈴村は「ルビーの繊細な陽物」である。verges《ヴェルジュ》は、（体罰用の）棒、むち、そして陰茎の意の複数である。「細い棒」では、体罰用の含みが抜けてしまう。鈴村の「陽物《ペニス》」は助平な好奇心、ランボーなら当然の思い込みである。ここは「ルビーの細いむち」が正しい。二段落を括る重要な詩句である。

権力・宗教・ブルジョアらと、紅玉色（ルビー）の細いむちに「取り囲まれた水のバラ」とは、「水」は宝石との対比である。宝石でも何でもない生活を追い立てられている「水のバラ」だ、と言うのだろう。ヴェルレーヌとランボーのことだ。ロンドンに来て二か月になる。ヴェルレーヌは母よりの仕送りが始まっていたと思われる。二人にはもう逃げる先もなかった。「紅玉色の細いむち」は、世間の非情のむちであり、マチルドの復讐のむちも重なっている。「巨大な青い目と雪の形をした神のように、海と空は、若くたくましいバラの群れを、大理石の魅力的な露台に招く」となる。三段落は「紅玉色の細いむち」からの救済である。巨大な青い目の海と、微細な雪の形を抱える空が、まさに神のごとく、若くくじけないバラたち（詩人たち）を、「魅力的な露台に招く」とは、自然の特等席に呼び寄せてくれる、と言うこと。人間の権力や欲に汚されていない海と空の神が、真の言葉を目指す私たちの見者行を、さっと救済してくれるという裏の意が秘められている。この詩も、ヴェルレーヌの立ち直りを願ってのものであった。

24　俗な夜景画

風が一吹きすると仕切り壁にオペラのような割れ目が開き、――削り取られた屋根の回転がかき乱され、――暖炉の境目が四散し、――窓ガラスが翳る。――葡萄の木伝いに樋嘴《ひばし》に片足を掛け、――ぼくは豪華な四輪馬車に降り立ったのだが、凸面ガラスや丸く張り出した外板や歪んだソファーからして、それがいつの時代のものなのかおおよその見当が付く――ぼくの眠りの霊柩車、ぽつんと孤立し、ぼくの愚行が繰り広げられる牧童小屋である馬車は、消え失せた街道跡に生えた芝生の上でカーブを切る。すると、右側の窓ガラス上部の欠け落ちた部分で、木の葉か乳房か、お月様めいた青白いものの形がくるくると回る。――とても濃い緑と青が映像に侵入してくる。砂利の斑点のあたりで馬を馬車から離す。――ここで、嵐を、ソドムを、――ソリムを、――獰猛《どうもう》な獣と軍隊を呼ぶために、口笛を吹くのか、――(夢の御者と獣たちは、たまらなく息苦しい大樹林の下でふたたび走り出し、ぼくを絹の泉のなかに目の高さまで埋めてしまうのか)。

――ぼくたちは、ひたひたとざわめく水とこぼれた酒のなか、鞭打たれながら送り出されるのか、番犬どもが吠える上を転がるのか……

――風が一吹きすると暖炉の境目が四散する。

粟津則雄は「卑俗な夜曲」、斎藤正二は「ありふれた夜想曲」、鈴村和成は「野卑なノクターン」、西条八十は不採用。原題 Nocturne《ノクテユルヌ》 Vulgaire《ヴユルゲル》 は前が、夜の、夜想曲の意。後が、俗悪な、下品な、卑しいの意。「俗悪な夜想曲」と訳せる。詩は一見しただけで、見者行の破綻を告げている。「俗悪」と罵りたい思いが詰まっている。「俗な夜景画」などの勝手な意訳は、詩の表情をねじまげて話にならない。

中地義和は『タイトルの「夜景画」はまた、「夜想曲」と解することも可能だが、詩の内容としてはむしろ視覚性のほうに傾いており、「夜想曲」特有の憂愁の雰囲気とも無縁である。またこの名詞を修飾する「俗な」という形容詞についても、燃える炉床の凝視から夢想を紡ぎだすのは何ら珍らしい行為ではなく、いつでも、誰でも、行いうるという「起源の凡庸さ」（アンリ）を指すともとれるし、あるいはむしろ、夢想の内容がひどく粗野で「夜景画」ないし「夜想曲」に共通する甘美などまるでない、という意味にもとれる』と解説している。

nocturne は、夜の、夜間の、夜想曲、ノクターンの意。どうひねくっても「夜景画」とはならない。甘みなどかけらもない、見者行の破綻の詩意も読めず、訳者の独善的な思い上がりである。詩意不明ゆえ、単語に添いながらも適当な意訳でつないでおり、文脈を成していない。

解読に入るが、すべて私の直訳で進める。『仏和大辞典』にもない単語があり、問題だが。

「ある一陣の風が、間仕切り壁の中にオペラ舞台のような裂け目を開け、――噛じられた屋根の旋回する仲たがい、――家庭の境界を散乱させる、――人生の岐路、活動の中断、――ブドウの木に沿って、ある雨水落としに足をかけ、支えられていた、――私はその人の豪華な四輪馬車の中に降りていった、凸状の鏡、丸くなった標識、ゆがんだ知恵、それらを通して、それが時代ものであることを十分に示していた」となる。ここまでが、最初のピリオドまでの一区切りである。中地訳といかに異なるかを、読み比べて欲しい。「――」の間がやけに多いのは、一気に言い下せない継起した現象の要点を、羅列したためである。

「一陣の風」は、妻マチルドがヴェルレーヌを訴訟した一件である。二人の間の仕切り壁に、オペラ舞台ほどの裂け目が出来、――ねずみに噛じられた不和で屋根が不安定に回る。ねずみの語はないが、家を噛じったねずみの類いはランボーである。――そして家庭の垣根は四散する。――見者行の活動は中断、まさに人生の岐路だ。――「ブドウの木に沿って」は、詩という果実のなる木に沿っての意と思われる。ある生活の一部（雨水落とし）に足をかけ、生かして貰っていた、と読める。――私は降りていった。「その人の豪華な四輪馬車の中に」は、憧れの「詩人」という存在の中に降りていったのだ。「その人」はヴェルレーヌである。

次は四輪馬車（詩人）の内部である。「凸状の鏡」は、当人を肥大して見せる鏡。「丸くなった標識」は、丸くなった社会認識。「ゆがんだ知恵」は、情勢を的確に判断できない知性である。中地訳は掲出のとおり。粟津は「膨らんだガラス、反りかえった鏡板、縁取りしたソファ」で、斎藤・鈴村もほぼ同訳。四輪馬車の内部としか考えていない。訳者みな「ソファ」としている単語は、sophas で、辞典に -as の語尾の付いた単語はなく、soph- はギリシア語で、知、知恵の意とある。ギリシア語ソフィア sophia は、知恵・真理を知るための叡知の意。ちなみにフランス語ソファは sofa である。四輪馬車（詩人）の内部のものが、時代がかった古いものであることはそれでよくわかった、とはヴェルレーヌ批判である。

「孤立した私の眠りの霊柩車、私の愚行の羊飼いの家、消された重要な道の芝生の上で乗り物は方向を変える。右側の鏡の上の欠陥に、木の葉か乳房か、月のような青白い顔がくるくる回る。——非常に濃い緑と青が映像に侵入してくる。砂利の染みのあるあたりで、馬を車から離す」と続く。ヴェルレーヌを批判はできるが、彼なしで見者行は成り立たない。孤立した私は霊柩車の眠りに落ちる如くだ。私の見者行は、羊飼いの家の如き愚行で終わる。消された重要な道（見者行）は、家族的なしがらみ（芝生）の上で乗り物が方向を変える。「右側の鏡」とは、前出の「凸状の鏡」ではと思われる。「木の葉か乳房か」は、ランボーにとってつまらぬものの含み。それら生気のないものが、ヴェルレーヌの頭の中でくるくる回っている。情けない、と詩の裏で舌打ちしている。これは現状批判である。

それらを払いのけるかのように、「——非常に濃い緑と青が映像に侵入してくる」のだ。これは自然の精髄、物事の本質と言ったものである。見者行のスローガンと言い替えてもいい。何をこんなところでもたもた……の声でもあろう。そして「砂利の染み」、ヴェルレーヌの嘆きの深まったあたりで、「馬を車から離す」と言う。これは詩の上の強気であり、仮定でしかない。実態はランボーのほうが離れることが出来なかった。

「――ここで雷雨に向かって口笛を吹くのか。そしてソドム、――とソリム、――と獰猛な獣たち、と軍隊に」となる。馬を切り離した後の心の問題である。訳者はみな「嵐」としているが、嵐は tempête《タンペト》である。原文は orage《オラジュ》で、雷雨である。訳が恣意的すぎる。この段落の「ここで」の次に、va-t-on があり、『仏和大辞典』を調べても不明だった。他訳に倣い「口笛を吹くのか」としたが、この仮定にでも当たるものか？

雷雨に向かって口笛を吹くとは、不吉なものを呼び寄せる行為である。そして不吉なものをもっと並べる。「ソドム」は、旧約聖書で不信仰・不道徳のために神の火で焼滅する都市。「ソリム」は、「エルサレムの別名」と中地が注記。口笛 siffler《スイフレ》と、sodomes《ソドム》と、solymes《ソリム》の、S音畳韻効果を狙ったものの由。エルサレムは、キリスト教、イスラム教の攻防の地。「獰猛な獣と軍隊」は、言わずと知れた加害者。見者行破綻を察知すると、「内なる他者」はやけのやんぱちぎみに、不吉なものの力で憂さを晴らそうとの思いを抱いたことになる。

「――（夢想の御者と馬たちは、大樹木のより一層息苦しい下で、それらを再び始めようとしている。絹の泉の中に、目まで私を打ち込むために）」。憂さ晴らしもならず、心を静めた胸の内で御者と馬たちが勝手に現われ、自分では排除できない一層息苦しい情況下で、見者行を再び始めようとしている。夢想の絹の泉の中に、十分満足するよう目元まで私をのめり込ませるために。と、はかない願望の吐露となっている。

中地は「大樹林の下でふたたび走り出し」、粟津は「巨木のかげをまた駆けはじめ」、斎藤は「大樹林のかげを駆けくぐり」と、肩点部分は原文にない恣意的訳である。「大樹木」が、彼自身にはどうにも出来ない息苦しい情況の暗喩とわかれば、走るも駆けるもないのである。「絹の泉に沈める」のも、はかない願望充足とは捉えていない。

「――そして私たちは送り出される、ひたひたと迫る水とこぼれる酒を横切り、むちに打たれながら、番犬の吠え声の上を転げながら……／一陣の風が家庭の境界を散乱させる」と終わる。最後は二人の今後である。「ひたひたと迫る水」は、マチルドの訴訟の行方である。「こぼれる酒」は日々のやけ酒。「むちに打たれる」のも「番犬の吠え声に転げる」のも、ヴェルレーヌを奪った罪はランボー自身重々承知のことである。ヴェルレーヌがマチルドを振り切ってくれることを望んでいたが、彼は妻との和解のほうに方向を転じていた。それが見者行の破綻であった。末尾の「一陣の風」は、家庭を四散させたランボーの風でもあった。

「俗悪な夜想曲」とは、見者を目指していた私たちにとって、俗悪な結末ほどの意と思われる。マチルドに「俗悪」をぶつけているのではない。不様な夜想曲と自虐しているものだ。これは七二年一一月末近くの作である。一二月初旬には、母ヴィタリーにきつく呼び戻されて、ランボーはシャルルヴィルに帰らざるを得なくなる。『イリュミナシオン』の詩も、これで一度中断となる。

25　海の絵

銀と銅の戦車が――
鋼鉄と銀の舳先が――
泡を打ち、――
茨の根っこを掘り起こす。
　荒野の水流が、
また引き潮の巨大な轍が
ぐるぐる回りながら東に向かって、
森の柱に向かって、――
埠頭に立つ幹に向かってさっと流れ、
その角に渦巻く光がぶつかる。

粟津則雄・斎藤正二・西条八十・鈴村和成はみな「海景」である。原題Marine《マリヌ》は、海の、海に関するの意。「景」は海の景観をうたったものゆえ。「絵」は不適である。西条八十は「この詩でランボオは、その幻覚を操りながら、二重映しのフィルムのように展開させる。これもロンドンへの船旅の所産なのであろう。初めて眼前に、青潮を蹴立てて進む汽船を見る彼の脳裡には、たまたま故郷アルデンヌの田野を、〈茨の根を掘りおこして〉進む馬耕の幻が泛んでくる」と解説している。この詩は、七二年九月七日、ベルギーのオーステンデ港よりイギリスのドーヴァー港に向かう船の中で書いた、『イリュミナシオン』最初の詩である。詩が中断されたはざ間に置かれたのは、初心を思い出すためであったか。解読に入る。

「銀と銅の戦車が――」が、まずおかしい。中地は「戦車または船が、地面または海面を荒々しく進んでゆく暴力性を喚起する」と解説している。「戦車」は近代の装甲車の判断のようだが、戦車は一九一六年九月、第一次世界大戦に英軍が最初に使用するもの。古代から「戦車」はあるが、牛馬に引かれた高速のものである。加えて詩句には「暴力性」の意図などかけらもない。粟津・斎藤・西条は「車」と訳し、鈴村は「荷車」である。原文chars《シャル》は、山車《だし》、戦車、荷車、二輪馬車の意。私なら「山車」と訳す。ランボー自身初めての海で気持ちが華やいでおり、「山車」はそれにふさわしいからである。「車」ならvoiture《ヴワテュル》の語が別にある。

「銀と銅の山車が――／鋼鉄と銀の舳先《へさき》が――／泡を打ち、――／茨の根っこを掘り起こす」とは、海の開墾の映像である。「銀」は掘削に向かないが、華やぐ気持ちの形容としては適う。銀と銅の山車、鋼鉄と銀の船首が、立ち向かう水泡を打ち砕き、海の茨を掘り起こす。海陸混合の二重映像は初めてのもの。これがシュールレアリスムの方法論の原点となった。

次は解釈が異なるので直訳を示す。「荒野の流れが、／逆流の巨大な轍が、／東の方に丸くなって突っ走った、／森の支柱らの方に、――／波止場の幹らの方に、――／それらの角に、渦巻く光がぶつかった」となる。二重映像は続いている。海を荒野に見立て、逆流の中に巨大な轍の跡を見ている。中地・粟津・斎藤・西条が「引き潮の巨大な轍が」としている。船に乗っていて、初心者のランボーに「引き潮」などわかる筈がない、と引っかかった。

reflux《ルフリン》は、逆流、引き潮、後退の意。詩をよく吟味すれば、前半は船首の景であり、後半は船尾の景であるとわかる筈だ。「東の方に丸くなって突っ走った」のは、軌条を刻んで遠のく「逆流」の姿である。渦を巻いて突っ走るように流れ去る波を、「巨大な轍」とも見て取った。船は西のドーヴァーに向かっているのである。「引き潮」は、そうした配慮もない安易な訳である。引き潮は、一日二回決まった時間に生じることの認識もないことになる。

「森の幹ら、波止場の支柱ら」を、あえて逆に表現しているのは、二重映像の錯乱手法だろう。東へ走った逆流が、森や波止場を支えるものらの方へ、とは何を意味するのか？　それら支えるものらに、「渦巻く光がぶつかった」も何のことやら。逆流の先は過去である。森や波止場を支える古い因習に、それを破ろうとする渦をなす光がぶつかったのだと見えてきた。それならば、フランスを捨ててきたランボーである。訳者はみな「ぶつかる、衝突する」としているが、heurté《ウルテ》は、ぶつかった、衝突したの意。heurter ぶつかる、衝突するの意の過去分詞である。ここまで読まねば、詩意は確かなものにならない。

26　冬の祭

滝が、オペラ・コミック風の小屋の後ろで轟いている。いく本もの回転花火が、くねくねと流れるマイアンドロス川にほど近い果樹園や並木道で、――夕空の緑や赤を引き延ばす。第一帝政風に髪を結ったホラティウスのニンフたち、――シベリアの輪舞《ロンド》、ブーシェの描く中国の女たち。

栗津則雄・斎藤正二・鈴村和成も「冬の祭」、西条八十は不採用。原題Fête《フェト》 d'《ド》Hiver《イヴェル》も「冬の祭」。しかし中地義和の恣意的訳が、こんな短い詩をねじ曲げている。「いく本もの回転花火」は誤訳。「マイアンドロス川」は、トルコにある有名な蛇行する川の由だが、存在する川などここでは不必要。回転花火が「夕空の緑や赤を引き延ばす」とは何のことやら。この詩の動機・意図が、何もわかっていない。私の直訳を示し、解読に入る。

「滝が、喜劇的なオペラの粗末な小屋の後ろで鳴りひびく。延び上がる噴水の束は、曲がりくねった川に隣接する果樹園や並木道の中で、――夕日の緑と赤に染まる。第一帝政期ふうに髪を整えたホラティウスの水の精《ニンフ》たち、――シベリア人たちの輪舞《ロンド》、ブーシェ描く中国の女たち」となる。sonner《ソネ》は、鳴る、鳴りひびくの意。「轟く」は大げさ。huttes《ユト》は、粗末な小屋、掘っ立て小屋の意。girandoles《ジランドール》は、噴水の束、花火の束の意。Méandre《メアンドル》は、「川などの」蛇行、曲がりくねりの意。Premier《フルミエ》 Empire《アンピル》は、第一帝政の意。Sibériennes《シベリアン》は、大文字Sゆえ、シベリア人たちの意。Chinoises《シヌワズ》は、中国人たちの意。

ランボーは七二年一二月初旬、母の命令でシャルルヴィルに戻った。この詩は戻ってすぐのもの。「喜劇的なオペラの粗末な小屋」は、ティエール政府のフランスの暗喩。その「後ろで鳴りひびく滝」は、まだ占領を続けるドイツの暗喩である。次を粟津は「はじけ散る花火の光」、斎藤は「花火のようにはじけ散る水煙」としている。中地同様「祭」の語に引きづられている。原文はgirandoles《ジランドール》 prolonget《プロロンジエ》で、後者は延長するの意。「延び上がる噴水の束」の訳が、もっとも無理がない。これはパリ・コミューンの暗喩。王政—共和政—帝政—共和政と蛇行してきた国情の中で、「果樹園や並木道」の生活の場から噴水は沸き立った。「——」の間のあと、噴水が「夕日の緑と赤に染まる」のは、コミューンの壊滅であろう。

「ホラティウス」は紀元直前のローマの詩人。彼が仕えたアウグストゥスは、ローマの初代皇帝。「第一帝政期」はその当時を指すが、ホラティウスの詩に「水の精《ニンフ》」をうたったものがあるのか。「水の精」は、ギリシア神話の妖精で美少女である。紀元前二世紀後半、ギリシアはローマの支配下に入った。「水の精たち」が古代ローマふうの髪にするとは、ホラティウスがギリシア女性の屈従をうたっていると言うことか？ ランボーがフランス女性の屈従を語ろうとしたものか？　言い淀みがあると思われ、定かでない。

　言い淀みの「――」間のあと、「シベリア人たちの輪舞《ロンド》、ブーシェ描く中国の女たち」とぶっきらぼうである。ランボーの気持ちからすれば、何か言い切れてはいるのだろう。まず「シベリア」は、ウラル山脈から東一帯のロシアの極寒の地。一九世紀に、陽気な「輪舞」の風習はなかったと思われる。「ブーシェ」は、一八世紀フランスの筆頭宮廷画家。一七七〇年没。「中国の女」は、しなやかな美人になるため足を布で巻く纏足《てんそく》の風習があった。西欧が最初に中国（清）と接触するのは、イギリス使節のマカートニー。一七九三年だった。それまで中国との直接な接触はない。ブーシェの絵の題材になるわけもない。

　この詩は、見者のこともヴェルレーヌのいざこざも触れていない。フランスに戻っての直感を一気にメモったものである。まずティエール政府を「喜劇的オペラの粗末な小屋」とこき下ろし、支配し鳴り続けるドイツにうんざり。噴水でパリ・コミューンを回想するが、夕日とともに過ぎ去ったこと。思いを転じてホラティウスを持ち出す。彼には「ギリシアは捕えられても、粗野なる勝利者（ローマ）を捕えたり」という「書簡詩」がある。ランボーは目覚めたフランス女性について語ろうとしたのかも知れない。それには余りにも知らなすぎた。

　唐突な「シベリア人たちの輪舞」も、しなやかな「中国女」の「ブーシェの絵」も、ありもせぬものを並べたランボーの読み手攪乱であり、「冬の祭」のにぎやかしであろう。詩と言えるものではなく断片である。これは「素顔のランボー」のメモと言える。

27　不安

ありえるだろうか、〈彼女〉がぼくに、たえず打ち砕かれてきた野心を許させることなど、——安楽な最後が長年の貧窮の埋め合わせをすることなど、——成功の一日が、おのれの宿命的な不器用への羞恥を忘れて、われわれを眠り込ませてしまうことなど、

（おお棕櫚よ！　ダイヤモンドよ！　——愛よ！、力よ！　——どんな喜びや栄光よりも高く！　——あらゆるやり方で、ところかまわずに、——〈悪魔〉、神——このぼくという存在の青春！）

科学の魔術が行う偶然の発見やら、社会的な友愛の運動やらが、原初の率直さを徐々に回復するものとして大切に思われることなど？　……

だが、われわれをおとなしくさせる〈女吸血鬼〉は、われわれが彼女の残してくれるもので楽しくやるようにと、さもなければもっとおかしくなってしまえと、命令する。

のたうち回れ、傷に向かって、退屈な大気や海のなかを。責め苦に向かって、殺人的な水や大気の沈黙のなかを。あざ笑う拷問に向かって、残忍にうねるその沈黙のなかを。

栗津則雄・斎藤正二・西条八十・鈴村和成はともに「苦悩」。原題Angoisse《アングワス》は、不安、恐れ、苦悩の意。西条八十は「この詩は、いつ実現できるとも知れぬ見者の詩建築の野望を抱いて、飢餓と屈辱の途を辿るランボオの、ある日の痛苦の呻吟が聞こえて来るように思われる。(引用の一段落詩句省略)これは一種の痛苦を伴った告白であり、悔悟である。この感情は、ボオドレールに見られた〈取り返しがつかぬ〉という感情にきわめて近づいている。しかしボオドレールがこの世紀末的な認識から下降して、そこに一つの美の極点を見出したのに反して、ランボオの意識は、この認識から激しく上昇しようとする」と解説している。

西条はランボーの苦悶を読もうとしているが、どのような情況の詩かは捉えていない。他訳者は読みも情況把握もない。これはシャルルヴィルに呼び戻され、厳しい母の監視下に置かれたときの詩であり、「素顔のランボー」の作である。彼のうっ屈はすぐ現われた筈で、七二年一二月半ばごろのものと思う。情況や意図が読めていないから、解釈の異なる箇所がある。私の直訳を挙げ、解読を進める。

「彼女は私を許すことができるか、絶えず押し潰されてきた私の野望を。——容易な結末が、貧困な一時期を埋め合わせてくれるのか、——ある成功の日がきて、致命的に拙劣なわれわれの不名誉から、われわれを眠らせてくれることを?」一段落である。「野望」は、「見者詩人」になること。母ヴィタリーは、絶えずそれを押し潰そうとしてきた。食って行けるわけがないからだ。しかし食うという「容易な結末」が、貧困の中で飢えた詩への渇望を「埋め合わせてくれる」わけもない。「見者の詩」を高々と掲げる日がきて、「致命的で拙劣なわれわれの不名誉」を拭い去って欲しいものだが？　「われわれ」はヴェルレーヌである。

「（おお、棕櫚よ！　ダイヤモンドよ！　──愛よ、力よ！　──あらゆる歓喜や栄光よりもさらに高く！　あらゆるやり方で、至るところで、──悪魔よ、神よ、──それが私という存在の青春だ！）」二段落である。「棕櫚、ダイヤモンド」は彼のよく使う語、高貴なものの含みだろう。「愛、力」も最高のものに呼びかけている。どんな「歓喜、栄光」よりもずば抜けた名誉を得たい。あらゆる方法を駆使して、いずこでだって。そのためならば、神でも悪魔でもいい。それが私の青春の賭だ！　これはうっ屈している彼の心の中の、思いの丈《たけ》である。

「科学の魔力による突発時や、社会的友愛の動きが、原初の率直さを徐々に復元するものとして大切にされることを？　……」三段落である。産業革命が音を立てて進んでいた。科学の魔力は有無を言わせぬものであった。それと並べて「社会的友愛」を持ち出すのは、ランボーの弁明である。ヴェルレーヌとの同性愛疑惑が持たれて、マチルドの訴訟となった。ランボーは彼との間に、「友愛《シャリテ》」の関係を築こうとしていた。社会的にそういう関係が増えれば、人間の「原初の率直さ」が復活するものを。もっとまっすぐな眼で見て欲しいものだが？　これは、科学と友愛を並べること自体、ランボーのご都合主義である。未成年者が妻子ある男をそそのかしての逃亡は、遭遇すべきことに遭遇したまでの話。弁明すべきことではない。

「しかし、われわれを無抵抗にさせた〈女吸血鬼〉は命じる。われわれは彼女の残りもので一緒に楽しむがいいと、さもなければもっと滑稽なものになるだけだと。」四段落である。同性愛疑惑は家の不名誉と、母ヴィタリーはパリのモーテ家を訪ね、突っ返されている。厳しい母の現出は当然。ランボーもヴェルレーヌも抗しきれなかった。母と言えども「見者」を吸い取る〈吸血鬼〉である。「残りもので楽しめ」とは、彼女の生活のわずかな余剰で満足しろ、さもないともっと不様なレッテルが貼られるだろうと言う。

「傷が転がっていく。うんざりする環境と海を通って。その拷問、人殺しの水と空気の沈黙を経て、そのあざ笑いの責め苦や、うねりの強い残酷なそれらの沈黙の中を。」五段落である。中地の「のたうち回れ、傷に向かって」は、過剰な恣意的訳である。のたうち回らねばならぬほどの認識は、ランボーにはない。何の刺激もないシャルルヴィルと母の監視下のうんざりする情況の中で、世間のあざ笑いや沈黙は「拷問、人殺し」であった。何とかここを脱出したい、の思いが募るばかりだったのである。

翌七三年一月一〇日ごろ、ヴェルレーヌから手紙が届く。「病気と孤独でくたばるばかり」と最悪。ランボーは瀕死で重病の友人を見捨てるわけにはいかない、と母にロンドン行きの金を求めるが、断固拒絶される。ヴェルレーヌは母を呼んで暮らしていたが、その母からドラエーを通して、五〇フランの金がランボーに届いた。その二日後には、ランボーはロンドンに脱出したのである。ヴェルレーヌの孤独も、それで一時は癒えた。

28 都会人《メトロポリタン》

藍色の海峡からオシアンの海まで、ワインカラーの空に洗われた薔薇色やオレンジ色の砂浜に水晶の大通りが聳え立って交差したばかりだが、たちまちにして、八百屋で栄養をつける若く貧しい家族たちが住みついてしまった。豊かさなど微塵もない。――都市だ！

瀝青の砂漠から――喪中の〈大洋《オセアン》〉が湧き起こすこのうえなく不吉な黒煙に形成された、撓んでは後退しまた降下する空に、おぞましい幾重もの層をなして広がる霧もろともに――兜、車輪、船、馬の尻が、まっしぐらに敗走する。――戦闘だ！

頭を上げろ、あの木造のアーチ橋、サマリヤの最後の菜園、寒い夜に笞打たれる灯火の下の色とりどりに飾られた仮面、川底には、ざわざわと音を立てるドレスを着た間抜けな水の精《オンディーヌ》、エンドウの植えられた平面に光り輝く頭蓋骨――その他もろもろの夢幻的光景――田園だ。

沿道の鉄格子や壁から溢れそうになっている木立、それに心とか妹とか呼ばれもするだろう醜悪な花々、やりきれないほど長大な花柄緞子《ダマスク》だ――ここはライン川のかなたや日本やグアラニで一旗揚げた、おとぎ話めいた貴族連中の地所にして、今なお昔の人々の音楽を受け入れるのに適った場所、――もう永久に開くことのない宿屋もある――王女たちがいる、それに、お前があまりに疲労困憊していなければの話だが、星の研究もある――空だ。
〈彼女〉とお前が、雪のきらめきと、緑色の唇と、氷塊と、黒い旗と青い光線のなかで、
そして極地の太陽の真紅の薫りのなかで、必死に闘った朝、――お前の力だ。

粟津則雄は「首都の景」、斎藤正二は「母国の景」、西条八十・鈴村和成は「メトロポリタン」である。原題 Métropolitain《メトロポリタン》は、首都の、主要都市の、地下鉄の意。「都会人、母国の景」は不適である。西条八十は「この散文詩では、運動が惹起する感覚――その感覚の上に築かれた幻想が展開される。（中略）この感覚の基本になっているのは、ロンドンで初めて試乗した近距離鉄道の強烈な印象であったと思われる。シュザンヌ・ベルナールはロンドンで各国に魁けて地下鉄道ができ、それに試乗したヴェルレーヌの手紙も残っていると述べている」と解説している。ロンドンの地下鉄は一八六三年に建設、蒸気機関車で運転された。

この詩は、七三年一月半ばヴェルレーヌからの送金で、ロンドンに逃げ戻ったときのものである。母の監視下のうっ屈が吹っ飛んでいる。地下鉄も乗ったろうが、「運動が惹起する幻想」ではない。刺激に満ちたロンドンに対する挑戦的幻想だと思われる。中地訳は詩意も文脈も捉えておらず、他訳も同様の混乱がある。私の直訳を挙げ、解読に入る。

一段落。「藍色の海峡からオシアンの海にかけて、ワイン色の空に薄く色どられたバラ色とオレンジ色の砂の上に、クリスタル・ガラスの大通りが交差して上ってくる。果物屋で腹をみ

たした、若く貧しい家族がすぐ住みついた。裕福さは何もない。——都会だ！」である。

「オシアン」は、三世紀ごろのスコットランドとアイルランドの伝説的な詩人。古代ケルト族の英雄フィンガルの子で、吟誦詩人として多くの叙事詩を残した。「藍色の海峡からオシアンの海にかけて」は、スコットランドとアイルランドの間にあるノース海峡から、アイルランドとイギリスの間にあるアイリッシュ海を指すことになる。アングロ・サクソン族がイギリス南部に移住するのは、五世紀半ば。lavé《ラヴェ》は、薄い、洗ったの意。中地・斎藤・西条・鈴村は「洗われた、洗った」の訳だが、「薄い」が正しい。「ワイン色の空に薄く色どられたバラ色とオレンジ色の砂の上に」は、先住民ケルト族の夢と希望の歴史の上に、と読めてくる。

　cristalは、クリスタル・ガラス、水晶の意。訳者はみな「水晶」の訳。宝石より「クリスタル・ガラス」のほうが詩意に合う。ケルト族の夢と希望の歴史を踏みにじりながら、時空を超えて唐突に「クリスタル・ガラスの大通りが交差して」せり上がってくるのだ、近代化をぶら下げて。アングロ・サクソン族の興隆である。「果物屋で腹をみたした、若く貧しい家族がすぐ住みついた」は、ランボーとヴェルレーヌのこと。逃亡者として「すぐ住みついた」のだ。果物一個で飢えをしのぐこともあった。「裕福」など欠けらもない。「ぼろぼろになった服、雨が染み込んだパン」のロンドン彷徨の詩句が、『地獄の一季節』の「別れ」にもある。

　そして「——都会だ！」と括られる。都会とは非情なものだ、との含みとも取れる。ユーラシア大陸と切り離れたグレートブリテン島に、最初に来たのはケルト族。ロマン派に影響を与えたオシアンの叙事詩も多く残された。次に来たアングロ・サクソン族は、航海術を戦力に世界第一の近代国家にのし上がった。クリスタル・パレスはその象徴。そこにひょこんと来たのは、若く貧しいわれわれ。逃亡者として足を止めたが、さて生きて行けるものやら。第一段落は、この三点が併記されているだけである。視野の広さと凝縮力にまずは驚く。

二段落。「アスファルトの砂漠から逃走する、もやの広がりと一緒に真っすぐに敗走する、恐ろしい一群の等間隔に並んだ中に、湾曲し、後退し、下降する空、死別の大西洋が作り出すことができる黒い煙のより一層不吉に形作られたもの、兜、車輪、ボート、尻、――戦いだ！」となる。ここは難物。

この段落は、訳者みな恣意的訳と誤訳で話にならない。「逃走する、敗走する」が続いてあるのに一つは無視。中地訳に見る通りだ。私も原文に添い直訳したが、暫くは文脈が見えず難儀した。bitume《ビテュム》は、アスファルト、瀝青の意。中地・粟津・斎藤・西条は「瀝青」の訳だが、これは舗装道路を造る固体・液体の天然化合物である。「アスファルト」には、瀝青、歩道、道路の意があり、こちらが文意に適う。bandeは、バンド、帯状の意と、一団、群れ、一味の意の二種がある。訳者はみな「帯状」とするが、「群れ」のほうが文の通りがいい。

「アスファルトの砂漠から逃走する」とは、舗装された都市という砂漠から逃走する意で、経済優先の都市の非情が裏にある。「もやの広がりと一緒に真っすぐに敗走する」とは？「もや」がわからなかった。ロンドンで広がるもの、「煙」だ。直接語を避け、「もや」でぼかしている。ロンドン東部に工場地帯があり、数多くの煙突から煙が絶えなかった筈である。経済優先の公害の先駆けであった。それからも「真っすぐに敗走する」のは、近代工業も肯定できず、太刀打ちもならずの敗走である。訳者はみな、まずこの二つが何も読めていない。

「恐ろしい群れの等間隔に並んだ中に、湾曲し、後退し、下降する空、死別の大西洋が作り出すことができる黒い煙のより一層不吉に形作られたもの、兜、車輪、ボート、尻、――戦いだ！」とは？ echelonnées《エシュロネ》は、等間隔に並べられたの意。訳者たちは中地訳に見るように、「幾重もの層をなして」の類いでごまかしている。「恐ろしい群れの等間隔に並んだ中」とは、あまりにも漠然そのもの。「湾曲し、後退し、下降する空」は、歪められた天空であり自然である。歪めるものが「恐ろしい群れ」なら、工場群であろうか経済であろうか。銭というからくりで「等間隔」に並んでいる、「経済」という化け物だと思えてきた。それ以外に、漠然とした暗喩を押さえる対象がない。とすれば、資本主義勃興期に鋭い批判であった。

「死別の大西洋」とはまた飛躍した暗喩。訳者はみな「喪中の大洋」同様の訳だが、deuil《ドゥユ》は、死別、喪、服喪の意。「死別」のほうが文意を引き出す。l'《ル》Océan《オセアン》は、定冠詞と大文字Oゆえ「大西洋」と辞典にある。仏文学者たちの見落とし。「死別の大西洋」は、七つの海（大西洋、地中海、紅海、ペルシア湾、アラビア海、ベンガル湾、南シナ海）を制覇したイギリス海軍が映像の背景にある。死者の帰らぬ大西洋が吐き出すことができる暗い映像、そして「より一層不吉に形作られたもの、兜、車輪、ボート、尻、――戦いだ！」とは？

アングロ・サクソン族からすれば、大西洋は略奪の海、発展の海であった。「死別の大西洋」は、一介の滞在者ランボーの視点によるもの。これはイギリスの海外侵略を批判した詩句と思われる。「大西洋」はその象徴で、「死別」は七つの海に及ぶ。インドが完全に植民地化されたのは、セポイの乱制圧の一八五九年であった。「より一層不吉なもの」として列挙の「兜、車輪、ボート、尻」は、みなs付きの複数。なんでこんなものが、とわざと思わせて錯乱。私には「商品」と思われる。異質の『尻』croupes《クルウプ》は、「馬などの」尻、「女性の」尻の意。粟津・斎藤・西条は「馬の臀《しり》」だが、「女性の尻」なら誘惑の商品だった。

資本主義形成期の植民地は、人や資源の供給地であり、消費地であり、次の侵略の拠点であった。ランボーは、資本主義経済をしっかり凝視していたことになる。領土侵略のうえに経済侵略が覆いかぶさって行った。それが「より一層不吉」だったのである。「――戦いだ！」の括りは、敵わぬと承知のうえのその経済とランボーの戦いである。それにしても随分と口ごもった遠回しな暗喩の批判である。この詩集の終わりにある「42民主主義」では、鋭く明解に植民地支配に一撃を加えることになる。

三段落。「頭を上げろ、あの弓なりになった木橋、サマリアの最後の菜園、寒い夜に手提げランプの下で鞭打たれるあの飾り立てた仮面たち、支流の川の浅瀬ではドレスを着た騒々しい水の精《オンディーヌ》、エンドウ畑の中で光を発するのは頭蓋骨だ。――その他さまざまな夢幻的光景――田舎」である。

この段落は各単語にあいまいさが少なく、各訳者ほぼ同様の訳である。これは末尾にある「さまざまな夢幻的光景」である。「頭を上げろ」は、夢幻的存在に対する呼びかけだろう。「あの弓なりになった木橋」は、夢幻に渡る、あるいは人間の過去に渡る危うい橋と思われる。「サマリア」は、紀元前九世紀のオムリ王により建設された古代イスラエル王国の首都名であり、北のガラリヤ、南のユダヤに挟まれた中央パレスチナの地名でもあった。サマリアはユダヤとの反目を長く続けたが、「よきサマリア人」の言葉が聖書ルカ伝にある如く、困っている者の真の友と目される人々だった。「サマリアの最後の菜園」は、豊かだったイスラエル王国も、紀元前七七二年ごろにアッシリアに滅ぼされるから、そのころの「菜園」となる。「よきサマリア人」の含みが、裏にあるように思われる。

「寒い夜に手提げランプの下で鞭打たれるあの飾り立てた仮面たち」は、漠として取っかかる糸口がない。「飾り立てた仮面たち」は、欲望の象徴だろう。「寒い夜」は厳しい時代。「手提げランプの下で鞭打つ」のは、懸命に生きようとした一次産業の人々となるようだ。「支流の川の浅瀬ではドレスを着た騒々しい水の精《オンディーヌ》」は、北欧神話の「水の精」を、年ごろの娘の華やぐ妖精として川辺で遊ばせている。「エンドウ畑の中で光を発するのは頭蓋骨だ」は、意表を突く錯乱。だが「光を発する畑」に育てたのは、そこに骨を埋めた先祖たち、の意となる。

「――その他さまざまな夢幻的光景――田舎」は、掲げた詩句のように自然とともに生きる豊かな意志が「田舎」にはある、という括りである。第一段落「都会」では、逃走・敗走したのに、大違いの讃辞である。加えて言うと、ランボーの生きざまは、田舎と労働から逃走し、刺激の多いロンドンに執着したという逆の経緯を辿っている。この詩は「内なる他者」の詩だから、彼の詩の理念と現実の無視も凝視する必要がある。

四段落。「鉄柵の門と塀で囲まれた道、小さな林は彼らの精神的苦しみの入れ物、そして心や姉妹と人から呼ばれる恐ろしい花々、憂愁を激怒させるダマスカス、――ライン川の彼方や日本やグアラニの、貴族階級たちの夢幻的な所有である、まだ清潔な昔の音楽を受け取る――そしてそこに以前から常に開くことのない宿屋がある――王女たちもいる、そしてもし君が過度に打ちひしがれていなければ、星の研究だってできるのだ――空」である。

この段落は、訳者みな詩意も意図も読めず支離滅裂である。中地訳の「沿道の鉄格子や壁から溢れそうになっている木立」は、でたらめな意訳。原文は「鉄柵の門と塀で囲まれた道」がまずある。「囲まれ」ているのは、内側でなく外側の「道」。「鉄柵の門や塀」という世間から排除された「道」である。次にその道にある「小さな林は彼らの精神的苦しみの入れ物」は、「小さな林」といえども加工されていない自然は、苦しみを安らぐ場だというもの。この段落は、ランボーとヴェルレーヌの「見者の詩」を求める道の難儀に触れているものだ。

「そして心や姉妹と人から呼ばれる恐ろしい花々」とは？ 心 cœurs《クル》と姉妹 sœurs《スル》は、頭だけ違う類似の綴り。音韻の遊びがあるのだろう。後者は、姉、妹の意だが、s付複数ゆえ「姉妹」とした。訳者たちは「妹」。「心や姉妹と人から呼ばれる」ものは、宗教（キリスト教）と思われる。心が主対象であり、信者は兄弟姉妹の同胞だからである。それらはランボーにとって拒絶の対象だから、「恐ろしい」は大げさ、「花々」は「姉妹」としたからだろう。

「憂愁を激怒させるダマスカス」とは？　中地・粟津・斎藤は「ダマスクスの織物」、鈴村は「ダマスカスの剣（ダマスクの剣が正しい）」とするが、原文はDamas《ダマ》で、ダマスカスの意。頭小文字のdamasが、ダマスク織りの意。大文字・小文字の違いは明解に辞典にあるのに、故意に「ダマスク織り」を選び、「やりきれないほどの長大な」と勝手な形容詞を付けてまぎらわしている。Damasに続く語はdamnant《ダナン》で、激怒させる、腹に据えかねるの意。ここにもDamとdamの音韻遊びがある。続くlangueur《ラングル》は、もの憂さ、憂愁、けだるさの意。中地訳「やりきれない」、粟津訳「うんざりするほど」などにはなり得ない。

　ランボーの「憂愁を激怒させる」事件が一つあった。七二年一月末、「醜い好漢たち」の宴席での「カルジャ刃傷事件」である。宴中の詩の朗読に、「くそ！　くそ！」とわめき散らして写真家のカルジャにつまみ出され、帰りぎわに仕込み杖を抜いて刃傷に及んだものだ。これにより仲間から拒絶され、パリ詩壇から追放された。ヴェルレーヌには子供が生まれ、妻がランボーをパリから追放しないと戻らないと南仏に別居中。彼からも一時パリから離れてくれと懇願されていた。その「憂愁」が、下手な詩の朗読で爆発したものである。それゆえ「ダマスカス」は「パリ」とすべきもの。直截を避け、生きざまを隠したのだ。Damとdamの音韻遊びもあり、「ダマスカス」の濁音の強さも「激怒」の後の語に適ったのだろう。

疎外された道で自然に心を安らげ、キリスト教とパリ詩人への反感を吐き出し、間を置いて話を転じる。「――ライン川の彼方や日本やグアラニの、貴族階級たちの夢幻的な所有である、まだ清潔な音楽を受け取る」とは？　「ライン川の彼方」は、北欧ではなくユーラシア大陸と思われる。「日本」は好奇心からだろう。浮世絵がパリで関心を持たれたころである。「グアラニ」は、南米パラグアイのインディアン、グアラニ族。「戦う者たち」の意がある由。何から拾い上げたものやら、貴族階級など在り得たものやら。単なるひけらかしとも思われる。

　そのような僻地から、「貴族階級たち」が占有する「夢幻的清潔な音楽を受け取る」と言う。録音技術もない時代に、僻地の音楽などとすぐに思うが、これは霊感で受け取ると言うのだろう。「夢幻的清潔な」は、エキゾチックで新鮮なほどの含みと思う。見者行に入って、それほど私の霊感は研ぎ澄まされている、と言いたいのだと思われる。

「――そしてそこに以前から常に開くことのない宿屋がある――王女たちもいる」とは？

訳者みな「永久に開くことのない宿屋」とするが、永久に閉じた宿なら宿屋でも何でもない。まず、「永久 perpétuel」の単語がない。plus《プリュス》は、より多く、最も多くの意。toujours《トウジユウル》は、常に、いつもの意。私は「以前から常に」とした。「開くことのない宿屋」は、ランボー内部の「無意識」以外にあり得ない。「内なる他者」の住み着く宿だが、他には開かれていない。そして「他者」の生み出す幻術には、「王女たち」も魔王たちも存在するのである。

「そしてもし君が過度に打ちひしがれていなければ、星の研究だってできるのだ――空」とは、

「君」はヴェルレーヌである。妻マチルドの訴訟で「過度に打ちひしがれていなければ」、気を転じるために「星の研究だって」このロンドンではできるのだ。――広大な空を見よう、と彼に持ちかけている。「見者の詩」の話は無理、との思惑が裏にある。

五段落。「朝、彼女とあなたはどこに是非があるかやり合った。雪のきらめく輝き、緑色の唇、氷、黒い旗、青い光線、極地の太陽の真紅の薫り、――君の力」である。

西条は「ここにある〈彼女〉とは現実を指し、彼は幻想と粗剛な現実との戦闘の開始を語っている」と解説。海外でも、「魔女、苦悩、死、海」などさまざまな説があると斎藤が注記。見当違いも甚だしい。詩の文脈からすれば〈彼女〉はマチルド、〈あなた〉はヴェルレーヌである。中地は『ここに現れる色は「母音」のソネットと同じ五色である』と注記しているが、「氷」の無色もあり、「母音」をなぞったものではない。そして判じ絵のような現象と色彩だけの詩句である。色彩の配列には、意味が含まれていると思われる。

「朝」は適宜な時間設定。「是非のやり合い」は、マチルドの訴訟をめぐる突っ張り合いである。ランボーとの同性愛疑惑を盾にした別居と、別居手当一二〇〇フラン、補償前渡し金一〇〇〇フランという内容。ヴェルレーヌは同性愛を否定し、別居手当など払わぬで推移してきた。「雪のきらめく輝き」の白は、まず同性愛疑惑に対する潔白だろう。「緑色の唇」は違和感そのもの、マチルドの心の暗喩と思われる。「氷」は二人の関係の冷却。「黒い旗」は関係の破綻。「青い光線」は破綻からの脱却。「極地の太陽の真紅の薫り」は、人の目指さぬ極地にも太陽の光や薫りはある、と言うのだ。これはランボーからの願望である。

　現象と色彩の判じ絵は、人に知られたくないランボーの観察と願望だった。二人の関係は「氷」の冷却状態である。「黒い旗」の破綻、「青い光線」の脱却は、そうなって欲しいランボーの思いである。「極地」を持ち出しているのは、初めての試みの「見者の詩」追究の道にも、太陽の輝きはあると言いたいのだ。そこに辿り着けるか否かは「君の力」に掛かっている、と括っている。夫婦愛《アムール》で詩を失うより、友愛《シャリテ》で詩を生きる道があるとヴェルレーヌを誘惑してここまできたが、彼が立ち直れなければすべてが御破算となる瀬戸際だったのである。

　一段落は、ケルト族とアングロ・サクソン族を語り、その島に辿り着いた貧しい詩人のはかなさを語る。二段落は、非情な都市からの逃走と近代工業からの敗走を胸に秘め、自然を歪め侵略を進める資本主義経済に戦い挑む、「蟷螂の斧」としての詩人を押し出す。三段落は、戻ることの叶わぬ過去には難儀な人々を助けたサマリア人、欲望に浮かれた面々を打ちのめす生産者、嬉々と水にはしゃぐ水の精、畑を輝かせる先祖の骨などの夢幻漂う田舎。

　四段落は、心や姉妹《はらから》と呼ばれる宗教や、私が痛罵したパリ詩壇に疎外されての苦しい道で、遙か異国の新鮮な音楽を感受することが出来る、霊感で。霊感の宿るのは無意識であり、王女だって魔王だって自在に出没する。「他者」が住むからだ。君が打ちのめされていないなら、星の研究だってできる。五段落は、訴訟による二人の突っ張り合いを観察し、見者行に戻りたいランボーの願望を吐露したもの。「首都の葛藤」とでも括るべき詩の文脈であった。

29　野蛮人

日々や季節、また人々や国々のはるかあとに、
海と北極の花々（それらは存在しない）とがつくりなす絹の上の、血のしたたる肉の旗、
昔の勇猛果敢なファンファーレから回復して——それは今なおわれわれの心と頭を攻めたてはするが——かつての暗殺者たちから遠く離れて——
おお！　海と北極の花々（それらは存在しない）とがつくりなす絹の上の、血のしたたる肉の旗、
甘美さよ！
雨氷まじりの突風に雨と降り注ぐ燠火、——甘美さよ！　——われわれのために永遠に炭化される大地の心臓から噴き出されるダイヤモンドの風雨に降る火。——おお世界よ！　——
（今も聞こえ、身に感じられる、昔の隠遁からも昔の情熱からも遠く離れて、）
燠火と泡。音楽、深淵の旋回と星々への氷塊の衝突。
おお甘美さよ、おお世界よ、おお音楽よ！　そしてほら、ものの形が、汗が、髪が、そして目が、浮遊して。そして白い涙が、沸騰して、——おお甘美さよ！　——そして火山の底

や北極の洞穴の奥に届いた女の声。
　旗が……

粟津則雄・斎藤正二・西条八十も「野蛮人」、鈴村和成は「蛮族」。原題Barbare《バルバル》は、残酷な、粗野な、野蛮な、残酷な人、粗野な人、野蛮人の意。中地義和は『存在がみずから古い殻を破って新たに「野蛮人」として再生する幸福を、供儀のイメージと世界の大異変のヴィジョンを通して定着しようとする一篇で、主題論的には「美しい存在」、「陶酔の朝」、「精霊」などと強い親近性を示す。……「野蛮人」は、一定の方向に突き詰められた存在の極限的なありようを語るという意味で、詩集のなかでも他に類をみない一篇である』と解説している。
　この詩は、一枚の紙に前作「都会人」に続いて書かれており、ロンドンに呼び戻された七三年一～二月の作と推定できる。題の「残酷、野蛮」は、詩句にも露骨にその含みを持たせているが、逆説的な看板である。「野蛮人として再生」などの意図のものではない。「美しい存在／陶酔の朝」との「主題論的親近性」などは特にない。あるとすれば詩集全体にあるものだ。「美しい存在／陶酔の朝」はすでに解読ずみ。「精霊」は詩集末尾のもので未着手。「一定方向に突き詰め」ようとする意志は詩集全体のものであり、「類をみない」作品は多々ある。「都会人」は、ヴェルレーヌとともに見者行に戻りたい彼の願望を吐露したもの。この詩は、追究する「見者の詩」の思想を再確認したものである。私の直訳を示し、解読に入る。

「日々や季節、存在するものや国々を順調に後にして、／北極の海と花々の絹の上に、血がしたたる肉の船旗（それは存在しない）／昔からの勇壮な吹奏楽《ファンファーレ》から立ち直った——そいつがまだわれわれの心臓や頭を攻めつけるが——古代からいる人殺したちから遠く離れて——／おお！　北極の海と花々の絹の上に、血がしたたる肉の船旗（それは存在しない）／五感の快さよ！」となる。

訳者みなêtre《エトル》を「人々」と訳しているが、私は「存在するもの」とした。êtreは、である、にいる、存在するの意。人々の意はない。gens《ジャン》が人々である。またbien《ビアン》順調に、非常に、大いにの意の語があるのに、訳者はみな無視。日々、季節、生存者、国々を順調に後にしてとは、存在しないものに向かって進む上での仮定である。逆にランボーの生きざまで、順調に経緯したものはない。でも見者行には入れてはいた、順調だったことにしたい思いが裏にある。

「北極の海と花々の絹の上に、血がしたたる肉の船旗（それは存在しない）」とは？「北極の海」は辿り着きがたい極地。「絹」は最上の布。すると「花々」は詩となるようだ。最高の見者の詩の暗喩となる。「血がしたたる肉」は、残酷・野蛮の象徴句であり、二度繰り返して強調されているが、これは彼の詩の錯乱戦法である。「現実感のしたたる詩」と読み替えれば、目指す見者の詩であり、「船旗」ともなるものである。

訳者はみな「旗」だが、pavillon《パヴィイオン》は、［船の］旗の意ゆえ「船旗」とした。極地を目指す進行形の旗である。ただ旗ならdrapeau《ドラポ》の語がある。「船旗」は、見者の思想・方法論を象徴するものであるだろう。「(それは存在しない)」は、まだ存在していないなのであり、存在させるために旗を進めているものだ。しかし「存在しない」の二度の言い切りは、「血がしたたる肉の船旗」を含めて、仮空の話と強く思い込ませる目眩ましである。

「昔からの勇壮な吹奏楽《ファンファーレ》から立ち直った——そいつがまだわれわれの心臓や頭を攻めつけるが——古代からいる人殺したちから遠く離れて——」とは？　fanfares《ファンファル》は、ブラス・バンド、吹奏楽、楽隊の意。「昔からの勇壮な」だから「軍楽隊」である。それから「立ち直った」は、そこから脱し切ったこと。それが「まだわれわれの心臓や頭を攻めつける」とは、義務としての兵役や愛国心が、有無を言わせず迫ってくることだ。昔からいる「人殺したちから遠く離れて」は、戦争する奴らから今は遠く離れてである。ロンドン、ジャワ、エチオピアと放浪したランボーは、死の際まで兵役逃亡の罪を気に病んでいた。

「おお！」の感嘆詞をかぶせて、北極の海、血のしたたる肉が繰り返される。仮空の残酷話と思わせながら、現実感のしたたる詩を追究したいのは彼の信念である。それを思い描くとき、「おお！　五感の快さよ！」となるものだ。douceurs《ドウスル》は、「五感に与える」快さ、柔らかさ、甘さの意。中地・斎藤・西条・鈴村は「甘美」、粟津は「心地よさ」の訳。私は「五感の快さ」とした。「甘美」などのちょろいものではない。感嘆するほどの全身の快感である。

次は「燃えさかる火は、霧氷の突風となって雨と降り、——五感の快さよ！——われわれのために永遠に黒こげとなった地球の心臓を通って投げつける、ダイヤモンドの風や雨に火。

――おお世界よ！／（人が感じ、人に聞こえもする、古くからの隠遁所、古くからの炎から遠く離れて）／燃えさかる火と泡。音楽、渦巻きの針路転換、氷塊の天体との衝突。」となる。

中地訳は「雨氷まじりの突風に雨と降り注ぐ燠火《おきび》――甘美さよ！」だが、単語を適当に組み替えた出鱈目な文で、何の意味も汲みとれない。「燠火」とした語はbrasiers《ブラズイエ》で、真っ赤に燃える炭火、燃えさかる火の意。燠火は、燃え切った残り火で意が違う。「燃えさかる火」は、見者を目指す情熱の火であり、「霧氷の突風となって雨と降る」のは、その情熱が吐き出す詩の威力となろう。これは「見者の詩」が達成されたらの未来形である。そして、それを思い描くことの「五感の快さよ！」となるのである。この未来形を読めた訳者は誰もいない。

「――われわれのために永遠に黒こげになった地球の心臓を通って投げつける」とは、超誇大妄想と言えるはったりである。まず「われわれ」の複数は偽装。ランボーの単独である。

「永遠」は彼の好み。「黒こげ」にしたい思いの対象は、パリの詩人・詩壇以外にはない。「地球の心臓」は彼らの中心部ほどの意で、そこを通り抜けてきてこれから「投げつける」となるものだ。この超誇張が誰もわからぬだろうから、罵倒の快さでもあろう。「ダイヤモンドの風や雨に火」を投げつけると言う。最上級の見者の詩を、これ見よがしに投げつけてやるの暗喩である。そして「――おお世界よ！」は、おおおれのための世界よ！　だろう。地球の心臓を黒こげにする文脈の中で、「世界よ」もないものだ。彼の独善性でしかない。

「（人が感じ、人に聞こえもする、古くからの隠遁所、古くからの炎から遠く離れて）」とは？

心のつぶやきだが、意味不明である。vieilles《ヴィエユ》は、年老いた、老けた、古くからの、老練なの意の複数。retraites《ルトレト》は、退職、引退、隠れ家、隠遁所の意の複数。ランボーの生きざまからすれば、「遠く離れた」ものは、故郷、兵役、パリ詩壇しかない。兵役は前述済み、故郷に「古くからの炎」は該当すまいから、パリ詩壇に対するつぶやきだろう。それにしても、黒こげにした筈の対象にしては、しぼんだ詩句である。詩壇は隠遁所であったは、揶揄ではある。

「燃えさかる火と泡。音楽、渦巻きの針路転換、氷塊の天体との衝突」とは？　なぜ「火と泡」、なぜ「針路転換」、なぜ「衝突」？　どうやら近未来の予感と思われる。ヴェルレーヌの訴訟騒動の先行き不明が、絶えずあった。前行の詩句がしぼんだのもそのためだ。燃えさかる火が泡と化す。音楽は？　渦巻く見者行の進路変更も考えねば、冷たい心のマチルドのヴェルレーヌとの決定的衝突はありうる、そうなればしめたものだが、の思いがこの詩句にある。

最後は「おお五感の快さよ、おお世界よ、おお音楽よ！　そしてそこに、いろいろな形、いろいろな汗、さまざまな髪、さまざまな目が漂っている。そして白い涙は沸き立っている。――おお五感の快さよ！　――そして女性の声が、火山の深部と北極の洞穴に到着した。／船旗は……」となる。

おお「見者の詩」を思い描くことの快感よ、おれのための世界よ、おれを掻き立てる音楽よ！　そしておれの想像する世界には、いろんな形や汗が、さまざまな髪や目が漂流している。イメージは多様に湧き出てくると言うのだ。「白い涙」は喜びの涙、それが煮えたぎるとは最高の歓喜を示す。――おお、五感の快さよ！　――そして唐突に「女性の声」とは何？「見者の詩」を思い描く快感状態に届く声だ。不特定な女性ではない。特定なら母ヴィタリーか、ヴェルレーヌの妻マチルドしかいない。どちらも届いて欲しい声ではない。とすれば「女王パリの声」だ。フランスの象徴「女王パリ」が、「見者の詩」を肯定する声であるだろう。

パリを追放された彼が、パリに肯定されるということは、既成詩に対する彼の勝利を意味する。「火山の深部と北極の洞穴」は、ともに極地を目指すランボーの内面である。「白い涙」の歓喜は、それによって生じるとも言えよう。arrivée《アリヴェ》は、到着したの意。過去分詞である。「見者の詩」に辿り着いてはいないゆえ、これは彼の願望としての映像でしかない。パリに勝利することを予想した、自己讃歌であった。

「船旗は、……」の言い淀みは？　訳者はみな「旗が、……」としているが、旗がどうしたという言い淀みも読めていない。「が」は適当な付け足し。「船旗」は、見者の思想・方法論の象徴とすでに述べた。その思想・方法論は、何度でも繰り返して述べることはできる、と言い切っている彼の言葉がある。内容は詩人ドメニー宛「見者の手紙」に書かれたことである。だからここの言い淀みは、「私の中に船旗の思想・方法論は明確にある」と言おうとしたものだ。それは、パリに勝利する浮いた心を抑制する、自己確認ともなるものと思われる。言い淀みのぼかしも、「女性の声」の曖昧さも、彼の謎々暗喩の目眩ましである。そして「見者行」を思い描くということは、ヴェルレーヌにまだ期待できそうな余地がある時期ということになる。

30 岬

金色の夜明けとうち震える夕べは、あの〈別荘〉と付属施設の真向かいの沖合に私たちの小さな帆船があるのを見つけるのだが、あのもろもろの建造物が形成している岬の広大さといえば、エペイロスやペロポネソス半島にも、あるいは日本の大きな島にも、いやアラビア半島にも匹敵するほどだ！　使節団の帰還で明るく照らされる神殿、近代的海岸の防御設備の壮大な眺め、熱い花々とバッカス祭とで彩られた砂丘、カルタゴの大きな運河や怪しげなヴェニス風の街の堤防、エトナの山々のだらけた噴火や花が咲き水が湧く氷河のクレヴァス、ドイツのポプラに囲まれた洗濯場、日本の木の梢を傾けている奇妙な公園の勾配、スカーブロあるいはブルックリンの「ロイヤル・ホテル」あるいは「グランド・ホテル」の円形の正面玄関、そしてこうした場所を結ぶ鉄道が、この〈ホテル〉を構成するいくつもの建物の脇を通りその下をくぐっては上から迫り出すという具合なのだが、これらの建物は、イタリアやアメリカやアジアの最も優雅かつ最も巨大な建造物の歴史のなかから選ばれたもので、今この時間、照明と飲み物と豊かな微風とに満ちたその窓やテラスは、旅人や貴族の精神へと開かれている——一方昼間には、海沿いのあらゆるタランテラ踊りに——そして技量も名だたる谷間のリトルネロの旋律にも、――〈宮殿〉の正面という正面をすばらしく飾らせるのである。〈岬〉だ。

鈴村和成も「岬」、粟津則雄・斎藤正二は「半島」。原題はPromontoire《プロモントワル》で、岬の意。半島はpéninsule《ペナンスユル》である。西条八十は取り上げず。ところで前作「野蛮人」まで順調だった作品の序列が、この詩から狂い出す。粟津は「大売出し」、斎藤は「半島」、鈴村は「フェアリイ（妖精）」でまちまち。飜訳原本の違いによるものだ。詩集残り三分の一の配列に、ヴェルレーヌも各出版社も判断がつかなかったようだ。私は中地訳を基本としたのでそれに従う。

それにしても、この「岬」は一八七四年八月ごろの作と思われる。三月半ば、ジェルマン・ヌーヴォーと四度目のロンドン滞在となり、五月後半ヌーヴォーに逃げられた後、七月始め母と妹をロンドンに呼び寄せて孤独を癒し、七月末ようやく仕事の口がかかり、母妹と別れて北へ旅立つ。三八〇キロ離れた北東岸のスカーバラScarboroughであると、ピエール・プチフィス『アルチュール・ランボー』の伝記にある。詩にも「スカーブロ」の語があり、それを証明している。ヴェルレーヌと訣別し、『地獄の一季節』もパリに無視されての渡英だった。

中地は「地理上歴史上のさまざまな地点から切り取られた要素は、読み手をそれらが属している現実へ送り返すのではなしに、新たな現実を創出するための素材となる。創造される新たな現実は構造的に錯綜を極め、その全体と部分の関係を判然と表象することは困難である」と解説している。原文は全体がコンマとセミコロンでつながれ、ピリオドは最後のみという、全貌の把握しがたい文ではある。各訳者も語の関係づけに四苦八苦し、文が混迷している。私にもわかりがたい箇所はあるが、簡潔な直訳を挙げながら解読に入る。

「金色の夜明けと身ぶるいする晩は、あの別荘とその付属物の正面の幅広い沖合に、二本マストの小帆船を見付けるだろう。エペイロスとペロポネソス半島の広範さと同様に形成された岬である。日本の大きな島やアラビアほどもある！」とまずある。

晴天の夜明けや寒気のしみる晩は、「あの別荘と付属物」おそらく雇用主の建物群だろう。その正面の幅広い沖合に、小帆船を見付けられるだろうと言う。ランボーが乗せて貰った小帆船であり、岬をめぐって展開される妄想の視点である。「エペイロスとペロポネソス半島の広範さと同様に形成された岬である」とあるが、スカーバラは港と海水浴場で有名なところで平坦な海岸。その二〇キロ下方に、ちょこんと突き出たフラムバラ岬がある。それが該当する岬。そこのホテルの主に、ランボーは家庭教師として雇われたのだった。

「エペイロス」は、「バルカン半島の山岳地帯。マケドニア南部の古代ギリシアの一地方」と、斎藤の注記にある。「ペロポネソス半島」は、ギリシア南部の古代スパルタの国であった。それほどの「広範さ」などあり得ない。日本やアラビアと比べるなど、大ぼら吹きも甚しい。日本列島の認識など漠たるものしかなかった筈。アラビア半島はイギリスの島の数倍もある。なぜこれほどの大ぼらが必要だったものか。巨人国の妄想の岬と言うしかない。

次は「代表団の帰還に明るく照らされた神殿、近代的沿岸防備の広大な眺め、熱い花々とバッカス祭の挿絵された砂丘、カルタゴの大運河と築堤、いかがわしいヴェニス、エトナ山の噴火の活気のなさと花々が咲き水が溢れる氷河の割れ目、ドイツのポプラに囲まれた共同洗濯場、日本の木の頭部を傾げた風変わりな公園の土手」となる。

この中間部は妄想岬に想起する妄想の羅列のようだが、妙にまとめいたり、批評めいたり、ひねった事実だったたり、彼の映像の遊びの気配も感じられる。プチフィスの伝記には、この岬に古代ローマの神殿《ファノム》が残っているとある。「照らされた神殿」はそれだろう。何か催しに代表団がきたのだろう。「近代的沿岸防備」は、観光地である岬一帯のものと思われる。「挿絵された砂丘」を他訳は「飾られた、彩られた」としている。illustrées《イリュストレ》は、挿絵入りのの意。砂丘に描かれた絵となる。「カルタゴの大運河と築堤」などある訳がない。カルタゴは紀元前六世紀に地中海の覇権を握って栄えたが、前二六四年〜前一四六年のポエニ戦争に敗れ、ローマの属州となった国である。現在のアフリカ北部のチュニジアに当たる。

おそらく、「大運河と築堤」は、スエズ運河と思われる。一八六九年にフランス人レセップスによって開通され、英仏両国の経営だった。あえて「カルタゴ」にひねった錯乱である。「築堤」は、Embankments の英語で、堤を築く、築堤の意。原文に注記があり、「ロンドンに属するテムズ川の堤防の独特の状態を示す言葉」とある。築堤の語の後はセミコロンで切ってあるのに、中地は「カルタゴの大きな運河や怪しげなヴェニス風の堤防」と勝手な意訳である。

なぜ「いかがわしいヴェニス」か？　シェークスピアの喜劇「ベニスの商人」が係わるのだと思う。ベニスの商人アントニオが、親友バッサーニオの求婚に出向く費用を用立てるため、強欲なシャイロックから借金をした、自分の肉一ポンド（四五四グラム）をかたにして。返済が遅れ窮地に立つが、親友の恋人の機知で救われる話。片鱗だけ見せてのこれも錯乱術。

「エトナ山」は、イタリア南部のシチリア島にある三三五〇メートルの火山。常時火を噴く活火山など稀。「噴火の活気のなさ」は当然だろうが、何か皮肉めいている。エトナ山の麓にタオルミーナという街がある。少年たちが裸を誇示して暮らす有名な街。これは絵葉書でヨーロッパに広まったようだ。男性的美学の秘密結社さえあったという。同性愛的憧れで、ニーチェもそこを訪れ、裸の写真を撮っている。温暖な地中海の至福の島。後でジードもそこにはまって行った。ランボーはそのにやけた風潮を嫌ったのでは、と思われる。

「花々が咲き水が溢れる氷河の割れ目」とは、不特定な氷河だが「エトナ山の噴火の活気のなさ」と対比された映像である。自然の厳しさの中の諸現象の営み、と読める。「ドイツのポプラ」という品種はない。それに「囲まれた共同洗濯場」とは？　ドイツという戦勝国に監視された共同の命の洗濯場、と読めばフランスのことだ。突き放した眼である。「木の頭部を傾げた」とは、松などに添え木し枝を横に延ばしたものなどだろう。日本の樹木に対する思い入れを「風変わり」と見ている。写真でも見たか。エキゾチックに関心があったようだ。

最後は「そしてスカーブロやブルックリンのいくつもの《ロイヤル・ホテル》あるいは《グ

ランド・ホテル》の円形の正面玄関。そしてホテルの範囲に配置された彼らの鉄道は、建物の脇をめぐり、下に穴をうがち、上部に張り出している。ホテルはイタリアのアメリカのそしてアジアのもっとも優雅で大規模な建造物の歴史の中から選ばれたもの。照明に満ちたその窓とテラスは、今や豊かな飲み物と微風にあふれ、旅行者や高貴な人たちの精神に開かれている。——日中の時間に許されるすべての沿岸のタランテラ踊り——そして有名な流域の間奏器楽《リトルネロ》の旋律でさえ、宮殿岬の正面をすばらしい芸術として飾り立てる」となる。

最後は岬に建つホテルの景観の讃歌である。「スカーブロ」は既述どおりスカーバラ。語をつづめて発音する地方訛である、と伝記にある。「ブルックリン」は、アメリカのニューヨークの一地区。イースト川を挟んだマンハッタン区の向かい側である。スカーバラのホテルは、ブルックリンのロイヤル・ホテルやグランド・ホテルにも引けをとらないと言いたいのだろう。「円形の正面玄関」が何ともわからなかった。

プチフィスの伝記に、詩の景観は現実のそれと一致するとし、『この地の景観を飾るのは円形建築物である。特に「ロイヤル」とか「グランド」とかの「円形正面玄関」が現われる。スカーバローには二つの大ホテル——超豪華ホテル——が建っていた。グランド・ホテルは、フランス人オーギュスト・フリクールの所有である』と書かれている。「正面玄関は半円形なのである」という言葉もあり、これで得心がいった。ランボーを雇ったのはその主であった。

「ホテルの範囲に配置された彼らの鉄道」とあるが、眉唾ものである。小さな岬に大ホテルが二つ、そんなところに鉄道を走らせる筈がない。スカーバラから岬にも鉄道はない。伝記にも鉄道は出てこない。加えて建物をめぐり、地下にもぐり、地上高く走る鉄道となれば、かなり長距離のもの。これは錯乱的映像としてのはったりだろう。railways《レールウエー》の鉄道は英語である。

ホテルの建築様式は、イタリア、アメリカ、アジアの最良のものを歴史の中から選んで採り入れたとあるが、これだけですでにはったり。古代建築のイタリア、最新建築のアメリカ、王朝建築と括れるアジアを選りすぐって組み合わせてみても、ちぐはぐなものしか出来はしまい。建物は照明に満ち、飲み物や微風は旅行者や高貴な精神の来訪を待っている、と言う。商人なみの宣伝である。これ見よがしのホテルへ、のこのこ出向く精神は高貴なものとは言えまい。少なくともアジアの高貴な精神なら眼もくれまい。

「タランテラ踊り」は、「イタリア南部の民族舞踊。毒蜘蛛タランテラに咬まれたときの療法として、踊り抜いたのがその起源という」と、斎藤の注記にある。二人で踊る急テンポのものである。活力のあるその踊りや、有名な間奏器楽《リトルネロ》の旋律が、「宮殿岬」とも呼びたくなる正面の景観を、見事な芸術に仕立て上げる、と括っている。これはまさに雇用主に対するおべっかでしかない。ブルジョアを罵倒してきたランボーは、どこへ行ったものやら。

この詩にはきつい暗喩も飛躍した幻術もない。やけな誇張としまりのない映像があるだけだ。これは「素顔のランボー」の詩と言うことになる。この家庭教師は短かったようだ。その後ロンドンより西六〇キロのリーディング市で、フランス語学院の講師となっている。

31　場面

昔ながらの〈喜劇〉が、調和を追求しながら、そのさまざまな牧歌的恋物語を分割してみせる——

露天の芝居小屋が立ち並ぶいくつもの大通り。

石ころだらけの野原の端から端まで伸びる一本の長い木の桟橋、そこの、すっかり葉を落とした木立の下を、野蛮な群衆が歩いている。

黒い紗の掛かった廊下で、角灯《ランタン》を下げ刷り物を手にして散策する人々のあとに付いて。

聖史劇の鳥たちが、観客を乗せた何隻もの小舟が覆う海に揺られている石造りの箱船をめがけて、襲いかかる。

フルートやドラムに伴奏される抒情的な場面が、天井の下にしつらえられた片隅で、当世風のクラブのサロンや昔の東洋のホールの回りで、身を屈める。

夢幻劇が、雑木林を戴いた階段座席の最上段で展開する、——あるいはまた、畑と畑が作る稜線で揺れ動いている大樹林の陰で、ボイオティア人のために激しさを増しては転調する。

オペラ・コミックは、舞台上の、天井桟敷からフットライトにかけてまっすぐに立つ十の仕切り壁が交差する線のところで、分割される。

粟津則雄は「さまざまな舞台面」、斎藤正二は「舞台の場面」、鈴村は「場面」である。西条八十は不採用。原題はScènes《セヌ》で、舞台、場、場面の意の複数。「いろいろな舞台」が妥当と思われる。中地は『ここに見られる演劇の風景への重ね合わせは、風景を演劇に見立てる「橋」と比較することができるだろう。リシャールはこの詩について、「演劇と自然との創造の葛藤」ないし「事物の自発性に対して上演の意志が繰り広げる戦い」が「混沌の新たな形式」を生み出していると言う。この詩の特徴は、そのような世界の再組織への詩人の意志が、「昔ながらの喜劇」がそれ自身の意志で行う非人称的な現象のように書かれている点である』と解説。

「14橋」はすでに解読ずみ。歴史という川に架かるいろいろな思想の橋を描いたもので、「風景を演劇に」見立てたものなどではない。「喜劇の意志の非人称的な現象」か否かは、解読しながら見ていく。この詩にはヴァルレーヌに関する気配がない。四度目のロンドン滞在で、テムズ川の南側、下町の地区に住んだころのもの。それもヌーボーが逃げ出す前の、七四年四～五月ごろのものと推測できる。「30岬」の前作に当たる。暗喩や幻術にくるまれているので、「内なる他者」の詩である。どの訳も不明なままの意訳が多い。私の直訳で解読に入る。

「古くからある喜劇は、恋物語の和合と分裂を追い求めてきた。／田舎芝居の掛け小屋のある大通り。／小石だらけの畑に端から他端までの木の長い桟橋、葉の落ちた木々の下で粗暴な群衆はどこへ動き回る。／黒い薄布の廊下の中で、角灯《ランタン》と刷り物を手にした散策者たちの歩みに従って。／謎の鳥たちは襲いかかる、組積工事の浮き橋の上に。見物人たちの幾つものボートに覆われた群島中を動かす。」となるようだ。

一段落。末尾の中地訳の「――」は勝手な追加で原文にはない。他訳も詩意を読めずにずさん。粟津訳は「古くさい喜劇は、決まり切った筋書きを続け、恋物語を細切れにして見せている」である。「決まり切った筋書き」など原文にはない。古くからの喜劇は、恋の成功と失敗という筋書きを繰り返し追求してきた、が詩意である。accords《アコル》は、賛同、合意、仲がよい、和合の意。divise《ディヴィゼ》は、分ける、分割する、［人の間を］裂くの意。二語は「et《エ》と」でつながれた対の言葉である。二段落。臨時に作られた田舎芝居のテント小屋が立ち並ぶ大通りがある。ここまでは前提。続く奇怪な映像は、舞台をはみ出した妄想たくましい光景である。

三段落。「小石だらけの畑」を、訳者はみな「野原、河原」と訳している。champ《シャン》は、畑の意。s付き複数で、田舎、野原、田園の意となる。小石にこだわった誤訳。「小石だらけの畑」は、放置された農地。そこに長い桟橋が架かるとは何のこと？「桟橋」は、船着場として港に突き出して造られた脚柱のある橋である。pier 桟橋、埠頭の意の英語が使われている。放置された農地に、疲弊した農民の何かの到来を待つ願望としての桟橋が架かっている、のだと思われてくる。「葉の落ちた木々の下」は、可能性の失せた社会の中だろう。「粗野な群衆」は、どこかへ向かおうとして動き回っている。こちらは市民や労働者であろうか。

四段落。「黒い薄布の廊下の中で」とは？　絹の薄布などは透けて見えるもの。「黒い薄布」は薄暗がりと読めてくる。「廊下の中」は、薄暗がりの思想の通路となろう。「角灯《ランタン》と刷り物」は、自由・解放をもたらす思想の明かりと新聞となる。「散策者たち」は廊下がらみのぼかしだが、思想の指導者たちである。その者たちの「歩みに従って」は、三段落の農民・市民・労働者を指している。どこへ向かって動けばよいか不明な人たちである。

五段落。中地訳は「聖史劇の鳥たち」だが、mystères《ミステル》は、神秘、謎、秘密の意。「中世の」聖史劇の意もちょこんとあるが主意ではない。キリスト教嫌いのランボーが使うわけもない。粟津・鈴村は「神秘劇の鳥たち」、斎藤は「芝居者《こやもの》の鳥ども」である。ランボーは最初「芝居者の鳥たち」と書いていたと粟津・斎藤の注記にあり、斎藤は初めの詩句をとり、粟津は「劇」を加えた。この詩に「神秘」のからむ余地はない。私は「謎の鳥たち」とした。

「謎の鳥たち」は謎であり、ランボーにも明言できない。「襲いかかる」は、襲いかかりたい願望だからである。自分自身がであり、薄暗がりを歩む人たちがでもある。「組積工事」は、石やれんが積みの堅固なもの。「浮き橋」は、並べた舟に板を置いた仮のもの。堅固な構造で仮の姿と言えば、国家や権力構造と思われる。農民・市民・労働者・思想者に言及してきて、権力との対決は当然の成り行き。だが暗喩がとろく、詩句全体に力がない。「見物人」は、無関心な多くの人々。それらの人の漂流する国中を、何とか揺さぶってみたい、と言うのだ。これも願望である。パリ・コミューンのときの欣喜雀躍はすでにない。

spectateurs《スペクタトゥル》は、見物人、観客の意。中地・粟津・鈴村は「観客」、斎藤は「見物衆」である。芝居がらみゆえ「観客」とし、わけのわからん詩句に組み替えている。中地訳は始めに掲げた。粟津訳は「神秘劇の鳥たちが、観客の小舟に覆われた群鳥が揺り動かす石の船橋に飛びかかる」である。群島が「群鳥」にねじ曲げられてもいる。誤読だらけのランボー詩が横行していたのだ。「群島中を動かす」に辿り着くまで難儀した。mù《ミュ》 par《パル》 l'《ル》archipel《アルシペル》がその綴り。上から順に、動かす、を通って、群島の意。二つ目を「……中を」と縮約の例があり、落着した。

後半は「笛や太鼓の伴奏のついた抒情的な舞台の、天井の下に設けられた片隅の中で身をかがめる。周囲には古くからある東洋の広間、あるいはモダンなクラブのサロン。／夢幻劇は、雑木林中の王冠を戴いた階段桟敷の頂上で取り扱われる。――あるいは文化の尾根の上で、流動的な巨木林の日陰の中で、粗野な人たちのために動揺し転調する。／喜劇的な歌劇は、われわれの舞台の上で、天井桟敷の躾《しつ》けられた一〇の仕切壁の交わる辺で、輝き分裂する。」となる。

書かれた綴りの中で、ランボーの作詩の関心事を模索しながら訳語を選び、どう無理なく詩文にできるかが私の直訳の方法だが、前半に比べてもこの後半は難物。舞台めいたものの断片の羅列。「襲いかかる」思いはどこへ行ったか、となじりたくもなる。

六段落。笛や太鼓の鳴りもの入りの「抒情的な舞台」は、歌や踊りだろう。だが続く詩句の関連からみて、これは舞台ではない。苦労の中でも喜び幸せを求めて明るく生きようとする、一般庶民の世相と言える。「天井の下」は、その世相の下となる。その下の「片隅の中で身をかがめる」とは、その世相の片隅で身を小さくして生きる、である。周囲にある「東洋の広間、クラブのサロン」は、建築物のことではない。豪勢なブルジョアたちが幅をきかせている、の暗喩だろう。ヴェルレーヌと訣別後の彼には、食うことが詩より先決問題だった。

七段落。「夢幻劇」は夢まぼろしのドラマ。空想ゆえ舞台は自在。「雑木林中の王冠を戴いた階段桟敷」とは？「雑木林中」はパリ詩人たちのようだ。そこでの「王冠」は一流詩人の称号だろう。「酔いどれ船」でカルチエ・ラタンの寵児になった栄冠である。「階段桟敷」は、円形劇場の舞台から見て正面四階にある段上の客席。その最上部で夢まぼろしが操られる、と言う。それは「見者詩人」になる夢しかない。「雑木林中」も「群島中」と同様の綴りだった。couronné《クウロネ》は、王冠を戴いた、栄誉を受けたの意。訳者はみなこの語を無視している。

「――あるいは文化の尾根の上で、流動的な巨木林の日陰の中で」とは？文化の最上層で、移りゆく巨木林の日陰の中で、「見者詩人」と成り得た自分の想定のようだ。日当たりの移りゆく「巨木林」は？「文化」に匹敵するもの。「世界文学」と思われてくる。「見者詩人」ならそう成り得る。だが「粗野な人たちのために動揺し転調する」と言う。「粗野な人」は無教養な人のこと。食うことに追われる底辺の人々を思うと、（いい気になるな！）という内省の声が聞こえて動揺し、夢幻劇も転調を迫られる、と言うことになるのだろう。

訳者はみなBéotiens《ベオスイエン》を、「ポイオティア人」と訳している。これは粗野な人、無教養の人の意の複数。かっこ付きで、ギリシアではポイオティア人は粗野な田舎者扱いだった、とある。

ランボーがポイオティア人を持ち出すいわれなど文脈にはない。またcultures《キュルテュル》を、中地は「畑」、粟津・斎藤・鈴村は「耕地」の訳。文化、教養、耕作、栽培の意だが、文脈上は「文化」以外では詩意が成り立たない。盲訳というしかない。

八段落。「喜劇的な歌劇」は何の暗喩？「われわれの舞台の上」で行なわれるものだ。ランボーの人並み外れた生きざま、という喜劇なのだと思われてくる。「天井桟敷」は、それを眺める野次馬。パリ詩壇のようだ。そこで「躾けられた一〇の仕切り壁の交わる辺」とは？dix《ディス》は一〇の数だが、幾つものの意もある。詩壇に飼い馴らされた幾つもの拒絶（仕切壁）の交差するあたりで、「輝き分裂する」と言う。パリ詩壇が幾ら拒絶してもおれの詩は輝き、しかし未完のまま分裂もするだろう、という予見と思われる。

訳者たちは、notre《ノトル》われわれの意、dressées《ドレセ》躾けられたの意を無視。feux《フ》は、火、照明の意だが、x付き複数。[複数] 輝き、光、きらめきの意、と明確に辞典にあるのに、見落としている。まず「喜劇的な歌劇」が、彼自身のこととの気付きがない。

見てきたように、芝居小屋の舞台は一つもない。ランボーの思想が捉えた社会の趨勢と願望、彼自身の現状と夢幻と予見という情景があるだけだ。その観点から読み直せば、一〜二段落は、「古くからある喜劇は」と「田舎芝居」で舞台を匂わせ、この大通り（社会）にはほかにも喜劇の小屋は架かっている、として展開されたものだと見えてくる。

32　運動

大河の落下が土手に描き出すジグザグ模様が、
船尾の渦潮が、
傾斜路のものすごい速度が、
行きつ戻りつする巨大な水流が、
未聞の光のなか、
化学の新発明によって、
谷間を吹く竜巻と奔流《シュトローム》とに取り巻かれた
旅人たちを運んでゆく。

それは、個人の化学的富を探し求める、
世界の征服者たちだ。
スポーツも安楽も彼らとともに旅をする。
彼らは、諸民族の、諸階級の、そして動物たちの教育を、この〈船〉に乗せて運んでゆく。
研究に勤しむ恐るべき夜に、
洪水のような光に包まれた
休息とめまい。

なぜなら、いろいろな装置に囲まれてのおしゃべり——血やら、花や火や宝石やらをめぐる
　話だ——から、
逃れ去ってゆくその船べりでの慌ただしい計算から、
——わかるからだ、水力推進式の航路の向こう側の堤防のように展開されてゆく、
怪物じみた、いつまでも煌々《こうこう》と光りやまない——彼らの研究の蓄積《ストック》が。——
調和に満ちた恍惚と、発見のヒロイズムとに
駆り立てられた彼ら。

まったく不意に襲った大気の異変で
若い一組のカップルが方舟に孤立する、
——容赦される昔ながらの蛮行か？——
そして歌い、身構える。

栗津則雄・斎藤正二・鈴村和成も「運動」。西条八十は不採用。原題Mouvement《ムウヴマン》は、運動、動き、動作、身振りの意。中地義和は『初出時以来、「運動」は「海の絵」とともに「自由詩」の最初の例、韻文詩から散文詩に至る詩形式の変遷における過渡的形態、とみなされてきた。音数律が不揃いで、韻律も脚韻も無視されている反面、行首が大文字で各行が意味のまとまりを形成するために、そう考えられたわけだが、最近のミュラやギュイヨーの考察が示すように、二篇はむしろもともと散文であったものが韻文詩の外観をまとったもので、「自由詩」とは逆の捉え方をすべきであるという認識が、一般的になりつつある』と解説している。

確かにこの詩は韻文詩形式をとりながら散文詩じみている。「海の絵」に似せる意図があったとも思える。この詩は、ヴェルレーヌが妻マチルドとの和解を試みて失敗し、ランボーと落ち合ってロンドンに渡るドーヴァー海峡の船での作である。一八七三年五月二六日ごろの作で、三度目の渡英時。まだ「見者行」の可能性がわずかながら残っていた時期である。原文は三連なのに、訳者はみな四連にしている。私の直訳を示し、解読に入る。

一連。「河の流れの落下によって土手の上に横揺れの衝動が、／船尾の渦が、／傾斜した道の迅速さが、／流水の並はずれた気まぐれが、／そして化学の新しさ／前代未聞の光により至ろうとする／谷の竜巻きや渦流《シュトローム》に取り巻かれた旅行者たち。」

二連。「それは個人的な化学の富を探し求める／世界の征服者たちである。／スポーツと慰安は彼らと一緒に旅をする。／彼らは教育を連れて行く／人種たちの、階級たちの、そして動物たちの、その大きな船の上に。／休息と目まい／大洪水のような光に／研究の夜々の恐ろしい時に。」となる。

一連は漠然そのもの。二連と合わせて様子が見えてくる。世界を征服しようとする旅行者たちのこと。それは「見者詩人」を目指すランボーとヴェルレーヌの話だと思う。彼らは権力者ではないから、それ以外にない。一連。河水の落下で「土手の上に横揺れの衝動が」とは、マチルドの訴訟という河水の落下で、ヴェルレーヌという土手が動揺しているさま、と見えてきた。「船尾に渦が」も、ヴェルレーヌの背後に困惑の渦が巻いているのだ。「傾斜した道の迅速さ」は、この夫婦の決裂に至る早さである。ヴェルレーヌは和解を試みたが、厳しく拒まれた旅だった。それをまたランボーは望んでもいた。「流水の並はずれた気まぐれ」は、ヴェルレーヌの気まぐれとなる。妻を罵倒してみたり、和解に奔走したりと揺れ続いていた。

「そして化学の新しさ／前代未聞の光により至ろうとする」とは、「そして」が、心の揺れる彼を道連れにの含みとなる。「化学の新しさ」は、緻密な分析力だろう。「前代未聞の光」は、「内なる他者」が打ち出した「見者詩人」の理論となる。それに至り着こうと、「谷の竜巻や渦流《シュトローム》に取り巻かれた」とは、世間の数々の妨害に遭遇しながら、「旅行者たち」は彼ら二人のこととなる。一連は、ヴェルレーヌの現状観察と、見者行再開への彼の思惑だった。

「渦流」を中地は「奔流《シュトローム》」、粟津は「烈しい潮流」、斎藤は「大渦巻《シュトローム》」、鈴村「大潮流」とまちまち。原文stormはドイツ語。「酔いどれ船」の21連に、「大渦流《メエルシュトローム》の逆巻く唸り」があり、ノルウェー北西部のロフォーテン諸島の狭い水路に生じる大渦流であった。「シュトローム」なら「渦流」でよいと思われる。要は「数々の妨害」の暗示だからである。

二連は「見者行」を再開する心意気と見えてきた。「個人的な化学の富」とは、彼が追い求める精緻な「見者の詩」となる。「世界の征服者たち」は、見者行をともにする筈の二人である。世界文学を制覇する意気込み。きりきりしてるわけではない。「スポーツと慰安」も旅の楽しみだ、と言う。「彼らは教育」も道連れだ。「人種たち、階級たち、動物たち」のためなのだろう。それらを乗せた「大きな船」とは、地球そのものではないか。「見者の詩」で、生きとし生けるものを救済しようという魂胆。「大きな船」は、ノアの方舟の映像である。

そしてべら棒な空想は、「休息と目まい」を呼ぶのだ。「大洪水のような光」は、見者行を押し潰そうとする現実の厳しさだろう。「大洪水」もノアの方舟の含み。「研究の夜々の恐しい時に」は、詩を構想しても前へ進めるか否かわからぬ恐れの日々に、となる。そんな時、目まいがし休息が必要となるのだ。べら棒な夢を抱いても、まだヴェルレーヌが承諾してるわけでなかったのである。

三連。「なぜなら、幾つかの装置の中での話、――血や、花々や、火や、宝石や――／逃亡者はその沿道に落ちつかない勘定から、／――人は見る、牽引車が水力の道のあちらで堤防のように移動するのを。／奇形じみた最限もないものを明るく照らす、――彼らの研究の在庫品。

／彼らは調和のとれた恍惚と、発見する英雄気どりのまま追い立てられた。／もっと不意の大気の予期せぬ出来事で、若いカップルがノアの箱舟に乗って孤立した。／――これが古くから存在する、人々が許す残酷さか？／歌うことも自分の地位も。」となる。

訳者はみな「もっと不意の大気の……」以降を切り離し、四連に仕立てた。勝手な誤まり。「なぜなら」は、二連のべら棒な空想の行き詰まりを受けた言葉。「幾つかの装置」は、幾つかのからくりだろう。パリ・コミューンやパリ詩壇と思われる。「血、火」は前者、「花々、宝石」は後者での主な話題と言えよう。ロンドンに逃避後、コミューン亡命者を批判的に見るようになり、かの革命を語るまいともしてきた（「13労働者たち」にある）。パリ詩壇は反発の対象。「逃亡者」は彼ら二人。「その沿道に落ちつかない勘定」は、組織だった道は肌に合わない計算から、と読めるようだ。

間を置いて「人は見る」は、見るだろうの推測。「牽引車が水力の道のあちらで堤防のように移動するのを」とは？　衆知の水力エネルギーの道の向こう側で、何のエネルギーでかわからぬ牽引車が、堤防が移動するように動くのを、となるのだと思う。一九世紀の七三年ごろは、汽車も船も自動車も水力エネルギーだった。七六年にドイツのオットーが四サイクル・ガソリン機関を発明。エネルギー変換で自動車の普及が始まる。ランボーは自分を詩の牽引車だと見立てている。おれを追い出したパリ詩人たちは、人々の関心（堤防という塊）が、牽引する詩のエネルギーによって移動するのを知ることになるだろう、と言っているようだ。

「奇形じみた最限もないものを明るく照らす、――彼らの研究の在庫品」とは、奇形児のように歪んだきりもない既成の詩を明快に暴き出す、――ランボーの書き溜めた「イリュミナシオン」となる詩、となる。それは既成の詩との闘いであった。「彼ら」の複数はぼかし。『彼らは調和のとれた恍惚と、発見する英雄気どりのまま追い立てられた」は、自己満足と一流詩人の思い込みのまま追放された、である。「もっと不意の大気の予期せぬ出来事」は、マチルドの訴訟事件だった。「若いカップルがノアの箱舟に乗って孤立」は、彼ら二人は事件によって見者行ができなくなり、漂流する箱舟の中で孤立、ということ。

「若いカップル」を粟津は「若夫婦」、斎藤は「若い男女」、中地・鈴村は不明なまま「若い一組のカップル」としているが、文脈上は彼ら二人以外ではあり得ない。そして「――これが古くから存在する、人々が許す残酷さか?」のつぶやきとなる。単純に言えば「村八分」という仲間はずれである。「歌うことも自分の地位も」は、詩を書くことも詩人であることも、その残酷さで許されなかった。以上のように、文脈がすっきり通った。

中地訳からはこのような詩意は読み解けない。三段落は、「見者行」再開の現状と障害を語っている。ヴェルレーヌの心情は不明だが、三度目のロンドン行きに期待をこめて、同じ道を進むノアの方舟人に仕立てているもの。最終行を中地訳は「そして歌い、身構える」としているが、Et《エ》 chante《シャンテ》 et《エ》 se《ス》 poste《ポスト》. の原文は、歌う、自分の地位を「そして et」でつないだもの。辞典に、et A et B は、「AもBも」となる由。だから「歌うことも、自分の地位も」となるもの。

33　ボトム

現実は、私の気高い性格にとってあまりにもとげとげしかったが、――それでも私は、青灰色の大きな鳥の姿でわが奥方の家にいて、天井の刳り形に向かって飛び上がったり、夕べの暗がりのなかで翼を引きずったりしていた。

奥方の大好きな宝石や肉体の傑作を支えもつ天蓋の下で、私は、紫色の歯ぐきと、悲嘆のあまり真っ白になった毛をした一頭の大熊となり、両の目はコンソールテーブルのクリスタルガラスや銀の器を見つめていた。

あたり一面が闇と化し、熱く燃える水槽になった。

朝には、――戦いの気配に満ちた六月の夜明けのことだ、――私はロバとなって野原に駆け出し、自分の不満を高らかに吹聴して振りかざしたのだが、とうとう最後には郊外のサビナ女たちがこの胸に飛び込んできた。

粟津則雄・斎藤正二・西条八十・鈴村和成ともに「ボトム」。原題 Bottom もボトム。人名だからである。シェークスピアの喜劇『夏の夜の夢』に登場する織物師ニック・ボトムから取ったもの。ギリシアのアテネ公爵の婚礼にからみ、二組の男女の恋の鞘当てと、婚礼の余興に出演する六人の男たち、それに妖精の王や妖精が人間を翻弄する喜劇である。ボトムは余興者の一人で、妖精のいたずらによりロバの頭にされてしまう男。最初の題は Métamorphoses《メタモルフォズ》変身、だったものを線を引いて消し「ボトム」に替えた、と原文の注記にある。

この詩は次の「34H《アッシュ》」とともに一枚の紙に書かれており、素読みの限りでは七三年一〜三月ごろのものと推測される。マチルドの訴訟事件で、七二年一二月始めランボーは母の厳命でシャルルヴィルに戻る。七三年一月半ば憂うつ症になったヴェルレーヌは、ひそかに送金してランボーを再びロンドンに呼び寄せたころである。ヴェルレーヌに対する彼の批判が、まだ抑制されている気配が詩にある。前作「32運動」にある「流水の並はずれた気まぐれ」という、ヴェルレーヌの気まぐれ批判はまだない。中地義和の解説を見ておく。

『この詩は、さまざまな伝説や先行作品への参照と、寓話やおとぎ話の手法を盛り込みながら、独自の世界を創造してゆく点で、ランボーの書法を典型的に示す一篇である。三度の変身のうち前二者と最後のそれとでは、いくつかの対立点のほかに一人の女対多数の女という対照も認められる。その反面、三度とも動物への変身であり、またいずれも女性を相手とした変身である点では一貫している。末尾の「とうとう最後には郊外のサビナ女たちがこの胸に飛び込んできた」は曖昧で、最初の二度の変身とは逆に解放を意味するのか、あるいはこれも新たな幻滅なのか、明確には述べられていない』と言う。

また鈴村和成は『この詩集中でもっとも性的コノテーション（含意）の強い作品。「ボトム」には「尻」の意もあり、「彼女の熱愛された宝石と彼女の肉体の傑作を支え……」に見られる「宝石」を単純に女性の尻と考えることを妨げるものは何もない』と断じている。「ボトム」に尻の意があるか否かは知らぬが、この詩に性的含意はないと思われるし、「サビナ女たち」の段落が曖昧なものか否か、私の直訳を提示しながら解読に入る。

一～二段落。「私の高貴な性格にとって、現実はあまりにも棘のあるものだ。——それでも私は奥方の家で自分を発見する。青ざめた灰色の大きな鳥が、天井の刳形《くりかた》の方に飛び立とうと、夜の暗がりに翼を引きずっていた。／私は彼女の大好きな宝石と、彼女の肉体的な傑作を支えている天蓋の下部で、紫色の歯茎と苦痛のあまり白くなった体毛の大きな熊であり、両眼は壁に取り付けられた装飾用テーブルの水晶にそして銀貨に」となる。

grand《グラン》 caractère《カラクテル》を、中地は「気高い性格」、斎藤・西条・鈴村は「偉大な性格」、粟津は「大きな性格」としているが、これは「内なる他者」の自負心を示しているもの。「気高い、偉大な」は過剰、「大きな」は自負たりえず、「高貴な」が妥当と思われる。人類の叡知の集積された存在だからである。打算のない「他者」にとって、この世は「あまりにも棘」だらけだった。間を置いて、でも「私は奥方の家で自分を発見する」と言う。ここから変身譚が始まるのだ。me《ム》 trouvai《トルウヴァ》は、私を発見するの意。明確にこの語があるのに、訳者はみな無視。

「奥方の家」は、マチルドの実家モーテ家だと思う。パリ・コミューン壊滅後、ヴェルレーヌ夫妻はモーテ家に寄寓していた。パリに出てきたランボーは、七一年九月一二日ごろから一〇月初旬ごろまで三週間ほど滞在している。粗暴なふるまいでモーテ家から嫌われていたが、猟に出て不在だった義父モーテが一〇月一〇日ごろ帰宅することと、妻マチルドの出産間近の理由で、ヴェルレーヌはシャルル・クロにランボーを預けることになる。ランボーの粗暴は、詩の変革を夢見てきた彼にとり、ブルジョアの反詩的生活が我慢できなかった。挨拶をせず、猪のごとくふるまい、階段下に寝そべるなどの不逞をあらわにしていた。

この詩の対象はマチルドである。和解を試みたヴェルレーヌが厳しく拒絶されていた時期でもある。格好の攻撃対象であった。「青ざめた灰色の大きな鳥が、天井の刳形《くりかた》の方に飛び立とうと、夜の暗がりに翼を引きずっていた」とは？　彼が粗暴に反抗しても、追い出されたらパリでの居場所がない。ヴェルレーヌにたしなめられて、少しはおとなしくしていた筈。それが「青ざめてくすんだ大きな鳥」であった。「天井の刳形」は、自分を抑圧している精神の天井の抉られた隙間を指すが、自在に飛びたち抜けだせる隙間などあるわけがない。その思いで「翼を引きずっていた」だけである。あの生活は屈辱だった、と言いたい含みが裏にある。

「私は彼女の大好きな宝石と、彼女の肉体的な傑作を支えている天蓋の下部で」とは？「天蓋」は、ここではベッドの上にかざす絹傘のことで、「彼女の肉体的傑作を支えている」のは天蓋ではなくベッドである。あえて倒錯した文にしたのだろう。彼の錯乱手法の一つ。「大好きな宝石」と「肉体的傑作」の「天蓋の下部」とは、ブルジョア生活の絹傘の下となる。

「紫色の歯茎と苦痛のあまり白くなった体毛の大きな熊であり」は、chagrin《シャグラン》を中地・斎藤は「悲嘆」、粟津・鈴村は「悲しみ」としているが、この語は、悲しみ、苦痛、不快の意。モーテ家にうっ屈していた彼に、「悲嘆、悲しみ」はなかった。背景に踏み込めぬ訳者たちの適当な訳。「紫色の歯茎」は、貧血だろう。「苦痛のあまり白くなった体毛」は、不逞をたしなめられて忍耐の苦痛のあまり従順になった（白くなった）外形。そんな「大熊」だと言う。

「両眼は壁に取り付けられた装飾用テーブルの水晶にそして銀貨に」は、consoles《コンソル》を、コンソールテーブルの訳では意味不明なため、［壁に取り付けた装飾用テーブル」の意訳が辞典にあるのでそのまま使用。また訳者はみな「水晶や銀の器」としているが、「器」の語はどこにもない。argents《アルジャン》は、銀、銀貨、お金の意。「銀貨」としておく。従順になった大熊の両眼は、壁付き小テーブルの上の水晶や銀貨に、どうしたとは書いていない。見つめていたのか、奪おうとしていたのか、憎悪していたのかは、ここまでは不明である。

三段落。「すべてが互いに陰を作り、燃える水槽となった。朝、――喧嘩好きな六月の夜明け、――私はロバとなって野原を駆けた。私の不満をかん高く振りかざしながら。すると郊外のサビナの女たちまで、私の胸に飛び込んできた。」となる。

中地は「朝」以降を改行し四段落とするが、原文に改行はない。また「あたり一面が闇と化し」は意味不明。Tout《トゥ》 se《ス》 fit《フィ》 ombre《オンブル》 は上から順に、すべて、互いに、作る、陰の意で、「すべてが互いに陰を作り」となる。これはランボーがシャルル・クロ宅を追い出されて浮浪児となり、ヴェルレーヌに救出された後の、七一年一〇〜一二月ごろの情況を語るものと読める。

マチルドはランボーびたりの夫に嫉妬しなじり、ランボー独占で毎夜遅い帰宅のヴェルレーヌは妻に暴行を加えるに至る。そして「燃える水槽」の家庭不和が深まって行った。堪忍袋の切れたマチルドは、息子をつれて南仏の父の郷里に逃避し、パリからランボーを追放しない限り戻らないと夫に突き付けた。ヴェルレーヌは、何とか一度パリを離れてくれとランボーに頼む。ヴェルレーヌ争奪でマチルドに勝ったと思い込んでいたランボーは、悔しさのあまりカルジャ刃傷事件を起こしてパリを離れることになる。これが「すべての互いの陰」であった。

「朝、――喧嘩好きな六月の夜明け、――私はロバとなって野原を駆けた」とは？　マチルドの南仏逃避は七二年一月後半、ランボーのパリ離脱は三月前半、ヴェルレーヌにひそかに呼び戻された彼の再パリは五月〇日ごろ。「六月の夜明け」はその後である。再度のパリは拒絶された詩人たちとの接触もなく、ヴェルレーヌも再就職してたまにしか来ず、五〜六月にかけてこつこつ「新しい韻文詩」を書き溜めていた。うっ屈のあまり南への旅立ちに傾くのが六月末。「喧嘩好きな」はパリ詩壇に敵対する含みで、六月は自己解放の夜明けとなったのだ。

七月八日、意を決したランボーは手紙を持ってヴェルレーヌ宅に向かった。家の近くで妻の薬を買いに出てきた彼とばったり出会う。ならば一緒に旅に出ようとの話になり、そのまま二人の逃避行が始まるのである。まさに「私はロバとなって野原を駆けた」始まりだった。「ロバ」としたのは未成年だからと思われる。「ボトム」とからむのはロバだけだが、符牒が合ってるわけではない。とに角ランボーは待ちに待った「見者行」に入ることになったのである。「私の不満をかん高く振りかざしながら」は、「見者行」に入ってからのこと。この「解読」稿は、その不満の経緯を『イリュミナシオン』の中に見てきた。

「すると郊外のサビナの女たちまで、私の胸に飛び込んできた」とは何?「サビナの女たち」はティチュス・リヴィウスの『ローマ建国史』にある紀元前の伝説に登場する。ロムルスがローマ市を建設した際、女性が不足なため隣国サビナから女性を奪ってきて子孫を増やそうとし、戦争となった。その戦場に割って入ったのが、奪われたサビナの女性たち。虐待どころか手厚い処遇を受けていることを叫んで戦さを止めた。その後ロムルスとサビナの長タティウスが、ローマの共同統治に入ったという伝説である。

「サビナの女たち」に象徴されているのは「仲裁」。仲裁がランボーの「胸に飛び込んできた」とは、彼がそれを望んでいるということになる。「女たち」にこだわって訳者たちには読めていない。中地の言う曖昧さなどはない。ランボーが「不満をかん高く振りかざし」たところで所詮は詩の中、発表の場所や詩集にして世に問わぬ限り、真空の叫びでしかない。パリ詩壇とはどこかで折り合いをつけたい思いが、この時期にはあったのだと思われる。

見者行遂行のためマチルドとの和解はランボーにはない。「変身」として書かれたものだが、変身させられたのが内容。「ボトム」も妖精に変身させられた話。変身譚というほどのものではなかった。鈴村の断ずる性的含意などは、どこにもなかった。

34 H《アッシュ》

ありとあらゆる異形の力がオルタンスの凄絶な動作を犯す。彼女の孤独は官能の機械学にして、彼女の倦怠は愛の動力学。子供たちが見守るなか、彼女は多くの時代において諸民族の熱烈な衛生法であった。彼女の扉は貧しい者たちに開かれている。そこで、今日の人間たちの道徳は、彼女の情熱のなかで、あるいは彼女の行動のなかで、解体される。――おお、血まみれの土の上、たちこめる白い水素のなか、うぶな愛の恐るべき戦慄！　オルタンスを見つけよ。

訳者みな「H」、原題も「H」。中地義和は「アッシュ」のルビだが、辞典では「アシュ」となっている。詩にある「Hortense オルタンス」の女性名の頭文字と、粟津則雄・斎藤正二・西条八十・鈴村和成は注記している。中地義和は『詩集中、最も謎めいた一篇とみなされてきた詩であるが、まさに「謎かけ」の形式を踏んでいる。「オルタンスを見つけよ」という結句は、読者に対する詩人の挑戦である。（中略）読者が発見することを要請されている謎の答えは、一個の事物、観念、または語であるが、それに対し「H」一文字のタイトルと「オルタンス」

の女性名がどういう関係にあるか考えることが、この詩を読み解く鍵になるだろう』と解説。
だが、自分で鍵を解こうとしていない。「H《アシュ》」には同音の読みの「斧hache《アシュ》」がありギロチン台を意味するのではの説や、「オルタンス」＝マスタベーション説の海外研究を並べたて、ランボーの自慰にまつわる詩句を追いかけたりしている。愚かな。素読みの見当で、私はこの詩の対象はマチルドだと思われた。この詩が「最も謎めいた一篇」なら、これを読み解けば難関を越えることになる。直訳を示し解読に入るが、辞典にない語もあり、他訳も参考にした。

「すべての奇怪なものがオルタンスの残忍な身ぶりを粗暴にする。彼女の孤独は機械的な性愛にあり、彼女の倦怠は活発な恋心にある」となる。これはオルタンスの「奇怪なもの」として、「孤独、倦怠」を挙げている文脈である。中地訳は「彼女の孤独は官能の機械学にして、彼女の倦怠は動力学」とし、他訳もみな「機械学、力学」と同じである。原文mécanique《メカニク》は、機械で動く、機械的なの意の形容詞。女性名詞で、機械、機械工学の意もあるが主意ではない。
「動力学、力学」としている原文はdynamique《ディナミク》 amoureuse《アムウルズ》で、前者が活動的な、力学のの意。後者が恋をしている、惚れているの意。明確に形容詞である。名詞では詩意不明である。

「彼女の孤独は機械的な性愛にあり」は、男と女という仕組まれたからくりだけの性愛は孤独を生むのだ、と言いたいのだろう。「彼女の倦怠は活発な恋心にある」は、男欲しさの熱心な恋にくたびれはてた様が彼女の倦怠だ、との断定である。特に「奇怪なもの」ではないが、ランボーは「奇怪」と括りたかったのだ。夫婦愛《アムール》を否定し、友愛《シャリテ》こそ高度な愛だという見者思想を、このときはまだ信念として抱いていたからである。「オルタンスの残忍な身ぶりを粗暴にする」は、情け容赦ない振るまいを一層荒々しくすることだが、これは別居訴訟と賠償金請求の挙に出たマチルドが、ヴェルレーヌの和解もはねつけた頑なさを指しているのだ。

「少女期はある監視の下に、彼女は多くの時代の夏を持ち、諸人種への熱い衛生であった。彼女の扉は貧困に向かって開かれていた。そこで存在する今日の道徳心は、彼女の情熱または彼女の行動の中で解体する」と続く。前段で「残忍、粗暴」を非難し、ここでは少女期の道徳心を褒めている。研究者も訳者もこの否定・肯定の落差が、「オルタンス」同様に謎だった筈だ。これには次のエピソードがからむのだと思われる。

ランボーとベルギーに逃避したヴェルレーヌは、警官の追跡を逃がれここまできた、ついてはコミューンの歴史を書きたいので部屋にある資料を送ってくれ、とマチルドに手紙する。彼女は鍵のある引出しもこじ開け、ランボーの手紙を発見。彼との逃亡とわかってしまう。ランボーは許しがたいが、コミューンの歴史を書きたいなら、ミッシェルが流刑された太平洋上の仏領ニューカレドニアに行ってもいいと思い、夫を取り戻しにベルギーに向かったのである。

ルイズ・ミッシェルは学校の恩師であり、コミューンの女性闘士の筆頭であった。ランボーも知っていた。ミッシェルの許へ行く話は、彼女がベルギーへ着いた折聞かされたものと思う。でなければ「彼女の扉は貧困に向かって開かれていた」は出てこない。少女期はミッシェルの教育の下に多くの健康な夏を持ち、人種を越えた衛生的道徳心を熱く抱いていた。心は貧者に開かれていた。だがその心は、現在の彼女の情熱や行動の中で消滅している、となる。

原文に「été《エテ》夏」の語があるのに訳者はみな無視。また「hygiène《イジエヌ》衛生」を「衛生法、衛生学」とみなが訳しているのは行きすぎ。彼女の少女期と現在を比較している文脈なのに、読めない詩文になっている。ニューカレドニアには、ミッシェルほか三〇〇人余が流刑された。マチルドの思いは、コミューンの人たちと暮らしてもいいということである。「今日の道徳心は彼女の情熱や行動の中で解体する」は、客観性を欠いたランボーの決め付け。彼にとってマチルドは見者行の邪魔者だった。「décorpore」は辞典になく、訳者みなの「解体」を借りた。

最後に「――おお、血まみれの土地の上に、透明な水素の中を、初心《うぶ》な愛の恐ろしい戦慄！オルタンスを見つけよ」となる。「血まみれの土地」は、コミューンが犠牲を払った土地である。「clarteux」も辞典になく、原文注記に「モーゼル県の方言」とあった。彼の郷里の隣県である。類似の clarté《クラルテ》には、明かり、透明、輝くの意。訳者たちは「輝く、光、白い」だが、私は「透明」とした。水素は無色である。「透明な水素の中」とは、ブルジョアの安泰な家庭の中と読めてくる。「初心《うぶ》な愛の恐ろしい戦慄！」は、男に初めて裏切られた女の激しい復讐心となる。「オルタンスを見つけよ」は、「読者に対する挑戦」などではない。オルタンスという嫉妬に狂った女がいた、見つけてみな、ぐらいの含みである。

「H《アシュ》」は、オルタンスの頭文字以外ではない。彼の錯乱戦法である。自慰行為の片鱗などどこにもなかった。彼はマチルドにけりをつけておきたかっただけと思われる。

35　妖精譚《フェアリー》

エレーヌのために、汚れない木陰のなかの装飾的な樹液と、星の沈黙のなかの冷やかな光が共謀した。夏の灼熱はもの言わぬ鳥たちに託され、不可欠なけだるさは、死んだ愛と色褪せた香りに満ちた入江を行く、高価極まりない一艘の喪の舟に託された。

――ひとしきり、木こり女たちの歌声が、切り倒された林の下の早瀬のざわめきに混じり、家畜たちの首につけた鈴の音が谷間にこだまし、大草原に叫び声がとどろいたあとで。――エレーヌの幼年のために、毛皮と影が震えた、――それに、貧しい者たちの胸が、空の伝説が。

そうして、宝石の輝きよりも、冷たい天体感応よりも、比類ない書き割りやまたとないひと時の喜びよりも、なおすばらしい彼女の目、また彼女のダンス。

粟津則雄・斎藤正二は「妖精」、鈴村和成は「フェアリイ」、西条八十は不採用。原題Fairyは、英語で妖精の意。仏語の妖精はfée《フェ》である。中地義和は『「エレーヌ」の名が担っている文化的記憶は、第一にギリシア神話のトロイア戦争の発端となった美女ヘレネーであるが、他にもロンサールの「エレーヌのためのソネット」、シェイクスピアの「終わりよければすべてよし」のヘレナ、オッフェンバックの「麗しのエレーヌ」、ポーの詩の「ヘレンに」、マラルメの「エロディヤード」などからの着想の可能性を考える人々がいる』と解説している。

また斎藤は『この作品は「戦い／霊魔／青春／大売出し」と一緒に、一八九五年にヴァニエ書店から出版された。……詩集中の傑作と看做されている』と注記している。この詩が「青春／大売出し」と一緒ということは、四度目の渡英で行動をともにしたヌーヴォーが逃げ帰り、七四年八月にスカーバラで家庭教師の職について「岬」を書き、一か月ほどで解職されたと推測されるから九月以降の作と思われる。詩には友人関係の断たれた孤影がある。

「エレーヌ Hélère」は、中地説のギリシア神話「ヘレネ Herené」からの着想だろう。他作品からの影響はないと思われる。詩はヘレネに関係ないからだ。ヘレネは神話中の絶世の美女である。スパルタ王テュンダレオスの妻レダが、白鳥に化けたゼウスとの間に産んだ娘。求婚者が殺到し、トロイアの王子に略奪されてトロイア戦争となったほどの存在である。ヘレネの象徴は「美の女王」である。ランボーは「6美しい存在」で「内なる他者」を「美の母」と呼んだ。美を生む最高の存在である。「エレーヌ」も私には「他者」の言い替えと思われる。一通り原文に当たったが、イメージが読めない難物。まがりなりの直訳を掲げ、解読に入る。

一段落。「汚れのない影絵の中の装飾的な樹液と星の沈黙の冷静な光が、エレーヌのために共謀した。夏の厳しい暑さは、口のきけない鳥たちに委ねられた。そして必要とされる怠惰は、死んだ愛と崩れ落ちた雰囲気の入り江を通り、価値のない喪の小舟に。」となる。

まず単語を吟味する。ombres《オンブル》は、［複数形で］影絵の意。sがなければ、陰、日陰、影の意である。中地・粟津・斎藤は「木陰」。「樹液」の語が続いてあるからだろう。鈴村は「影」。私は辞典に準じる。parfums《パルファン》 affaisses《アフェセ》は、前者が香り、香気、雰囲気の意。後者がくぼむ、たわむ、崩れ落ちた、参ったの意。「崩れ落ちた雰囲気」とした。中地は「色褪せた香り」、粟津は「薄れた香」、斎藤は「うすれた香気」、鈴村は「衰えた薫り」。私も始めは「香り」としたが、映像が不透明になるばかり。中地の「高価極まりない」は誤訳。sans《サン》 prix《プリ》は、前者が…のない、後者が価格、値打ちの意。「価値のない」の否定文である。

「汚れのない影絵の中の装飾的な樹液」とは？ まずornamentalesは英語で、装飾的な、装飾用のの意。「装飾的な」は、実際的には役立たぬの含みだろう。「汚れのない影絵」は、実体がなく現実の汚れのない「内なる他者」を指すようだ。その中の「装飾的な樹液」は、「他者」の意志に従属して生きる「素顔のランボー」となる。「星の沈黙の冷静な光」はぶれない光、「科学」と思われる。科学革命は一七世紀の西欧に起きた。「素顔」と「科学」が「エレーヌのために共謀した」とは？ 従属する「素顔」が科学知識を動員してエレーヌの存在を守ろうと努めた、となるのだろう。美の女王に科学欠如の含みが裏にある。「共謀」は錯乱的幻術である。詩の文脈はエレーヌのために流れている。

「夏の厳しい暑さは、口のきけない鳥たちに委ねられた」とは？ 「夏の厳しい暑さ」は、現実の政治情況だろう。七三年五月二四日、パリ・コミューンを虐殺・鎮圧したティエール大統領が失却し、後任にマクマオン元帥が浮上して王政復古を画策した。ランボーが「酔いどれ船」の一日前に書いた、「山羊の屁男爵の手紙」で痛烈に諷刺した当人と思われる。復古政治家、軍人、聖職者、ブルジョアがのさばるやり切れぬ情況は、「口のきけない鳥たちに委ねられた」とは、批判力を持たない一般市民や労働者たちに任せられたと言うこと。何時の日かうっ憤の破裂を願いながら、となるのだろう。

「そして必要とされる怠惰は、死んだ愛と崩れ落ちた雰囲気の入り江を通り、価値のない喪の小舟に」とは？ indolence《アンドランス》は、不精、怠惰、無気力の意。それが「必要とされる」とは、情況からの離反。言い替えれば「怠惰」を装う反骨精神だろう。「死んだ愛」は、ヴェルレーヌと築こうとした「友愛《シャリテ》」だと思われる。ランボーの抱いた唯一の愛であった。「崩れ落ちた雰囲気の入り江」は、「見者詩人」を目指した入り江となる。ヴェルレーヌとの訣別により、この道も断たれた。何よりも自力で食わねばならない。「他者」に従属して生きることも出来なくなった。崩れ落ちた入り江を通り、「価値のない喪の小舟に」とは、喪中にも類似した生活という小舟に乗り、「怠惰」を装おうとする反骨精神もままならない、との文意となる。

二段落。「——樵《きこり》の女たちの歌の時は、崩壊した森の下の急流のざわめきに、家畜の鈴の鳴る音の谷間のこだまに、そして大草原の叫び声の後に。——」となる。この間奏曲めいた独白は何だろう。「樵の女たちの歌の時」の孕むものが読めなければ、先へは進めない。

「崩壊した森」は、パリ・コミューンの壊滅と思われる。ランボーの生きざまから見ればそれしかない。その「下の急流のざわめきに」は、壊滅後の政治情況のざわめきだろう。rumeur《リュムル》は、ざわめき、不満の声、不穏な気配の意。不満を含むざわめきは、政治情況下のものである。「家畜の鈴の鳴る音の谷間のこだまに」とは？ bestiaux《ベスティオ》は、［大型の］家畜の意。牛や馬の鈴の音となる。その音の谷間にひびくこだまとは、伸びやかな平穏な世界である。

「そして大草原の叫び声の後に」とは？ cris《クリ》は、叫び声、声高な意見、内心の叫びの意の複数。大草原は広い世界。広い世界の声高な意見も含む叫び声とは、この世の変革を望む声だと言える。その「後」に「樵の女たちの歌の時」がやってくる、となるようだ。「樵」はそもそも男の世界である。「樵の女たちの歌の時」とは、女たちがまだ歌を歌えていないことを示している。中地訳は「木こりの女たちの歌声が」と、すでに歌っている情況にしているが誤訳。この世の変革を望む叫び声の後に、「樵の女たちの歌の時」がやってくるとは、男女平等思想の提起だと思う。それは政治情況下のざわめきにもあり、谷間にこだまする家畜たちの鈴の音にもあるものだ、との文意になるのだと思う。中地訳は「時 moment《モマン》」を無視している。

三段落。「エレーヌの少女時代のために、毛並みと影絵が震えた――そして貧しい乳房、そして空の伝説。」となる。fourrures《フウリユル》は、毛皮、［動物の］毛並みの意。中地・鈴村は「毛皮」、栗津・斎藤は「薮」。この語に「薮」の意はないから勝手な意訳である。「毛皮」も詩意が見えず「毛並み」とした。仏和大辞典には「見事な毛並み」ともある。

「エレーヌの少女時代」とは、「内なる他者」の少女期となるが、人類の遠い彼方からきた「他者」の少女期など、ランボーが知る由もない。少女期を思い起こして「毛並みと影絵が震えた」とは、「他者」自身の回想の形である。始めに「汚れのない影絵」を、私は「他者」と読んだ。また美・愛・叡知を備えた「見事な毛並み」の存在でもある。回想して「震えた」のはランボーの創造であり、自分の少年期を重ねてのやり切れぬ震えでもあるようだ。「そして貧しい乳房」は、少女なら当然。「そして空の伝説」は、数知れぬ神話・説話をくぐり抜けてきた「他者」の経緯の暗示と思われる。「他者」しか知り得ぬものだ。

四段落。「そして優れた彼女の目と彼女の踊りは、再び貴重なまばゆいばかりの輝きに、冷たい影響力に、舞台背景と唯一の時間の楽しみに。」となる。ランボー内部に出現した現在形のエレーヌの存在感である。

四度目の渡英で食うために追われ、「他者」はあまり顕在化した気配がない。この詩も「素顔」の作であり、エレーヌへの褒め言葉は追憶的願望とさえ言える。美の女王であるエレーヌの目や踊りの仕草は、まばゆいばかりのものだ。美しすぎて冷たくもある。顕在化したときの舞台背景は、まさにその通り。顕在化は唯一の時間ゆえ、遭遇が楽しみ。エレーヌに代わってランボーがそう語っている。「エレーヌ」の呼称も、「他者」の顕在化を待ち望む彼の心配りなのだと思われる。暗喩の鈍さがあり難渋したが、何とか読み解くことができた。

36　戦争

子供のころ、ある種の空が私の視覚を研ぎ澄ました。あらゆる性格が私の顔つきに陰影を加えた。〈異変〉が沸き起こった。——今では、一風変わった子供っぽさや並外れた愛情にとらわれることもなくなって、あらゆる市民的成功を被っているこの世界で、一瞬一瞬の永遠の屈折と数学の無限とが、私を駆り立てている。——私はある〈戦争〉を、まったく意外な論理に貫かれた、権利としての、あるいは力づくの〈戦争〉を、考えている。

それは音楽の一節と同じくらいに単純なのだ。

粟津則雄は「戦」、斎藤正二は「戦い」、西条八十・鈴村和成は「戦争」である。原題Guerre《ゲル》は、戦争の意。原文では「妖精Ⅰ」の次に「Ⅱ戦争」となっている。同じ時期の続きものの形だが、内容は異なる。彼にとっては同じ気分のものだったのだと思われる。

これも「妖精譚」同様「素顔」の作である。中地・粟津・斎藤・西条・鈴村の訳を読み比べたとき、「素顔」が挑もうとする「戦争」を不透明な膜でくるんで謎とし、視線はおれに集まれとばかりのランボーの傲慢を感じた。原文の単語に当たってみて、訳者みながひどい誤訳をしているのだと判明。短い詩なのに、作ったときの背景や心理を考慮しない訳者たちは、妥当な訳語を選択できていないのだ。まず直訳全文を挙げ、解読に入る。

子供のころ、ある人たちの宇宙が、私の視覚を練り上げてくれた。あらゆる性格が私の顔つきを含みのあるものにした。いろいろな現象が、自分の心を動かした。——今では、さまざまな時の永遠の屈折と数学の無限が、私をその世界に追い立てる。私は市民の成功のすべてを耐え忍ぶ。尊敬したのは、奇妙な少年時代と並外れた愛情。——私はある戦争をすることが夢である。権利としてのまたは精神力としての、非常に思いがけない論理としてのそれを。

これは音楽の一小節ということと同様に単純なことだ。

「子供のころ」とは、詩を書き出した中学時代を指すだろう。そのころ「ある人たちの宇宙が、私の視覚を練り上げてくれた」とは、社会主義者の思想が、私の物事を見る眼を磨いてくれた、である。それが社会主義革命を望んだ「鳥たち」に、権力やブルジョアを罵倒した「坐ったやつら」に実を結んだ。普仏戦争末期の七一年二月である。certains《セルタン》は、s付き複数ゆえ不定代名詞となり、ある人たちの意と辞典に明記されている。単数なら形容詞、確実なの意。ciels《スイエル》は、空、宇宙の意。複数は、強意または文学的用法、とこれも明記されている。中地・鈴村は「ある種の空が」、斎藤・西条は「どことも知れぬ空が」、粟津は「諸国の空が」である。不確かな空、語意も無視し何の疑念もない。「空」より「宇宙」が文学的用法と言える。

「あらゆる性格が、わたしの顔つきを含みのあるものにした」とは、接した多様な他人の性格が、私の表情を複雑なものにした、である。これは誰にでもあることだが、人並外れた彼には落差のあるものだったろう。nuancèrent は、後尾の rent の付いたものが辞典にない。現在分詞を示すものと思われる。それがなければ「ニュアンセ」で、ニュアンスに富んだ、含みのある、陰影のあるの意。中地・斎藤・西条は「陰影」、粟津は「かげ」、鈴村は「ニュアンス」、私は「含み」とした。次の「いろいろな現象が、自分の心を動かした」も、特別なことではない。だが、詩や思想に目覚めた少年の彼には、多様なことが去来したものだろう。

「――今では、さまざまな時の永遠の屈折と数学の無限が、私をその世界に追い立てる」とは？　現在の情況。「さまざまな時の永遠の屈折」は、細々した「時」でなく、歴史の「時」と思われる。普仏戦争敗北による帝政崩壊、第三共和制復活、パリ・コミューン蜂起と壊滅などは、ランボーの高い関心事であり、「時の永遠の屈折」であった。

それと「数学の無限が、私をその世界に追い立てる」とは？　例として「日本の数の単位」を挙げる。徳川時代に出版の『塵劫記《じんごうき》』にあるもの。「10^{11}兆、10^{15}京《けい》、10^{19}垓《がい》」と続き、もっと上は10^{51}恒河沙《こうがしゃ》」で、ガンジス河の砂の数ほどの意。究極は「10^{63}不可思議、10^{67}無量大数」である。「無限」と言える世界だ。欧州では数学は科学の基本であった。日本よりもっと論理的に、数学の科学の無限が見えていた筈である。永遠に屈折する歴史の時や科学の無限の世界に急き立てられるとは、人間の生きざまを問うことに変じていく。

中地は「一瞬一瞬の永遠の屈折と数学の無限が、私を駆り立てている」、粟津は「時の永劫変らぬ抑揚と数学の無限が、おれを追い立てる」、斎藤は「さまざまな瞬間の永劫不易《えいごうふえき》なる屈折と、さまざまな数学的無限とが、おれをこの世界の中に駆り立てる」、西条は「瞬間の永遠に変らぬ屈折と数理の無限が、おれをこの世界の中に駆り立てる」、鈴村は「瞬間の永遠の屈折、数学の無限が、この世界へと俺を狩りたてる」である。moments《モマン》は、瞬間、時の意。粟津のみが「時」で他はみな「瞬間」。これはもっとも細ごました「時」で、「歴史」の把握には至らない。また chassent《シャセン》は、狩る、追い出すの意。「駆り立てる」は微妙ながら違う。

「私は市民の成功のすべてを耐え忍ぶ」、ここが誤訳のもっともひどい箇所だった。中地は「あらゆる市民的成功を被っているこの世で」、粟津は「あらゆる市民的成功を受けているこの世界のなかで」、斎藤は「あらゆるこの世で」、粟津は「あらゆる市民的成功を背負いこまされているのだ」、西条は「あらゆる市民的成功をうけている」、鈴村は「あらゆる成功を背負いこまされているのだ」である。訳者みな「市民的成功」をランボーのものとしている。subis《スユビ》は、[被害などを]受ける、[目的語なしで]耐え忍ぶ、[いやな人を]我慢するの意の複数。「成功」は被害ではないから、この「受ける」は使わない。詩句に目的語がないから「耐え忍ぶ」が真っ当であり、ランボーの心理そのものである。彼は市民の成功や立身出世を横目に耐えながら生きたアウトサイダーであった。

「尊敬したのは、奇妙な少年時代と並外れた愛情」とは？　ぶっきら棒すぎて訳者たちは途惑ったようだ。中地は「一風変わった子供っぽさや並外れた愛情にとらわれることもなくなって」、粟津は「おれが奇怪な少年時代と途方もない愛情に敬われながら」、斎藤は「おれは奇怪な子供らしさと途方もない愛とによって大事にされながら」、西条は「おれは奇怪な少年時代と途方もない愛とで敬われながら」、鈴村は「奇怪な少年時と大いなる愛のゆえに尊敬をかち得たこの世界へと」である。中地は「尊敬」を無視。他は彼が「尊敬」された訳。また「奇怪な」は過剰。étrange《エトランジュ》は、奇妙な、不思議な、奇怪なの意だが、「奇妙な」が妥当。respecté《レスペクテ》は、尊敬するの意の過去分詞で、尊敬したの意である。彼が尊敬したのであり、されたのではない。対象は「内なる他者」である。「奇妙な少年時代」について、友人ドラエーの証言がある。「彼がシャルルヴィルの街中をまっすぐ歩いていくのを、何度も見かけましたが、歩きぶりが機械的で、背筋をぴんと伸ばし、眼を昂然と揚げ、頬は紅潮し、眼はじっと一点を見つめて、どこか遠くへ据えられているようでした」（中安ちか子・湯浅博雄訳）である。これは憑依現象を示すもの。「他者」が内部に顕在化し、彼を支配し操作している情況である。彼もそれを承知しており、尊敬もしていたのである。

「並外れた愛情」も「他者」が発するもの。それもランボー一人に注がれていた。彼を通じてヴェルレーヌにも友愛《シャリテ》の愛が届く筈だったが、「他者」の愛がそこまで及ぶと思い込んだのは、彼の一人勝手である。そして溝を深め、訣別した。「並外れた愛情」は他人の感知できぬもの。「尊敬」も「愛情」も公言することでもないから、ぶっきら棒なのだと思われる。

「――私はある戦争をすることが夢である。権利としてのまたは精神力としての、非常に思いがけない論理としてのそれを」とは？　ヴェルレーヌとの訣別により「見者」の道は絶たれた。パリ詩壇の村八分も厳しい。生きるために働かねばならない。それらを引きずって「戦争」をしたいとは、やはり「見者」を目指す詩を書き続けること以外にはない。それは自分の「権利」であり、「精神力」持続の問題である。「非常に思いがけない論理」とは何だろう？　誰がどう否定しようと私は詩人だという論理によって戦いたい、絞り上げられる思いはそれに尽きると思われる。「非常に思いがけない」は、彼の錯乱戦法だろう。

「これは音楽の一小節ということと同様に単純なことだ」は、私のこれまでの生きざまからして詩人として戦い続けるのは当然なことだ、の意となる。「非常に思いがけない」が錯乱でなければ、音楽の一節同様に「単純なこと」とは言える筈がない。

前作「妖精譚」は、暫く顕在化していない「他者」の出現を念ずる呼びかけであった。「戦争」は「他者」が顕在化しなくとも戦い続けて行くしかない、と吐露したものになっている。短い詩ゆえ五人の訳を並べ上げた。いかにひどい訳がまかり通っていたかの見本として。

37 青春

Ⅰ 日曜日

計算を脇にやれば、天の避けがたい降下と、思い出の来訪と、リズムのひと時が、仕まいと、頭と、精神の世界を占領する。

――一頭の馬が、炭素ペストにあちこち刺し抜かれて、郊外の競馬場を、ついで畑や植林地伝いに、一目散に逃げてゆく。世界のどこかで、劇《ドラマ》の人物めいた一人の哀れな女が、自分が捨てられるというありそうにもない状況に、思いを焦がしている。命知らずの無法者たちが、嵐と、陶酔と、負傷を待ち望んでいる。幼い子供たちが川べりで、呪いの言葉をこらえて息を詰まらせている。――

また研究に取りかかろう、群れなすものどもの中にふたたび集結し浮上してくる、あの心身を擦り減らす作品のざわめきを聞きながら。

Ⅱ ソネ

尋常な体つきの男よ、肉は、
果樹園に垂れ下がった一個の果実ではなかったか、——おお、
子供のころの日々！　——肉体は惜しみなく費やす宝ではなかったか、——おお、
愛することはプシューケーの危難かそれとも力か？　地上には
王侯や芸術家に満ち満ちた斜面があったが、
後裔や種族が君たちを罪と喪に
追い立てた。世界は君たちの運命にして
危難。だが今や、この労苦が果たされたのだから、——ほら、君の計算も、
——ほら、君の焦燥も、——ただもう、固定されも強制されもしない
君たちのダンスであり声なのだ。もっとも、それらは——映像など持たない、
世界中の友愛に満ちて慎ましやかな人々のなかでの——
発明と成功という二つのできごとの（＋）
理由なのだが。力と権利が、今やっと評価された
ダンスと声とを反映している。

教訓的な声は追いやられ……肉体の無邪気さは苦い思いとともに鎮静し……――アダージョ――　ああ！　思春期の限りないエゴイズム、勤勉なオプティミズム。あの夏、世界は何と花々に満ちていたことか！　歌も形態も消えてゆき……　――無力と放心を和らげるために、コーラスを！　コップのコーラス、夜の旋律のコーラスを……　現に神経は、今にも浮遊しはじめそうだ。

Ⅳ

お前はまだアントワーヌの誘惑の辺りでぐずぐずしている。尻すぼみな情熱の戯れ、子供じみた誇りを表わす引き攣り、憔悴、そして恐怖。

だがお前はあの仕事に取りかかるのだ。和声的、建築的な可能性のすべてが、お前の座席の回りで動き出すだろう。思いがけない、非のうちどころなくすばらしい生き物たちが、お前の経験に差し出されるだろう。お前の周囲には、もの珍しい昔の群衆や懶惰《らんだ》な奢侈《しゃし》が、夢見るように流れ入るだろう。お前の記憶もお前の五感も、お前の創造的衝動を養う糧でしかないだろう。世界はといえば、お前が出てゆくときにはどうなっているだろう？　ともかくも、今の外観は何一つとどめていないだろう。

粟津則雄は「若い日々」、斎藤正二・西条八十・鈴村和成は「青春」。原題 Jeunesse《ジウネス》 は、青春時代、若いころの意。中地義和の解説に『「青春」は、一八九五年のヴァニエ版『ランボー全詩集』にはじめて発表された五篇中の一篇である。草稿を見ると、Iだけが透かし筋の入った青い紙に、II〜IVは透かし筋のない白い紙に清書され、後者は同一の紙に書かれてはいても字体や字の大きさが異なっている。またIの番号の上部に、別のインクで総題「青春」が書き加えられている。これらの点から、四つのテクストは別々に作られたのちに「青春」としてまとめられたもので、清書の時期にもおそらくずれがあることがわかる』とある。

別々に書かれた可能性は高いと思われる。「III二十歳」があるから、この詩は七四年一〇月以降の作である。一〇月二〇日が誕生日。成人を迎える前後に「青春」を回想したものとなる。八月にスカーバラで家庭教師の職を得たが、ひと月余で解雇され、その後の消息はロンドンの西六〇キロ余のリーディング市のフランス語学院にいたことがわかる。一一月九日の『タイムズ』に、仏語も英語もできるパリジャンが「南方またはアジア諸国の旅行を望んでいる紳士・家族のコンパニオンを務めます」という住所つきの広告を載せたことによるものだ。フランス語学院で講師をしていた。いつからかは不明だが、一〇月にはそこにいたと思われる。

中地訳を読んだだけでも、彼が追い詰められた情況下のものであることがわかる。だが他訳も含め、背景も心理も考慮のない誤訳が多いので、節ごとに私の直訳を示し解読に入る。まず

「Ⅰ日曜日」。

さまざまな予測を脇にすれば、天は避けがたく下降し、そしていろいろな思い出と多くのリズムに費やした時間が訪ずれ、住まいや頭と精神の世界を占拠する。

一頭の馬が、郊外の競馬場の方へ一目散に逃げて行く。炭酸のペストにあちこち突さ破られて、長い耕作地を、植林を。ドラマの中の一人の惨めな女が、世界の中になんらかの分け前があると思い、ありそうもないことと見捨てた後で溜め息をつく。無法者たちの活気のない波乱の後に、酔いと負傷。年少の子供たちは、長い小川で呪いの言葉によって窒息しそうである。――

研究を再び始めよう。大衆の中に再び集まり再びのぼる、やむことのない仕事の噂に。

calculs《カルキュル》は、計算、予測の意。中地・粟津・斎藤は「計算」、鈴村は「銭金勘定」、西条は訳なし。複数ゆえ「さまざまな予測」と私はした。初っぱなから「計算、銭金勘定」は文脈に合わない。今後の「予測」を脇によけても「天は避けがたく下降し」とは、おれの生きる情況はますます悪くなるばかり、の意である。そして順調だったいろいろな「思い出」と、多くの「リズム（詩）」をものにしたときが思い出されて、今の暮らし（住まい）や「頭と精神」を麻痺させる、と言ってるのである。

郊外競馬場の方へ一目散に逃げる「一頭の馬」とは？　ランボーの「内なる他者」だと思われる。他に該当するものなし。carbonique《カルボニク》は、炭酸ガスの意。pesteは、ペストである。中地・鈴村は「炭素ペスト」、粟津は「炭素病」、斎藤は「炭化ペスト」とした。炭素も炭化も綴りは異なる。炭素ペストなどの語もあり得ない。苦しまぎれな訳。「炭酸のペストにあちこち突き破られて」は、弱酸の伝染病、つまりそれほど強烈でもない妨害にあちこち痛手を負って、ともなろうか。「長い耕作地を、植林を」は、ランボーという耕作地・植林だろう。「7生活」に「十二歳のときに閉じ込められた屋根裏部屋」の詩句がある。彼一二歳から「他者」が潜入したことを証かす言葉。詩人としての長い耕作地。その過去へ逃げ去ったことになる。

次は惨めな女の話に急転。劇中の一人の女が、この世には私にも分け前がある筈だと思い、だが何もなさそうだとわかって溜め息をつく、惨めだと。「女」としているが、これはランボー自身の心境である。最も頼りの「他者」に逃げられ、生きるための仕事もままならなければ当然の結果だった。職につけとの母に逆らい、中学中退で詩人になったが、ヴェルレーヌとの訣別でその道も行き詰まりである。安易な分け前などないことを思い知らされている。

「無法者たちの活気のない波乱の後に、酔いと負傷」とは？　desperadoesは英語で、無法者、命知らずの意の複数。「無法者たち」も錯乱用語でランボーのこと。無気力なやけっぱちの後は、悪酔いといつか知らずの傷のあちこち、と吐露しているもの。「年少の子供たちは、長い小川で呪いの言葉によって窒息しそうである」とは？　対象の目先を変えているが、「年少の子供たち」もランボーのこと。「長い小川」は本流に至るまでの小川で、自立に至る前の小遣い稼ぎの道の暗喩。「長い小川」と感じている。「呪いの言葉」は何だろう？「他者」の言葉と思われる。『地獄の一季節』に吐き出された彼の言葉は、自立を目指す男には「窒息」に値するからだ。「一切の悪徳、怒り、淫乱——すばらしいものだ」（悪い血）など。

「研究を再び始めよう。大衆の中に再び集まり再びのぼる、やむことのない仕事の噂に」とは？　再び始めてみたい「研究」も、「見者詩人」を目指す道しかない。「他者」に逃げられた後では容易でない筈だが、「他者」が残した方法論や詩法はある、との思いと思われる。「大衆の中に……仕事の噂に」は、彼の願望でしかない。「詩人」と言わず「大衆」としたのがその証拠。詩人にもわからぬ「見者」を目指す詩が、「大衆」の口の端にのぼるわけがない。だがいつの日か、「見者」を目指した詩人としての時期が、多くの人の噂になって欲しいの思いが強くある。生きるための自立と既成価値攪乱の詩人の道が、煮え切らず混在している。

節題「I日曜日」は何か？　ランボー内部の休日だろう。言い替えれば「他者」の不在である。「炭酸のペストに……」で、「それほど強烈でもない妨害にあちこち痛手を負って」と解読した。「他者」と「素顔」が激しく葛藤した『地獄の一季節』詩集を作った折は、まだ昂揚感があった。パリ詩人にそれを見せ付ける思いで出向いたが、ヴェルレーヌを不幸にした男として完全に無視された。その後詩に対する気力が落ち、ヌーヴォーと四度目のロンドン行きもしたが、「他者」は顕在化しなくなったのである。無視ぐらいの妨害で何で……の思いが、「素顔」にあったことになる。次「Ⅱソネ」に入る。

普通の体格をした男よ、その肉は果樹園の中に吊り下げられた一つの果実ではなかったか、――おお、子供のころの日々！　肉体は惜しげもなく与える宝。――おお、愛するとはプシケの危難または能力？　この世は王侯たちや芸術家たちに、よく肥えた幾つかの斜面を持っている。そして子孫や民族が、あなたがたを犯罪と不幸に追いやった。世界はあなたがたの財産にしてあなたがたの危難。ところで今ではあの辛苦も報われて、君よ君の予測、君よ君のいら立ち、――それも今では、もはや固定されたものでも強制されたものでもない、君たちの踊りと君たちの声でしかない。とはいえ発明と成功の二重の出来事は理性、――映像なしに森羅万象によって、愛情の豊かさと慎しみ深さを人類に。――能力と権利が今やっと高く評価され、踊りと声に反射している。

「ソネ」はソネットの仏語読み。ソネットは一四行詩だからと、中地訳は勝手に行分けしている。原文は行分け一切なし。また「――」の間が二か所も多い。〽出しゃばりお米《よね》である。始めにある肩点の「男 Homme《オム》」は、原文はイタリック体で強調されている。中地は「肉は、果樹園に垂れ下がった一個の果実」と絡めて、この「男」は『のちに「君」と呼び換えられる話者に向けられているが、また人類最初のアダムのイメージも重なっている。……「果樹園」

の「一個の果実」は、無限の可能性を秘めた無垢の肉体のたとえであるが、エデンの園の禁断の木の実が透かし見える』と解説している。文は少し圧縮した。

人類最初の「男」も「果樹園」も旧約聖書の仮空の話。ランボーが宗教神話にイメージを託すわけがない。アダムは粘土から創られた男。「普通の体格」と言えたものか否かの吟味もない。「男」は男一般を指すように見せながら、ランボー自身と思われる。「その肉」は果樹園に成る果実と同様ではなかったかなど、男一般に言えることではないからだ。「おお、子供のころの日々！」の感嘆符付きも、子供一般ではなくランボーの少年時代となる。「肉体は惜しげもなく与える宝」は、果樹園の果実同様に、他人に提供して喜んでもらう存在だったの意となる。そんな思いは「素顔」のもの。「他者」ならお人好しの奉仕精神など抱かない。

「おお、愛するとはプシケの危難または能力？」とは、肉体を与える行為が「愛」だったことになる。「プシケ」はギリシア神話のプシュケである。ある王の三人娘の末っ子。大変な美しさに美の女神アプロディテが嫉妬し、息子のエロスに彼の弓矢で豚飼いの男に恋させよと命じた。エロスはプシュケに近づいたが、誤まって自分がかすり傷を負い、プシュケに恋する羽目となる。エロスは神。神は人と交わるとき姿を見せてはならない。夜な夜な寝所を訪れて彼女を抱いたが、彼女は一度も彼の姿を見たこともない。でも最高に幸せだった。

姉たちに話したら、それは恐ろしい怪物ではないかなどの疑念をそそのかされ、がまんできなくなったプシュケはある夜、ローソクに火をともして彼を見た。想像もできない美しい青年だった。エロスは彼女を見、深い悲しみと憐みの表情。彼女は気を失って倒れた。気付いたときには、彼から与えられた城も消え失せ、雑草と茨の中にいた。その日からプシュケは森をさまよい、彼を探し続けた。物語の概略だが、「プシケの危難」は愛のあまりの疑念であり、「能力」は彼を探し求める献身的な愛を指すのだろう。「肉体は惜しげもなく与える宝」の具体例である。「?」が付いているのは「愛する」ことへの疑念となっている。

「この世は王侯たちや芸術家たちに、よく肥えた幾つかの斜面を持っている」とは、この世は権力者や芸術家に都合のいい（よく肥えた）歴史（斜面）を持っている、の意となる。「斜面」が歴史であることは、続く文脈が証かしている。「芸術家」は歴史を左右できる者ではないが、権力に迎合しうまい汁を吸ってきた反感的存在として上げたのだと思われる。

「そして子孫や民族が、あなたがたを犯罪と不幸に追いやった」とは？　権力者たちの末裔や種族たちが、権力者たちを犯罪と不幸に貶めた、ということ。だから「世界はあなたがたの財産にしてあなたがたの危難」の詩句が続く。世界は権力者たちの財宝であり、災難の種でもある、というのだ。votre《ヴォトル》は、あなたがたの、君たちのの意。中地は「君たちの」としたが、私は「あなたがたの」とした。この後に続く「君たちの」と区別するためである。

「ところで今ではあの辛苦も報われて、君よ君の予測、君よ君のいら立ち」ここが問題だった。行替えなしの追い込みだが、出だしのMais《メ》は、しかし、だが、だっての意。加えて、「文頭で、話題を転じて」ところでの意もある。中地・粟津・斎藤・西条は「だが」、鈴村は「しかし」。

誰も話題を転ずる接続詞と気付いていない。「今ではあの辛苦も」と、権力者たちの話から現在形に切り替わっている。toi《トウワ》 tes《テ》は、君よ君の意。「君よ」は「君の」の強調語だが、斎藤が「おまえよ、おまえの」と訳し、他訳は強調語を無視。そして「予測calculs《カルキュル》」は「I日曜日」の始めにある言葉。「君」はランボー自身のこととなる。

「今ではあの辛苦も報われて」とは？ 「見者詩人」を目指した辛苦以外にない筈であり、それは報われてもおらず、「他者」に逃げられた情況下でもある。「素顔」のランボーにとって、「報われた」ことにしたかっただけか？ 報われていれば「君よ君の予測、君よ君のいら立ち」も不要となる。二度の「君よ君の」の畳み込みは、彼自身が彼自身に追い立てられている態である。「他者」が不在でも君自身の予測を立て、いら立つ思いに燃焼すべきだろう、と言わんばかりに。だが、「他者」不在で「見者詩人」追究の無理は、彼自身承知のことだ。

「――それも今では、もはや固定されたものでも強制されたものでもない、君たちの踊りと君たちの声でしかない」とは？ 固定されても強制されてもいないものとは何？ それは「見者詩人」を目指す使命感だと思われる。「他者」不在の今は、その使命感も絶対的なものではなく、「君たちの踊りや声」言い替えれば君たちの表現の願望でしかない、と言うことになる。この「君たち」は、前出の「あなたがた」同様、votre《ヴォトル》である。文脈に添って使い分けた。「君たち」の複数は、「素顔」と「他者」だろう。「他者」に対する未練は深い。

「とはいえ発明と成功の二重の出来事は理性、――映像なしに森羅万象によって、愛情の豊かさと慎しみ深さを人類に」とは？　固定も強制もされなくなった君たちの表現の願望でしかない、と否定ぎみに見下げた後「とはいえ」と転ずる。発明と成功の鍵は理性の力による、というのだろう。原文では saison《セゾン》 で季節の意だが、原稿の筆跡は raison《レゾン》 理性の意とも読めると注記してあり、後者が正しいだろう。それにしてもぶっきらぼうだ。これは「他者」への追慕かも知れない。「10ある〈理性〉に」の詩がある。「他者」の万能の理性に訴えたものだ。

　次もぶっきらぼう。「――」の間は、理性との単なる併記でないことを示すようだ。「映像なしに森羅万象によって」とは？　宇宙間に存在する一切のものの森羅万象を、映像化することは難しいだろう。だが、映像化できなくとも森羅万象の万物照応《コレスポンダンス》によって、とも読めそうに思われる。「映像なしに」は、詩人として力不足でもの意に変じてくる。森羅万象の万物照応によって「愛情の豊かさと慎しみ深さを人類に」押し広げたいとでも言うのだろうか。何やら虫のいい話である。こちらはランボー自身の思いのようだ。

　univers《ユニヴル》は、宇宙、天地、万物、森羅万象、全世界、［精神の］世界の意。中地は「世界中」、粟津は「世界」、斎藤・鈴村は「宇宙」である。デリケートな愛情や謙虚を語るのにふさわしくない。私は「森羅万象」を採った。「万物照応《コレスポンダンス》」を持ち込んだのは私の勝手だが、すぐに連想されるものであり、ボードレールが編み出した方法論でもある。

　「――能力と権利が今やっと高く評価され、踊りと声に反射している」とは？　ここにも前後の関連をあいまいにする「――」の間。七四年一一月作と思われるこの詩のころは追い詰められた状態にあり、「能力と権利が今やっと高く評価され」などはあり得なかった。あって欲しいとの予測・願望でしかない。その評価が「踊りと声に反射している」も空虚な見せびらかし。このころから一一年半を経て、ヴェルレーヌの尽力により高く評価され出すのである。

ソネは、フランス南東部の古プロバンス語で小曲の意。「Ⅰ日曜日」は「他者」の不仕を告げるものだった。「Ⅱソネ」はランボーの自己愛である。人に奉仕する果樹園の果実であったり、プシュケの受難に自分を例えてみたり（「他者」は彼にとっての神エロスであった）、世界を自在にする権力者を嫉妬したり否定したり、豊かな人間性を押し広める自分を空想したり、もっと高い評価を得られて当然と自分を慰めてみたりの展開だった。「他者」不在の中でのやる瀬ない小唄（小曲）といった含みと思われる。次「Ⅲ二十歳」に入る。

祖国から追放されたためになる声……、辛い思いにも落ち着いた肉体の無邪気さ……、──ゆるやかに。ああ！　思春期の限りない利己主義、勤勉な楽天主義。あの夏は世界がどんなに花々でいっぱいであったことか！　死にかけている歌と形……、──合唱だ、この無力と放心を落ち着かせるために！　グラスの合唱、夜想曲の旋律の……、それもその筈、神経どもはすみやかに狩り立てて行く。

ここも「他者」不在の嘆き節である。「祖国から追放されたためになる声……」は、被害者意識。既成の美・道徳・価値の転倒と再構築を目指した「見者思想」は加害者のもの。一般にはためにならない。だが「他者」が残した芸術革新思想は、一九一六年からダダイズムが、一九二四年からシュールレアリスムが現われて継承されて行く。「ためになる声」だった。一八七四年後期の「素顔」には、加害者意識の喪失がある。「辛い思いにも落ち着いた肉体の無邪気さ……」は、気落ちした中での自己弁護である。「——ゆるやかに」は、Adagio《アダージョ》の訳。ゆるやかな旋律というよりは、「他者」不在による内部からの突き上げのない不活発なゆるやかさであり、肉体の無邪気さなのだと思われる。それが二〇歳になった彼の情況だった。

「思春期の限りない利己主義、勤勉な楽天主義。あの夏は世界がどんなに花々でいっぱいであったことか！」は、「見者詩人」を目指した強引な突っ張りは、世間知らずの大変な利己主義であり楽天主義だったと反省し回顧している。「勤勉な」ではなく「傲慢な楽天主義」だった。自己弁護がここにもある。「あの夏」は、マチルドからヴェルレーヌを奪い、逃避行を始めた夏のこと。世界が花々で満ちあふれる思いだった。利己主義の讃美である。

「死にかけている歌と形……」は、詩人としての存在の危うさの吐露。「他者」不在では、明日を切り開く詩はおぼつかないことだった。「——合唱だ、この無力と放心を落ち着かせるために！　グラスの合唱、夜想曲の旋律の……」は、落ち込みの中の景気づけだが、共に歌うものなどはいない。酒のグラスとの合唱であり、「他者」を偲び物思いにふける夜想曲の旋律へと変じ……。「それもその筈、神経どもはすみやかに狩り立てて行く」は、落ち着こうとする無力と放心の魂を、神経どもは安ませまいと狩り立てて行く、となる。

最後が難物だった。en effet《アン エフェ》は、前置詞と結果の意だが、二語合わせて、その通り、それもその筈の意が、辞典に明記されていた。また chasser《シャセ》は、狩る、狩り立てる、追い払う、追い出すの意。中地は「現に神経は今にも浮遊しはじめそうだ」、粟津は「すると神経は急速に引きづられてゆく」、斎藤は「じっさい神経は身をひるがえして追い駆けて行く」、鈴村は「実際神経ってやつは素早く追いたてる」の訳。何のことやらさっぱり意味不明。直訳してみて文脈が成り立ったものである。最後の「Ⅳ」節に入る。


お前はまだアントワーヌの誘惑の中にいる。短縮した献身的熱意のはしゃぎ回り、子供っぽい思い上がりの癖、心身の衰えと激しい恐怖。

しかしお前はあの仕事に取りかかるだろう。調和のとれた建築物のような可能性のすべてに、お前の座席の周囲は動揺するだろう。完全な、思いがけない、お前の実験に発奮するのである。およそお前の周囲に、古くからいる群衆と仕事のない贅沢への好奇心が、夢見るように殺到するだろう。お前の記憶と感覚は、創造的推進力の糧でしかないだろう。世界に関しては、おまえが脱するときにはどうなっているだろう？　いずれにしろ、現在の外観は何一つないだろう。

「お前はまだアントワーヌの誘惑の中にいる」とは、フローベールの夢幻劇小説『聖アントワーヌの誘惑』のような状態の中にいるということ。「お前」はランボー自身である。四世紀エジプトのテーベの隠者アントワーヌが、修業中にさまざまな妖怪や悪魔に誘惑され、信念を奪われようとする話。二五年かけて書かれ、一八七四年に刊行された。『イリュミナシオン』の詩が、七四年まで書かれていたことを証かす一つとされている。

ランボーは何の「誘惑」の中にいたか？　それは「他者」が持ち込んだ「見者詩人」を目指すという困難な「誘惑」である。「短縮した献身的熱意のはしゃぎ回り、子供っぽい思い上がりの癖」は、ヴェルレーヌとの見者行で見せたうぬぼれの一面である。生活を先輩にまる預けの見者行だった。今では「心身の衰えと激しい恐怖」が襲うという。食うことがいかに言葉を失うかを、思い知らされている。「見者詩人」追究の無理は、Ⅲ節にすでに吐露されていた。

「しかしお前はあの仕事に取りかかるだろう」、これも「見者詩人」以外にない。「他者」不在で使命感も薄れたのに何故？　自分を村八分にしたパリ詩壇に見返す手立てが他になかったからだ。続く文はそれをやり遂げた段階の空想が続く。ただし「他者」が内在していた折の「お前」として展開される。また「詩」の語はすべて避けられているが、詩の話である。

「調和のとれた建築物のような可能性」とは、辿り着いた「見者の詩」の見事を強調するもの。まわりの者は「動揺し発奮もするだろう」、こんな詩を書いてみたいと。古くからの群衆も贅沢への好奇心しかない者も、夢に遭遇したように「殺到するだろう」とうそぶく。「見者の詩」はそれほど人を魅了する筈との自己宣伝である。「お前の記憶と感覚は、創造的推進力の糧でしかないだろう」とは、ランボー自身の「記憶と感覚」は「他者」の「創造的推進力」の素材でしかなかった、と言っている。「お前が脱するとき」は、詩を抜け出すとき。「現在の外観は何一つない」は、今の詩形式は何もないと言うことである。彼は詩形式の変革を試み続けてきた。また詩からの離脱も予測の中に去来していたことになる。

「他者」不在の中で、どうしても「他者」依存の未来予測が描けたものやらと思われる。食う道さえまだ不安定でおぼつかない。でも詩からの離脱も切迫してきた。ここで括っておかねば、と回想された「青春」らしい。詩集の始めの「2子供のころ」も長篇回想詩だった。それは暗喩の映像きらめくまばゆい昂揚詩。詩集末尾の「青春」は、自己弁護に満ちた敗北の歌じみている。最後に「他者」のはったりめく予言で、心を元気づけたかったものか。

『地獄の一季節』印刷済みから一年が過ぎた。「夜明けになったらぼくたちは、燃えるような忍耐で武装して、光り輝く街々に入るだろう」と、「素顔」を鼓舞した「他者」はどこへ行ってしまったものか。二〇歳を迎えて兵役も迫っている。書き溜めた詩篇の詩集化も急がねば、実現した見者行の青春も雲散霧消してしまう。母は詩集にもはや金は出すまい。広告した南方やアジア行きコンパニオンの仕事はないようだ……。雑事の閉塞感が彼を取り巻いていた。

38 セール

売り出しだ、ユダヤ人が売らなかったもの、貴族も罪人も味わわなかったもの、大衆の呪われた愛や耐えがたい実直さが知らずにいるもの、時も科学もあずかり知らないもの――

構成し直された〈声〉、合唱や管弦楽となるエネルギーすべての、友愛に満ちた目覚めとその即座の応用、――私たちの感覚を解放する又とない機会だ！

売り出しだ、あらゆる人種も、どんな世界も、男女の別も、いかなる血統も超越した、値の付けようのない〈肉体〉！　ひと足踏みだすごとに溢れ出る豊潤さ！　鑑定抜きのダイヤモンドのセールだ！

売り出しだ、大衆向きの無秩序、高尚な愛好家向きのこたえられない満足、信者や恋人向きのむごたらしい死！

売り出しだ、さまざまな定住や移住、スポーツに魔術に完璧な生活設備、それらが作りだすざわめきと運動と未来！

売り出しだ、計算の応用と、ハーモニーのものすごい飛躍。いろいろな掘り出し物や思いがけない言葉遣い、即刻あなたのもの、目には見えない壮麗なものに向かっての、感覚では捉えられない無上の幸福に向かっての熱狂的で果てしない躍動、――その衝撃的な秘密はどんな悪徳にもうってつけ――その恐るべき陽気さは群衆にもってこい――

売り出しだ、〈肉体〉に、声に、測り知れない莫大な富――けっして売られることのないもの。売り子たちが品切れになることはない。旅商人の皆さんは、そんなにはやばやと役目を放棄することはないのだ！

粟津則雄・斎藤正二・西条八十は「大売出し」、鈴村和成は「バーゲン」。原題Solde《ソルド》は、安売り、特価品の意。中地義和は『「セール」は単なる自己卑下とも単なる自画自賛とも異なる。自負が表明されているとしても挫折の確信に包まれた自負であり、挫折の詩であるとしても告白される挫折ではない。香具師の掛け声は告白からは遠い。力強く律動的でありながらあくまで単調さを保持しようとする名詞文の連続は、雄弁の裏に故意の言い落としを含んでいる。自負の表明も挫折の確認も、ともに設定の演劇性に染められて、隠蔽され装われ屈折しているのである』と解説している。

この詩に一貫して流れているものは、値の付けようのないものの叩き売りである。大道香具師《やし》よろしく、「買った、買った」の呼び声が聞こえ、「買わぬと損だぞ」のおどしもある。自己卑下などはどこにもない。「挫折の確信に包まれた自負」などのきてれつなものもない。

中地はもっともらしそうな理屈を並べているのみ。この詩は「見者」を目指した詩の叩き売りであり、前宣伝である。詩集にしたい思いが高まって書かれたものだ。詩集にしようにも、発表の場はパリ詩壇から断たれている。叩き売りの姿勢は、それへの挑戦であり反発である。その気力が萎えたら挫折だが、まだそれ以前である。誤訳は少なそうに思えたが解釈の違いはある。まず直訳を挙げ、解読に入る。

売り出しだ、ユダヤ人も売らなかったもの、貴族も罪人も味わったことのないもの、大衆の呪われた愛や恐ろしい正直さが知らなかったもの、時も科学も預り知らぬもの——

構成し直された〈声〉、合唱とオーケストラのすべてのエネルギーによる親密な目覚めと、それらの即時の応用、われわれの感覚を解放する唯一の機会だ！

売り出しだ、すべての種族、すべての世界、すべての性、すべての系譜からも外れた、値の付けようもない〈肉体〉！　ひと足ごとに噴出する貴重な品々、無検査のダイヤモンドの安売りだ！

売り出しだ、大衆のためには無秩序を、上流の愛好家のためには抑え切れない満足を、信者と愛人のためにはむごたらしい死を！

売り出しだ、いろんな住居と移住、いろんなスポーツ、完全な夢幻境と慰安、そして噂、それらが作り出す動きと未来！

売り出しだ、予測の応用と驚くべきハーモニーの跳躍。思いも及ばない掘り出しものと言葉遣い、その瞬時の所有。

眼には見えない壮麗さ、感じられがたい無上の喜び、常軌を逸した無限の高揚だ――、それぞれの悪徳のためには気を転倒させるようなそれらの秘密を、――群衆のためにはそれらの陽気さを。

売り出しだ、〈肉体〉に〈声〉、疑いの余地なき莫大な富だ、これは決して売られることなどないもの。売り子たちは品切れを案ずることなどない。旅行者たちもそんなに早く手付けを置くことはない。

「安売りだ」と叫びながらも、売るのが眼目ではない。「見者」の詩に眼を止め、手に取って貰いたいのが叩き売りの狙いだ。その対象に対しても甘えるこびがない。加虐性さえある。私にはこの詩は「他者」が吐き出したものと思われる。前作「青春」では「他者」に逃げられた「素顔」の思いがあった。逃げたのではなく、「他者」の出現する場がなかったのだろう。八方塞がりの中で、威勢のいい香具師まがいの登場となったものだ。逡巡がどこにもない。

一段落。ユダヤ人が売らず、貴族も罪人も賞味したことなく、大衆の歪んだ愛や愚直さが知らぬもの、歴史の時間も科学も関与しなかったものの売り出しだ。これに該当するのは「見者」を目指した詩の外にない。二段落。「構成し直された〈声〉」は、新しく組み立てられた詩である。「合唱とオーケストラ」の合体のエネルギーによる「親密な目覚め」は、ベートーヴェンの『第九』を瞬時に連想させる。あれも古い因習からの「目覚め」であり、解放だった。「それらの即時の応用」は、「見者の詩」にはそれを促す効能が詰まっていることの自負。これに接した者は、今までの古い「感覚を解放する唯一の機会」を得られるのだ、と叫ぶ。

三段落。すべての種族、世界、性、系譜から外れた「値の付けようもない〈肉体〉」とは？既成の美・道徳・価値から脱却した、真の自由を求める新しい人間である。これも「見者の詩」を求める眼目だった。その肉体が足を運ぶたびに「噴出する貴重な品々」は、新しく築き直される美・道徳・価値である。「無検査のダイヤモンドの安売りだ！」は、ダイヤモンドで女体を匂わせ、叩き売り文句の泣かせどころの高価な味付けである。

四段落。「大衆には無秩序を」、無秩序を煽られて困るのは国家や支配者である。「上流には抑え切れない満足を」は、たまらない満足が得られると見せられる宝物倉は、からっぽでわけのわからぬ詩があるという寸法。読む者によっては宝物の筈さ。「むごたらしい死」は、むごたらしい現実でもあるだろう。現実を直視せず欺瞞に安らぐ宗教信者や甘い恋人たちへの警告である。ここはイロニーの叩き売りであった。

五段落。「いろんな住居と移住」は、国の枠を超えた生の自在さだろう。「スポーツ」は興奮だ。「完全な夢幻境と慰安」は、最終の安住地と快楽となる。「そして噂」は広がり、それらが作り出す動きの中に「未来」がある、と言っている。生きざまの自在さ、生の興奮、幸福の充足まで売ろうというのは、香具師の呼び込みのはったりである。「スポーツ」は彼の苦手なもの。彼自身の先行きさえ怪しいのに、「未来」など売り込める筈がない。

ここで訳の違いの一例を見ておく。féeries《フェリ》 et《エ》 comforts《カムフウート》 parfaits《パルフエ》 の詩句がある。上から順に、①夢のような光景、夢幻境、夢幻劇、魔力の意。②との意。③ラテン語で、慰安、安楽の意。④完全な、完璧な、申し分のないの意。中地は「魔術に完璧な生活設備」、粟津は「夢幻劇や行きとどいた慰安」、斎藤は「桃源境や完全な娯楽施設」、西条も一字変わるだけで同じ。鈴村は「妖精、完璧な慰安」である。どの訳も呼び込みのはったりに翻弄されている。

六段落。前作「青春／Ⅱソネ」にもあったが、calcul《カルキュル》を訳者はみな「計算」としている。「計算の応用」から何が読める？「予測の応用」なら、人生の予測とその応用となる。「見者の詩」は生きざまの追究でもある。そして「驚くべきハーモニーの跳躍」もあると誇示。さあ買った買った、思いがけない「掘り出しもの」と滅多に見かけることのない「言葉遣い」は、瞬時にあなたのものとなるのだ、と煽る。自負に満ちており、隠蔽も屈折もない。

七段落。「眼には見えない壮麗さ」は、神の境地のような世界。この「掘り出しもの」の創造力を応用すると、感じることのできがたい「無上の喜び」に達し、並外れた「無限の高揚」をさすらうことができる。気を転倒させるほどの「それらの秘密」は、どんな「悪徳」にだって活用できる。恐ろしいほどの陽気さは、無秩序好きの群衆にはもってこいだ。「見者の詩」が導く高揚感が歌われ、そのエネルギーは善悪両刃の剣であることも鮮明にしている。

八段落。「〈肉体〉に〈声〉」は、新しい人間に新しい言葉。これは「疑いの余地なき莫大な富だ」と自ら絶讃する。inquestionable は英語で、疑いの余地なき、確かなの意。斎藤正二の注記にのみこれがあり、理解することができた。中地の「測り知れない莫大な富」、鈴村の「問題外の途方もない贅沢」は勝手な意訳と思われる。これは決して「売りに出されること」などなかったものだ。だが「売り子たち」は、品切れの心配などする必要はない。また「旅行者たち」も、そんなにあわてて買約の手付金を置く必要もない。

「見者の詩」は間違いなく「莫大な富」となるものだ。だが売りに出す予定などなかった。でも大売り出しに並べたからには、売り子たちは品切れの心配など無用。旅人たちの買い手も手付けなどの気を回さなくともよい。この言い切りは、「見者を目指す詩」は、これからも書き続ける、との「他者」の意志である。「素顔」にこの明言はあり得ない。

この詩は、詩を考えさせる詩であり、最高のイロニーであり、パリ詩壇への挑戦状であり、ランボーの傑作である。「見者の手紙」で予測した「超人的な力のすべてを必要とするほどの言い表わしようのない責苦」を越え、自ら毅然と詩人たることにより未知なる大地に出た。空漠たる大地だ。まだ「未知なるもの」に至れたわけではないが。七五年二月、シュツットガルトでヴェルレーヌに『イリュミナシオン』詩集の原稿を託した折は、まだ自分の夜明けへの期待はあったのだと思われる。

39　歴史的な夕暮

たとえば、世間のやりきれない利得の追求から身を引いた無邪気な旅行者がいる夕暮ならいつでもよい、一人の巨匠の手が野原のクラヴサンを奏でる。池は王妃や寵姫を想起させる鏡、その底では、人々がトランプ遊びに興じている。聖女だの、ヴェールだの、和声の糸だの、伝説的な彩りだのが、夕空に見える。

彼は、狩人の一行や遊牧民の群れがいくつも通過するのを目のあたりにして戦慄する。喜劇が、芝生の舞台の上に滴っている。そして、それら愚かしい平面での、貧乏人や弱虫どもの困惑ぶり！

彼の囚われの視覚に対し、——ドイツが数々の月に向かって自らの足場を組む、タタールの砂漠が照らし出される——シナ帝国の中央、階段や王たちのひじ掛け椅子の辺りで、昔の反乱がうごめく。蒼ざめて平板な小世界、アフリカと西欧諸国が築かれようとしている。それから、よく知られた海や夜が見せるバレー、くだらない化学、聴くに堪えないメロディ。

郵便馬車がわれわれを降ろすいたるところに、相も変わらぬブルジョワ的魔術！　いかに初歩的な物理学者でも、もはや、肉体的悔恨の霧が立ち込めるこの個人的雰囲気を耐え忍ぶことなどできないと感じている。そのような雰囲気を確認することが、すでに心痛の種なのだ。

ごめんだ！　――世界が蒸し風呂のように熱せられ、海が荒れ騒ぎ、地下が燃え上がり、惑星が猛り狂い、その結果としてすべてが死に絶える時、それは、聖書のなかにも、運命の女神《ノルヌ》たちによっても、あれほど悪意のない形で指摘されている確実なことがらなのだが、真剣な者にはそれに警戒を払うことが許されるだろう。しかしながら、それはとうてい伝説程度の結果にはとどまるまい。

粟津則雄は「歴史的な暮方」、斎藤正二は「歴史の暮れがた」、西条八十は「歴史の日暮」、鈴村和成は「歴史の夕暮」である。原題 Soir《スワル》 Historique《イストリク》は、歴史的な夕暮れが妥当。中地義和は『ヴィジョンが夢想のなかに立ち現れる様や詩の生成のプロセス、また自己の創造が他者（社会、世界）に対してもつ価値をめぐる問いかけが、詩のなかに書き込まれ、中心主題をなしているという意味で、「青春」、「生活」、「セール」などとともにメタポエム（超詩）の色彩が濃い一篇である』と解説。なぜ「歴史的な夕暮」かには触れていない。

この詩は世紀末的危機感の詩と思われる。一九世紀は資本主義の膨張・発展した時代。経済は海外に侵出・侵略し、その醜悪さは聖書などの予言するこの世の終末を招く予見のもとに書かれたものだ。繰り出される映像の錯乱はあるが、意図は明快に読める。「自己の創造が他者に対してもつ価値をめぐる問いかけが……中心主題をなしている」、こんな半ちくな分析で詩に迫れるわけがない。文法的に困難だったが、何とか直訳した。それを挙げて解読に入る。

たとえば、経済の醜悪なものから身を引いた馬鹿正直な旅行者を見付け出せたある夕暮れ、近くから一人の楽匠の手がクラヴサンを生き生きと演奏する。王妃たちや愛人たちを呼び起こさせる鏡、その池の底ではトランプで遊ぶ人。夕焼空には、聖女たちや、ヴェールや、調和の糸や、伝説の独特な色彩が見える。

彼は、狩人たちや遊牧民たちが通過するのを見て震える。喜劇が芝生の芝居小屋の上で滴り落ちる。そしてその愚かな計画の上には、貧乏人たちや弱者たちの困惑ぶり！

彼の囚われた視覚に、――ドイツは月々に向かって足場を組み上げ、タタール砂漠は照らし出される。――古代の反乱が支那帝国の中心部で動めく、階段や王たちの肘掛椅子をめぐって――蒼白いそして卑屈な小さな世界、アフリカや西欧諸国が築かれようとしている。それからよく知られている海と夜の舞踊、価値のない化学、そして不可能な諸旋律。

われわれが旅の大型トランクを降ろすところは、どこの地点でもすべて同じブルジョヨリの魔術である！　もっとも初歩の物理学者のより多くも、この個人的な雰囲気に自分を従属させることはあり得ないと感じている。肉体的な悔恨のもや、それを確認することさえすでに深い悲しみであるというのに。

いやだ！　蒸し風呂の暑さの時、奔放になった海、地下は燃えさかり、逆上しやすい惑星、そして首尾一貫した皆殺し、それは聖書や北欧神話の〈運命の三女神《ノルン》〉の中にも、ほとんど悪意もなく示されていて、とても確かなことだ。それは存在する定まったことであり、本気で見守るべきことである。——しかしながら、それは伝説の結果程度にはとどまるまい。

一段落。「たとえば」で切り出すランボーの詩法は、時空省略の巧みな手口。「経済の醜悪なもの」は、horreurs《オルル》 economiques《エコノミクス》の直訳である。中地の「かずかずのやり切れぬ金算段」は遠回しな訳。他訳もほぼ同様。経済の醜いからくりに背を向けた「馬鹿正直な旅行者」は、ランボー自身のこと。あえて蔑称を使い客観的対象として描写している。naïf《ナイフ》は、馬鹿正直なが主たる意。うぶな、無邪気な、お人好しの意もある。中地は「無邪気な」、粟津は「心素直に」、斎藤は「純粋な心」、鈴村は「ナイーブな」としている。経済に厳しい批判を下す男を、「無邪気な、純粋な」存在として捉えている。「馬鹿正直」と言いながら、おれの判断は間違っていないという反語が、秘められている。訳者たちにはそれが読めていない。

そのようなこの世の馬鹿正直もんが見付かったある夕暮れどき、「楽匠」が弾き鳴らす「クラヴサン」の活気ある演奏が近くから聞こえてくる、という。「クラヴサン」は別名ハープシコード。二～三段の鍵盤付き撥弦楽器《はつげん》で、一六～一八世紀に重要視され、世紀末にピアノに移行して消滅した。楽匠の活気ある演奏は、暗に馬鹿正直もんの出現を肯定する含みである。

「王妃たちや愛人たちを呼び起こさせる鏡、その池の底ではトランプで遊ぶ人」とは？　中地は「王妃や寵姫」、斎藤・西条は「王妃たちや寵姫たち」、鈴村は「女王や愛妾」、粟津は「かわいい女や女王たち」とする。「王妃たち」はよいが、mignonnes《ミニヨヌ》は、かわいい子たち、若い娘たちの意。古語に、お気に入りの愛人の意。「愛人たち」ぐらいなら妥当だろう。

王妃たち・愛人たちを想起する鏡とは、古きよき時代の歴史だろう。鏡の池の底では「トランプ」に興ずる人たち。これも優雅な生活の一段面。クラヴサンとともに、これは中世以降の回想である。一九世紀は資本主義が膨張・発達し、国内外に侵出・侵略、人間を機械の部品と化すぎすぎすした社会になった。しかし資本主義以前は封建社会、手放しで回想できる時代ではない。ランボーの映像の甘さである。「夕焼空には、聖女たちや、ヴェールや、調和の糸や、伝説の独特な色彩が見える」も、締まりのないどうでもいい映像でしかない。

二段落。馬鹿正直もんが「狩人たちや遊牧民たちが通過するのを見て震える」とは？　狩人や遊牧民が、経済の醜悪なしがらみの埒外を自在に生きているなら称讃すべき対象だが、そう見えながらやはり囚われの存在でしかないから「震える」のだろう。「喜劇が芝生の芝居小屋の上で滴り落ちる」とは？　「芝生の芝居小屋」は田舎芝居のことだが、これは人々の生活の暗喩だろう。醜悪な経済の下で、人々の生活は悲惨な喜劇まみれになるばかり、と言うのだ。

「そしてその愚かな計画の上には、貧乏人たちや弱者たちの困惑ぶり！」は、当然の行き着く先の話。plans《プラン》 stupides《ステュピド》！は、前者が、平面、図面、計画の意。後者が、愚かな、馬鹿なの意。

中地は「愚かしい平面」、粟津は「馬鹿々々しい舞台」、斎藤は「ばかばかしい平面」、西条は「馬鹿げた平面」、鈴村は「愚昧な数景」である。ともに文脈から外れている。

狩人・遊牧民よろしく自由を求めながらも経済の埒内の囚われ人、気楽に生きてるつもりの人々を襲う悲惨な喜劇の経済の烙印、ともに生きる意志の方向にいた筈だが、「愚かな計画《プラン》」と切り捨てる。困惑に行き着く「貧乏人や弱者」の増大がその中にある、と言っているのだ。自由を求めながらの囚人に、ランボー自身も本当は入る。でも自分は違うの思いらしい。

三段落。「彼の囚われた視覚に、——ドイツは月々に向かって足場を組み上げ、タタール砂漠は照らし出される」とは？　馬鹿正直もんの「囚われた視覚」は歴史のようだ。歴史の回想が続いている。lunes《リュヌ》は月の複数。中地は「数々の月」、私は「月々」とした。他訳は複数を無視。月に向かって足場を組むなら不可能への挑戦だが、「月々」は国々と読み替えるべきもの。ドイツの前身プロイセンの首相になったビスマルクは、普墺《ふおう》（プロイセンとオーストリア）・普仏《ふふつ》（プロイセンとフランス）戦争に勝利してドイツ帝国を樹立した。そしてまだ侵略の牙を研いでいたのである。「足場を組み上げ」はその意になる。

「タタール砂漠」なるものはない。これはタタールの不毛な地の意。「タタール」は韃靼《だったん》とも言い、ウラル山脈からシベリア東端までいたモンゴル系遊牧民の地であった。一九世紀半ば、コサック兵の侵攻により全シベリアがロシア領となった。アジア侵出の玄関である。タタールの不毛な地が「照らし出される」とは、ロシアのアジアへの野望が照らされているのだ。

「――古代の反乱が支那帝国の中心部で動めく、階段や王たちの肘掛椅子をめぐって」は、間を置いて古代へ遡る。中国は紀元前二二一年に秦《しん》の始皇帝が中国を統一して以来、最高権力をめぐる争奪が繰り返され続けてきた。それは中心部だけではない。三国時代があり、女真族が金を、モンゴルが元を名乗って支配した時期もあった。ランボーの認識は雑駁である。「階段、肘掛椅子」は権力の意。

「――蒼白いそして卑屈な小さな世界、アフリカや西欧諸国が築かれようとしている」とは？plat《プラ》は、平らな、平板な、卑屈なの意。中地・斎藤・鈴村は「平板な」、粟津は「平ったい」とする。私は「卑屈な」とした。これは次に対する形容詞。「平板な」では意味を成さない。築かれようとしている「アフリカや西欧諸国」は、蒼白で卑屈な小世界だと言う。何故と問うても、馬鹿正直もんの「囚われた視覚」の主観しか戻るまい。詮ない話。

「それからよく知られている海と夜の舞踊、価値のない化学、そして不可能な諸旋律」とは？この段落は歴史を回想しながら「歴史的な夕暮」現象を語ろうとしている筈と思うが、抽象的すぎてよく見えてこない。「価値のない化学」なら錬金術だろうが、「海と夜の舞踊」は異質なもののバレー、わからない。「不可能な諸旋律」は実現できない諸理想でもあろうか、わからない。

四段落。夕暮れ現象としても貧困すぎる。「われわれが旅の大型トランクを降ろすところは、どこの地点でもすべて同じノルジョワの魔術である！」とは？ここだけに「われわれが」の呼称。これは誰でもがの含みである。malle《マル》 nous《ヌウ》 déposera《デポゼ》 ! は、順に、［旅行用の］大型トランクの意、われわれの意、［物を］降ろすの意。中地は「郵便馬車がわれわれを降ろす」、西条も「郵便馬車から降ろされて」、粟津は「郵便船がぼくたちを降ろすところ」としている。「郵便馬車」は malle-poste《マルポスト》 で綴りが違う。「郵便船」は文脈上からもあり得ない。どの旅先でも眼に付くのは「ブルジョワの魔術」だという。それは資本主義経済というからくり以外にないだろう。

「もっとも初歩の物理学者のより多くも、この個人的な雰囲気に自分を従属させることはあり得ないと感じている」とは？　物の本質を理論追究する初心の物理学者の多くも、個人を取り込んで止まらない銭が銭を生む経済に、自分が服従することなどあり得ない、と物理学者の卵に言わしめている。「肉体的な悔恨のもや」それを確認すること自体すでに深い悲しみの中だとは、理屈では「あり得ない」と感じていながら、肉体的にはすでに囚われの「悔恨のもや」の中だとの弱音である。馬鹿正直もんが経済否定の代弁者として挙げたが、実体はこのありさまだと言うのである。brume《ブリュム》 は、もや、霧の意。訳者はみな「霧」、私は「もや」とした。

五段落。「いやだ！　蒸し風呂の暑さの時、奔放になった海、地下は燃えさかり、逆上しやすい惑星、そして首尾一貫した皆殺し、それは聖書や北欧神話の〈運命の三女神《ノルン》〉の中にも、ほとんど悪意もなく示されていて、とても確かなことだ」とは？　このまま行けば終末がくることへの拒否である。蒸し風呂も奔放な海も地下の燃焼も、異常気象が招く。逆上する惑星は狂った地球である。どれも人類絶滅への道だ。聖書に「終末についての垂訓」がある。「かさなった石が一つも残らないまでに、すべてはくずれさるであろう」という終末予言である。

他訳にはないが「北欧神話」はあえて入れた。〈運命の三女神〉はその中の話である。過去・現在・未来を支配する三女神。終末予言がそこにもあるのだろう。訳者たちは「ノルヌ」とするが、「Nornes ノルン」と仏和大辞典には明記してある。古北欧語も「norn《ノルン》」である。

「それは存在する定まったことであり、本気で見守るべきことである。――しかしながら、それは伝説の結果程度にはとどまるまい」とは、あえて解読する必要のない文。そもそも「内なる他者」なら、聖書や北欧神話など信ぜず、伝説の終末論を「存在する定まったこと」などと言う筈がない。加えて、人類滅亡を告げる伝説の「結果程度にとどまるまい」ともっともらしきことなど言わぬと思う。人類が果てた後の話など無駄なことだ。

資本主義の勃興期に「歴史的な夕暮」を直観した感性の鋭さは認めていい。今日の二一世紀になって、経済のグローバリズムは地球規模の破綻に直面している。資本主義も眼前は崖だ。それを向きになって予言した詩ではあった。だが中地が「メタポエム」と褒めたような詩ではない。暗喩が不鮮明でたるんでいたり、ブルジョワの魔術への斬り込みもなく、伝説の終末論にべったりである。これは「素顔」の馬鹿正直もんの詩である。「青春」も同じである。「メタポエム」と呼べるものは、「子供のころ／生活／セール」などどれも「他者」の詩であった。いろいろ見てきたように、訳者たちの訳詩はランボーの詩ではない。

40　精霊

彼は愛情にして現在だ、泡立つ冬や夏のざわめきに向かって家を開け放ったのだから。飲み物と食べ物を浄めた彼、逃れ去る場所の及ぼす魅惑であり、停り場にとっての超人的な喜びに他ならない彼。彼は愛情にして未来だ、力にして愛だ。激昂と倦怠のなかに立つわれわれは、その彼が嵐の空を、恍惚の旗のはためくなかを通過するのを見る。

　彼は愛だ、完璧な作り直された拍子であり驚異的な思いがけない理性であるような愛だ、そして永遠だ。運命的な資質に愛されている機械だ。われわれは皆、彼の譲与に、またわれわれの譲与に激しい恐怖を覚えた。おお、われわれの健康の享受、われわれの諸能力の躍動、自分本位な愛情と、彼、その無限の生にわたってわれわれを愛してくれる彼への情熱……

　われわれが思い起こせば、彼は旅をしている……　そして〈崇敬〉が過ぎ去れば、鳴るのだ、彼の約束が鳴るのだ――「下がれ、それらの迷信、それら古い肉体、それらの世帯、それらの年代。そうした時代こそ消滅したのだ！」

　彼は立ち去らないだろう、どこかの空から降りてくることもないだろう、女たちの怒りや男たちの悪ふざけやその種の罪いっさいの償いを果たすこともないだろう。彼がいて、愛されていることで、それはもうなされているのだ。

おお、彼の息、彼の頭、彼の疾走。形態と行動が完成される恐るべき迅速さ。

おお、精神の豊饒と宇宙の広大さ！

彼の肉体！　夢見られた解放だ、新しい暴力と掛け合わされた恩寵の破砕だ！

彼の姿、彼の姿！　彼のあとから、古いいっさいの跪拝も労苦も起き上がらせられる。

彼の光！　鳴り響き、動き止まぬ苦しみすべての、それら以上に強烈な音楽のなかへの解消。

彼の歩み！　古代の侵攻よりも大規模な移住。

おお、彼とわれわれ！　失われた慈愛よりも思いやりに満ちた誇り。

おお、世界よ！　そして新しい不幸を歌う清澄な歌声よ！

彼はわれわれすべての者を知り、すべての者を愛した。この冬の夜、心得ようではないか、岬から岬へと、荒れ騒ぐ極地から城へと、群衆から浜辺へと、まなざしからまなざしへと、力と思いの限りを尽くして、彼に呼びかけ彼を目のあたりにし、それからまた彼を送り出すことを。そして潮の下にも雪を戴く砂漠の高みにも、彼の姿、彼の息、彼の肉体、彼の光を追ってゆくことを。

鈴村和成も同じ「精霊」、粟津則雄は「守護神」、斎藤正二は「霊魔」、西条八十は「魔神」

である。原題Génie《ジェニ》は、天才、才能、ひらめき、霊感、霊、守護神、精、妖精、魔、特質、神髄などの意。訳者はみな「ジェニー」とするが、辞典の発言記号は「ジェニ」である。この詩はランボーに宿った「内なる他者」を語った讃歌だ。「守護神、霊魔、魔神」は的外れ。「精霊」は死者の霊魂、または山川草木に宿る神霊の意でアニミズムの霊である。「内なる他者」は、人類の歴史を流れ下ってきて深層無意識に蓄積された潜在エネルギーである。「精霊」は曲がりなりにも該当するだろう。

　ランボーは「内なる他者」について、「子供のころ／おはなし／古代彫像／美しい存在／生活／ある〈理性〉に／陶酔の朝」などで、懸命に語ってきている。他の詩にも随所に表出されている。海外・国内ともそれに気付かなかったことが、ランボー詩に迫れなかった原因である。この詩は讃歌で複雑な語もなく、類語が多く文の単位も短めで、既訳と私の直訳との差はあるが、中地訳を修正しながら解読を進める。

　一段落。「彼は愛情にして現在だ」とは、彼は私に愛を注ぎ、現在も持続する存在だ、である。「泡立つ冬や夏のざわめきに向かって家を開け放ったのだから」とは、年中よからぬざわめきに泡立つ現実に向かって私を開放したのだ、となる。私を現実と立ち向かう人間にしてくれたの意。「puisqu'il a《ピュイスクイルア》 fait《フエ》だから彼は事実」の詩句があるのに、省略されている。

「飲み物と食べ物を浄めた彼、逃れ去る場所の及ぼす魅惑であり、停り場にとっての超人的な喜びに他ならない彼」は、飲食物ではなく、私が読み聞きして吸収するものを浄化してくれた彼、となる筈だ。「逃れ去る場所の及ぼす魅惑であり」は、思い込み訳。「及ぼす」の語もない。私の直訳では「逃れゆく場所の魅力」で、彼が私の魅力ある逃れ場所となる。「停り場にとっての超人的な喜びに他ならない彼」も文意を成していない。直訳では「立ち止まることの超人的な恍惚とした喜び」である。彼が私の中に立ち止まる、それだけでも超人を見るような恍惚感が湧く、となる。「内なる他者」は無形ゆえ、これはランボーの直感的心像だ。

「彼は愛情にして未来だ、力にして愛だ」は、彼は私に愛を注ぐものにして私のあるべき未来だ、私の能力や愛を掻き立てるものだ、となる。「激昂と倦怠のなかに立つわれわれは、その彼が嵐の空を、恍惚の旗のはためくなかを通過するのを見る」とは、訳者はみなennuis《アンニュイ》を「倦怠」と訳しているが、辞典には、「多くの複数形で」心配、不安、悩みの意とある。私の直訳を示せば「激怒と不安の中に立って、うっとりする旗が嵐の空の中を通過するのを私たちは見る」となる。この世に対し、私たちは「激怒と不安」の中にいたのに、嵐の中を「うっとり見とれるほどの旗」が通り過ぎた、と言うのだ。これはパリ・コミューンを指している。あの突発的な革命とともに、彼（内なる他者）はランボーの中に躍り出てきて、「見者の手紙」の見者理論を滔々と書いたのだった。

二段落。「彼は愛だ、完璧な作り直された拍子であり驚異的な思いがけない理性であるような愛だ、そして永遠だ」とは？ 彼は愛に満ちたものだ、はまずいい。次は完全な間違い。直訳を示せば「完全に再発見された尺度であり、思いがけない素晴らしい理性であり、そして永遠だ」となる。réinventée《レアンヴァンテ》は、再発見（再発明）されたの意。mesure《ムズユル》は、測定、寸法、尺度の意。［音楽］拍子の意もあるが、ここは音楽と関係ない。彼の理性は完全に再発見された判断の規準となるものだ、その素晴らしい価値は永遠のものとなろう、と称讃しているのである。粟津・斎藤・西条・鈴村もみな「尺度」である。中地だけが新解釈発見のつもりの誤訳。

「運命的な資質に愛されている機械だ。われわれは皆、彼の譲与に、またわれわれの譲与に激しい恐怖を覚えた」とは？　qualités《カリテ》は、［複数形で］優れた性質、長所の意。「資質」は複数を無視。直訳では「優れた性質に宿命的に愛されている機械だ」となる。彼はパリ・コミューンとともにランボー内部に表出した存在。優れた能力の彼に運命的に愛されて、まさに私はロボット同様だ、と言うのである。次の訳も悪い。直訳では「私たちは皆、彼の譲歩と私たちの譲歩にひどい不安を覚えた」となる。

concession《コンセスイオン》は、譲歩、委譲の意。épouvante《エプウヴァント》は、激しい恐怖、ひどい不安の意。「譲与」は意味が異なる。また愛をくれる彼に「激しい恐怖」はあり得ない。彼が私たちに譲歩することも、私たちが彼に譲歩することも、どちらも私たちに「ひどい不安」を抱かせる、ということだ。互い消極的では事が前に進まないからである。ここで「私たち」が問題である。彼も私も詩中にあるから、「われわれ」を「私たち」としてきたが、この詩句の中に「彼」は併記されている。この後にも頻出するが、彼はランボー個人との関係のみに成り立つ存在で、複数はあり得ない。複数としたのは、いかにも多くの人と関係があるかのごときぼかしかも。

「おお、われわれの健康の享受、われわれの諸能力の躍動、自分本位な愛情と、彼、その無限の生にわたってわれわれを愛してくれる彼への情熱……」とは？　以降「われわれ」を「私」と読み替える。「われわれ」に「内なる他者」やヴェルレーヌを含んだ詩もあったが、「他者」は「彼」で詩に存在し、ヴェルレーヌは訣別してすでに遠い。直訳では「おお、私の健康の楽しみ、私の諸能力の跳躍、利己主義の愛と彼に向かっての情熱、無限の生命ゆえに私を愛してくれている彼……」となる。私は自分本位の願望を並べたてるが、彼は無限の命ゆえ私を愛してくれているのだ、と告げている。命はないが、無限の存在であることは確か。

三段落。「われわれが思い起こせば、彼は旅をしている……　そして〈崇敬〉が過ぎ去れば、鳴るのだ、彼の約束が鳴るのだ――」とは？　直訳を示す。「そして私は私に思い出させている、彼は旅だと……　そしてもし〈熱烈な崇拝〉が消え去るならば、鳴り響く、彼の約束が鳴り響く」となる。「Et《エ》 nous《ヌウ》 nous《ヌウ》 そして私たちが私たちに」が原文の始まり。私たちを「私」に替えたが。Adoration《アドラスイオン》は、熱烈、熱烈な崇拝、礼拝、崇拝の意。そして私は私に思い出させた。彼は潜在化し顕在化する存在。私に至り着いたときも潜在化のときも、彼には旅なのだと。そして「熱烈な崇拝」が消え失せれば、「彼の約束が鳴り響く」のだと言う。

「下がれ、それらの迷信、それら古い肉体、それらの世帯、それらの年代。そうした時代こそ消滅したのだ！」とは、これは原文との差がない。ただsombre《ソンブル》は、崩壊した、消失したの意。時代は「消滅」などしないから「崩壊」のほうが妥当。これが鳴り響く「彼の約束」である。これはある一時代でなく、キリスト教支配の二〇〇〇年弱の時代を指す。「熱烈な崇拝」が世間から消え失せなくとも、彼は私に命じた。既成の美・道徳・価値を転倒し、新しいそれらを創れと。それが「見者の手紙」の彼と私の約束だった。まだそれは崩壊もしていない。

四段落。「彼は立ち去らないだろう、どこかの空から降りてくることもないだろう、女たちの怒りや男たちの悪ふざけやその種の罪いっさいの償いを果たすこともないだろう。彼がいて、愛されていることで、それはもうなされているのだ」とは？ ここは少し違う。直訳では「彼は立ち去らないだろう。彼は空から再び降りてもこないだろう。彼は女たちの怒りや男たちのふざけた言動の罪のすべての償いを果たさないだろう。彼が存在し、愛されているからだ。それは事実である」となる。中地訳では空から一度も降りてこない意だが、「再び」なら一度は降りてきたことになる。彼は「立ち去らない、再び降りてこない」とは、立ち去って欲しくない私の願望と、立ち去ったら二度とは出現しない予感だろう。

gaietés《ゲテ》は、[複数] 面白い点、ふざけた言動、ばか騒ぎ、猥談の意。女たちの怒りや男たちの猥談などを含むふざけた言動は、キリスト教の罪に当たる。「悪ふざけ」では無言の行為もあり、罪の限度があいまい。péché《ペシエ》は、[キリスト教の] 罪の意。犯罪は crime《クリム》である。彼（内なる他者）はキリスト教信者の罪など償いも救済もする筈がない。償いをするかのごとき思わせぶりは、「素顔」のもの。四段落を緩ませている。

彼が私の中に存在し、私が「愛されている」、それは事実だ、の明言を訳者はみな勝手な意訳をしている。中地は「もうなされている」、粟津は「それは済んだこと」、斎藤・西条は「もう果たされてしまった」、鈴村は「それは終わったから」である。みな「罪いっさいの償いを果たすこともないだろう」に対し、それはすでに果たされたことだと括っている。car《カル》 c'est《スエ》 fait《フェ》は順に、なぜなら、それは…だ、事実の意。「果たされた」にまつわる意は、どこからも出てこない。私は彼に愛されており、君らにかまってる暇はない、の含みとなる。

五段落。「おお、彼の息、彼の頭、彼の疾走。形態と行動が完成される恐るべき迅速さ」とは、まさに手放しの讃歌がここから続く。おお、彼の呼吸、優れた頭脳、素早い動き。次は彼の行為を把握していない。直訳では「完成された形と行動のすさまじい迅速さ」となる。完成された形と行動とは、詩の形と詩への行動のこと。そして「恐るべき」ではなく「すさまじい迅速さ」が彼に適っている。「酔いどれ船」などは一晩で書き上げ、寸分の緩みもない。

六段落。「おお、精神の豊饒と宇宙の広大さ！」は、精神の豊かさと精神世界の広大を讃えているもの。彼は原初の世界を流れ下り、人間の深層無意識に蓄積されてきた存在だった。

七段落。「彼の肉体！　夢見られた解放だ、新しい暴力と掛け合わされた恩寵の破砕だ！」とは？　これは誤訳。直訳では「彼の体！　解放された夢、新たな暴力の交差した優雅な破壊！」である。彼には肉体はない。私の肉体を分捕り支配する「彼の体！」である。それにより私は詩（夢）に向かって解放されたのだ。「新たな暴力」は、既成の美・道徳・価値を否定する暴力である。それは「優雅な破壊」だ、と誇らしげである。grâce《グラス》は、優雅さ、美しさの意。「恩寵」の意もあるが、ここは神と関係がない。「交差した」は彼の善と悪の交差である。

八段落。「彼の姿、彼の姿！　彼のあとから、古いいっさいの跪拝も労苦も起き上がらせられる」とは？　vue《ヴュ》は、視覚、視力、見方、洞察力の意。vueはvoir《ヴワル》の過去分詞でもあり、見た、見えたの意。粟津・斎藤は「眼力」、西条は「眼つき」、鈴村は「視力」。中地の「姿」はどこからのものやら。直訳では「彼の洞察力、彼の洞察力！　彼の成り行きにつれて起こされた、昔の屈辱と精神的な苦しみのすべて」となる。suite《スユイト》は、続き、成り行き、結果の意。

彼の見透す力を強調し、彼の行為の結果につれて思い起こされたのは、昔拝跪《はいき》していたキリスト教への屈辱と、父に捨てられた母子家庭の精神的な苦しみのすべて、となるのだろう。彼の眼力と判断力によって、少年時の屈辱と苦悩が否定的に思い出されているのだ。中地訳では何のことやらさっぱりわからない。

九段落。「彼の光！　鳴り響き、動き止まぬ苦しみのすべての、それら以上に強烈な音楽のなかへの解消」とは？　ここでも他訳はみな「彼の日」、中地だけが「彼の光」とする。Jour《ジュウル》は、一日、日、昼の意。直訳を示す。照明、光の意も語意の隅にあるが、日光や精神的な光なら、lumière《リュミエル》の語が別にある。「彼の日！　よく響き揺れ動く強烈なより多くの音楽の中に、苦痛のすべてを解消する」となる。彼が私に顕在化した日！　と強調。それ以外に「！」は成り立たない。私は彼に身を任せ、強烈な幾つもの音楽に浸るかのように、その中ですべての苦痛を取り消すのだ、と言っている。どの訳もこのように読み取れないものばかり。

一〇段落。「彼の歩み！　古代の侵攻よりも大規模な移住」とは？　他訳もみな似たようなもの。直訳では「彼の歩み！　古代からある侵略よりも、なんと並外れたより多くの移動」となる。彼の歩んできた道！　とこれも強調している。特殊な経緯だからだ。昔からある他国への侵略の行程よりも、比較にならぬ並外れた多くの移動を経てきた、と言うのだ。彼が人類の歴史を流れ下ってきてランボーに憑依した存在であることは、詩の中では何度も語ってきている。読み取った者はいないから仕方ないが、何のことやらの思いの既訳である。

一一段落。「おお、彼とわれわれ！　失われた慈愛よりも思いやりに満ちた誇り」とは？　charités《シャリテ》は、隣人愛、思いやり、慈悲の意。que《ク》は、なんとの意。これは抜けている。bienveillant《ビアンヴィイアン》は、好意的な、親切な、思いやりのあるの意。orgueil《オルグユ》は、思い上がり、傲慢さ、うぬぼれ、誇り、自慢の意。直訳では「おお、彼と私！　失われた隣人愛よりも、なんと思いやりのある傲慢さ」となる。ランボーに失う「慈悲」などなかった。突っ走って生きて失ったのは「隣人愛」である。そして逆説めく「思いやりのある傲慢さ」は、ランボー独自の手法であり、彼と私の実態でもある。真を求め思いやりをこめて、美・道徳・価値の転倒に挑んだのだった。

一二段落。「おお、世界よ！　そして新しい不幸を歌う清澄な歌声よ！」とは？　ここも逆説である。直訳では「おお、世界！　そして新たな不幸の澄んだ歌！」となる。おお、彼の挑む世界！　それは美・道徳・価値転倒の不幸を生み、新たな透き通った歌に満ちるだろう！と言い切っている。挑むのだから、「よ」の終助詞は不要である。

一三段落。「彼はわれわれすべての者を知り、すべての者を愛した」は、誤訳。直訳すれば「彼は私のすべてを知っていた、すべてを愛してくれた」となる。私たちは「私」にした。tous《トウ》は、すべての意。connus《コニュ》は過去分詞で、知っていたの意。aimés《エメ》は、愛されていたの意。彼が「すべての者を知り、愛した」ことなどは一度もない。見者行を共にしたヴェルレーヌさえ対象外。そしてピストル事件を生んだ。私のすべてを知り、愛してくれたことは事実。

「この冬の夜、心得ようではないか、岬から岬へと、荒れ騒ぐ極地から城へと、群衆から浜辺へと、まなざしからまなざしへと、力の思いの限りを尽くして、彼に呼びかけ彼を目のあたりにし、それからまた彼を送り出すことを」とは、これまた大誤訳。sachons《サシヨン》は、知っているの意。中地は「心得ようではないか」、粟津・斎藤・西条・鈴村は「知ろうではないか」とし、他人向けの言葉になっている。詩句全体もそうなっている。

直訳では「知っている。この冬の夜、岬から岬へ、荒々しい極地から城館へ、群衆から浜辺へ、まな差しからまな差しへ、疲れ果てた体力と意識、彼を呼び止め、彼を眼に浮かべ、彼を送り返そう。彼の眼、彼の息、彼の体、彼の日、後から付いていく」となる。他人に関係ない私一人の文脈である。彼（内なる他者）を理解できなければ既成訳になってしまう。

さりげない「この冬の夜」は、七四年一一月後半ごろの作の含みと思われる。二〇歳になったランボーに召集令状がきて、一二月末には郷里ロッシュに戻るからである。「岬、極地、群衆、まな差し」は、彼が経巡って作詩に励んだ経緯となる。だから「疲れ果てた体力と意識」と続く。las《ラ》は、疲れた、疲れ果てたの意。forces《フォルス》は、［複数形で］体力の意。sentiments《サンティマン》は、意識、感情の意。中地は「力と思い」、粟津は「力と表情」、斎藤・西条・鈴村は「力と感情」である。ピントが外れている。

疲れ果てた「彼を呼び止め、彼を眼に浮かべ、彼を送り返そう」とは、潜在化寸前の彼に声をかけ、疲労の彼を眼前に創造し、お疲れさまと私の内部へ送り返してやろう、と言うのである。héler《エレ》は、［遠くから大声で］呼ぶ、呼び止めるの意。voir《ヴワル》は、見る、見える、［想像で］見える、眼に浮かぶの意。中地は「彼に呼びかけ彼を目のあたりにし」、粟津・斎藤・西条は「彼を呼び、彼を眺め」、鈴村は「彼を呼び、彼を見」である。肉体を持つ存在の訳。

「彼の眼、彼の息、彼の体、彼の日、後から付いていく」は、潜在化した彼への追想である。「彼の日」は、九段落で解説した。彼が顕在化した日は、「後から付いていく」のみだ、と言うのである。彼（内なる他者）はランボーにとって、天才・才能・ひらめき・霊感・精・魔といった génie《ジェニ》の語意の大半をひっくるめて持っていた存在だったと言える。

この詩はセンテンスも短めで、讃歌で類語が多く、誤訳は少ないだろうと思ったのは大間違いだった。直訳しながら唖然とした。改めて直訳の全貌を掲げることにする。

彼は愛情であり現在である。彼は事実、泡立つ冬や夏のざわめきに家を開放した。飲み物と食べ物を浄化してくれた彼、逃れゆく場所の魅力であり、立ち止まることの超人的な恍惚とした喜び。彼は愛情にして未来であり、私たちはなんと力にして愛だ。激怒と不安の中に立って、うっとりする旗が嵐の空の中を通過するのを私たちは見る。

彼は愛だ、完全に再発見された尺度であり、思いがけない素晴らしい理性であり、そして永遠だ。そして優れた性質に宿命的に愛されている機械だ。私たちは皆、彼の譲歩と私たちの譲歩にひどい不安を覚えた。おお、私の健康の楽しみ、私の諸能力の跳躍、利己主義の愛と彼に向かっての情熱、無限の生命ゆえに私を愛してくれている彼……

そして私は私に思い出させている。彼は旅だと……　そしてもし〈熱烈な崇拝〉が消え去るならば、鳴り響く、彼の約束が鳴り響く。「下がれ、その迷信ども、その古い肉体ども、その夫婦ら、その年代ら。今こそそんな時代は崩壊したのだ！」

彼は立ち去らないだろう。彼は空から再び降りてもこないだろう。彼は女たちの怒りや男たちのふざけた言動の罪のすべての償いを果たさないだろう。彼が存在し、愛されているからだ。それは事実である。

おお、彼の息、彼の頭、彼の疾走。完成された形と行動のすさまじい迅速さ。

おお、精神の豊かさと世界の広大さ！

彼の体！　解放された夢、新たな暴力の交差した優雅な破壊！

彼の洞察力、彼の洞察力！　彼の成り行きにつれて起こされた、昔の屈辱と精神的な苦しみのすべて。

彼の日！　よく響き揺れ動く強烈なより多くの音楽の中に、苦痛のすべてを解消する。

彼の歩み！　古代からある侵略よりも、なんと並外れたより多くの移動。

おお、彼と私！　失われた隣人愛よりも、なんと思いやりのある傲慢さ。

おお、世界！　そして新たな不幸の澄んだ歌！

彼は私のすべてを知っていた、すべてを愛してくれた。知っている、この冬の夜、岬から岬へ、荒々しい極地から城館へ、群衆から浜辺へ、まな差しからまな差しへ、疲れ果てた体力と意識、彼を呼び止め、彼を眼に浮かべ、彼を送り返そう。彼の眼、彼の息、彼の体、彼の日、後から付いていく。


これはなかなか顕在化しなくなったが、まだ潜在化しているだろう思いの中での、「内なる他者」への讃歌の総ざらいである。『地獄の一季節』では「他者」と「素顔」の激烈な葛藤があり、「他者」は「毒」とも呼ばれ魔性もあらわにされたが、「素顔」を追い込んだ魔性はここには一切なし。また顕在化して欲しい思いの追想ばかり。彼により詩人になれたのだから当然ではある。最初の中地訳と読み比べて欲しい。詩意・文脈がいかに異なるかを。

41　帰依

わがルイーズ・ヴァナーン・ド・ヴォーリンゲン尼へ。――その青い頭巾は北の海を向き。――遭難者たちのために。

わがレオニー・オーボワ・ダシュビー尼へ。バウー――ぶんぶんと音を立て悪臭を放つ夏草。――母親や子供たちの熱病が癒えますように。

リュリュ――悪魔――へ、〈女友達〉の時代、そして不完全な教育を受けた時代の祈禱室が、相変わらず好きなのだ。男たちのために！　×××夫人へ。

かつて私がそうであった若者へ。隠遁か伝道か、あの年老いた聖人へ。

貧しい者たちの精神へ。そしてきわめて高位の、ある聖職者たちへ。

いずれにせよ、その時々の渇望あるいはわれわれ自身の真剣な悪徳にしたがってどんな礼拝に出向かなければならないのであれ、そしてそれがいかなる記念礼拝所で、いかなるできごとのさなかで執り行われるのであれ、
今宵、魚のように丸々と肥え、十月《とつき》続く赤い夜のように鮮やかに火照った――（その心は琥珀と火口《ほくち》）――、屹立する氷塊の〈シルセト〉へ、――夜に包まれたこの地域と同じく無

言のものではありながらやがてこの極地の混沌よりもなお荒々しい武勇を到来させる私のただ一つの祈りのために。

　どんな代価も払い、どんな態度でも取り、形而上的な旅にさえ身を投じて。――ただし、もうたくさんだ、その暁に、などは。

　粟津則雄は「祈念」、斎藤正二は「信心を捧げる」、鈴村和成は「献身」である。原題Dévotion《デヴォオスイオン》は、信心、信仰、崇拝の意。素読みの限りでは信仰を揶揄している詩と思われるから、ぶっきらぼうに「信仰」でよいのだと思う。「帰依、祈念、信心を捧げる、献身」では、信ずる神への全面的依頼の含みである。

　中地義和は「古来キリスト教文化圏では、航海の安全を祈ったり安産を願ったりする時に、マリアの絵を礼拝堂などに寄進する習慣があった。この祈りの定式を説明抜きで並べるランボーの書き方にはパロディ性の顕示があり、聖人・聖女の代わりに尼僧などの名を置いてそれを増幅している。だが、この詩が意味などない言葉遊びなのか、遊びの裏に真摯なものを暗示しているのかは、即時に判じがたい微妙な問題である」と解説している。文は要約した。中地・粟津・斎藤・鈴村の訳を読み比べ、文意不明があるので、直訳を示し解読に入る。

　私のルイーズ・ヴァナン・ド・ヴォリンゲン修道女に。――その青い角《すみ》頭巾を北の海に巡回。——遭難者たちのために。

私のレオニー・オーボワ・ダシュビー修道女に。——バウー——ぶんぶんという悪臭の夏の草。——母親たちや子供たちの熱病のために。

リュリュに、——悪魔——「女友達」のころの彼女の不完全な教育の祈禱室好みが、まだ保持されていたのだ。男たちのために！　×××夫人に。

少年であった私に。隠者かあるいは伝導者か、あの聖なる老人に。

貧しい精神に、そしてとても上級な聖職者に。

したがって、まさに礼拝記念碑のそのような場所に、彼が赴くことを必要としている出来事のそのような中に、瞬時の強い願望に応じて、あるいはまじめな悪徳の清潔な私たちの心地よく。宗教のすべてに。

この夕方、脂ぎった魚のように、そして彩られた一〇か月の赤い月のように、氷の山々のシルセトに、——(彼女の竜涎香《りゅうぜんこう》と付け木の心臓)、——連れのいない私のため、あの夜の領域のような無言の祈り。あの極地の混沌よりもさらに粗暴な蛮勇に先行して。

どんな代償を払っても、どんな表情を駆使しても、たとえ幾つかの形而上学的な旅においても。——でも、もはや〈その時〉ではない。

修道女の名は海外においていろいろ研究があるようだが、フランドル地方的とかイギリス的とか言われても始まらない。フル・ネームに何か意図はあるのだろうが、姓名として受け止めるのみ。一段落。修道女の糊のきいた角《すみ》頭巾を北の海へ巡らせよとは、祈っているだけでは駄目だと言うのだろう、遭難者たちの魂を救うために。辞典には「白頭巾」とあるが、「青頭巾」もあるのか、別な含みを持つのかは不明。

二段落。「バウー」も海外に諸説ある由。英語のbowお辞儀する、幼児語の犬の鳴き声、嫌悪を示すpouah《プワ》うーっに近い、マレー語の一定の面積など。どれも的外れと思う。マレー語の言及は、ランボーが植民地兵としてスマトラ島に行ったことを踏まえのことだが、それはこの詩の一年半後のこと。大辞典に同じ綴りのbaou《バウ》は嶮しい岩の意とある。これも違う。文脈上は揶揄と思われるが。「ぶんぶんという悪臭の夏の草」とは？ 草は音を立てぬから、「ぶんぶん」は悪臭の激しさの形容。おそらくはキリスト教（夏の草）の腐臭の指摘だろう。せめて母子たちの「熱病」を癒すほどの役には立って欲しいもの、と言っているのだと思う。

三段落。「リュリュ」はヴェルレーヌの綽名「ボーヴル・レリアン」を想起させると、粟津・斎藤の注記にある。海外説だろうが、これは当たっているようだ。次の「悪魔」も彼への罵倒。「女友達」も彼が一八六七年に偽名で刊行の女性同性愛の詩集名だと、中地の注記にある。『地獄の一季節』の「錯乱I」では、彼はランボーの女として書かれている。だから「彼女の不完全な」も彼のことであり、左翼思想に傾きながらアーメンもやめない彼の不徹底ぶりが揶揄されている。「男たちのために！」は、男との同性愛のための願望だろう。「×××夫人に」

も中地・斎藤の注記にあるように、「大洪水のあとで」の「マダム＊＊＊」に該当し、「女王パリに」フランスにはこんな男もいたのだとの告げ口となるようだ。

四段落。ヴェルレーヌの後は自分のこと。中地の「かつて私がそうであった若者へ」はひどい誤訳。少年だった私に「内なる他者」はやってきた。それは「隠者か伝導者」のようでもあった。そして私を詩人にしてくれた。私の信仰は「あの聖なる老人」のみ、と言っているものだ。adolescent《アドレサン》は、一〇代の男（女）の意。中地は「若者」、粟津は「若かった」、斎藤は「未成年者」、鈴村は「青年」である。「他者」が憑依した中学進学のころは「少年」である。

五段落。「貧しい精神に」とは？　言いなりにキリスト教を信仰する者たちだろう。「とても上級な聖職者に」は、教会を支配する大司教や司教または教会運営の司祭などだろう。神父たちよ、よくも三位《さんみ》一体などのまやかしをご大層にばらまくものだ、とでも言いたいのだ。

六段落。出だしを中地は「いずれにせよ」、粟津は「また同様に」、斎藤は「さらに同じく」、鈴村は「さらにまた」としている。大辞典に、Aussi《オスイ》は…と同じくの意、「文頭で」したがって、つまるところの意とある。前文をしっかり受け止めているもの。だから「まさに」の反語的副詞が続く。中地らは「したがって」に続くbien《ビアン》の語訳を省略している。上手に、確かに、心地よく、まさになどの意。六段落は訳者みな文意を摑めず文脈がめちゃくちゃ。

「したがって、まさに礼拝記念碑のそんな場所に」は、中地は「記念礼拝所」、粟津・斎藤は「記念の礼拝地」、鈴村は「記念すべき礼拝」とする。culte《キュルト》は、宗教、祭式、崇拝、礼拝の意。

memorial《メモリアル》は、記念碑の意。「記念」の語は別にあり、「記念碑」は分割できない。culte は「宗教」が主意だが、不明のまま『礼拝』とした。「礼拝記念碑」とは何か？「子供のころ」Ⅱ節に、中地は「路傍十字架」の語を使い写真まで掲げているが、そのようなものか？五段落で盲目の信者たちと、それを手なずける尤もらしい神父らを小突き、それゆえ「まさに」礼拝記念碑などの場所に「行くわけがない」となる筈だが、語尾は伏せている。

「彼が赴くことを必要としている出来事のそのような中に」は、彼が出向くことを必要としている事件や出来事のそんな中にこそ行かねばならないのだ、と言うのだ。「彼」は「内なる他者」であり、「出来事」は詩のネタとなる場所や事がらである。

「瞬時の強い願望に応じて、あるいはまじめな悪徳の清潔な私たちの心地よく。宗教のすべてに」は、彼が必要とする「赴く先」は「瞬時の強い願望」によって決まり、その「願望」とは「まじめな悪徳」だと言うのである。それは既成の美・道徳・価値を転倒し、新しいそれらを創り出すことである。それを実行することは「私たちに心地よい」との断言である。「私たち」は、私と「彼（他者）」のこと。「宗教のすべてに」は、「まじめな悪徳」の攻撃対象はキリスト教のすべてにあると言うことである。

七段落。ここも訳者みな文意不明のままに文脈を成していない。出だしを中地・鈴村は「今宵」、粟津・斎藤は「今夜」とする。原文 Ce《ス》 soir《スワル》 は、この、その、あのの意。夜、夕方の意。「この夕方」となる。これはいつもの夕方ではない。キリスト教の夕暮れの意となる。

「この夕方、脂ぎった魚のように、そして彩られた一〇か月の赤い夜のように」とは？　キリスト教の夕暮れ時、「脂ぎった魚」はぎらぎらねとつく淫猥さの暗喩と思われる。「彩られた一〇か月の赤い月」には斎藤の注記があり、「〈白い月〉は不眠の夜を言うように、〈赤い月〉は酒びたりの夜、淫欲の夜を連想させる」とある。同感だ。「一〇か月」は、多くの日々ほどの意と思われる。華やいだ多くの日々の爛《ただ》れた夜、となる。潔癖を装う教会の裏面は淫欲まみれだ、と言うのだ。これは誇張。でも教会の性道徳の乱れは伝説化されている。

「幾つもの氷の山のシルセトに」とは？　海外で「シルセト Circeto」の言及に、ギリシア神話の魔法の女神キルケー（Ciece［Kirke］）と、海と大地の娘ケートー（Ceto［Keto］）の合成語というフォーリッソンの説が広く支持されている由。原文注記にも、「解説者は努力したものの悔しいが解明できなかった」とある。ランボーの造語は確かなようだ。そして「シルセト」は、魔力のある女神と思われてくる。氷界に住む魔女への天罰の懇願でもあったか。

「――（彼女の竜涎香《りゅうぜんこう》と付け木の心臓）」は、一拍の間を置いてのモノローグ。son《ソン》は、彼の、彼女の、それのの意。中地・粟津・斎藤は「その」、鈴村は「彼女」とする。私は「シルセト」に係わるとの思いで「彼女」とした。またambre《アンブル》は、琥珀、竜涎香の意。訳者みな「竜涎香」であり、私も不明のままそれに準じた。spuk《スパーク》は、英語で、付け木の意。中地・斎藤は「火口《ほくち》」、鈴村は「火花」、粟津は「スカンク」とする。私は「付け木」がわかりやすいと思う。彼女の心臓は竜涎香の匂いを放ち、人の心に火を付ける、の意となる。「竜涎香」は、マッコウクジラから採る松脂に似た香料で、麝香《じゃこう》のような風雅な香りがするとのこと。

「――連れのいない私のため、あの夜の領域のような無言の祈り。あの極地の混沌よりもさらに粗暴な蛮勇に先行して」とは？　―― pour《プウル》 ma《マ》 seule《スル》 は順に、のために、私の、連れのいないの意。「連れのいない私のために」である。seule は、「名詞の前で」たった一つのの意、「名詞の後で」連れのいない、単独のの意、と大辞典に明記してある。訳者みな「たった一つの」を採り、中地訳「私のただ一つの祈りのため」と同様の訳で、文の順序もめちゃくちゃ。

一拍の間を置いて今度は「シルセト」への語りかけ。孤独な私のために、夜の広大な静寂にも似た「無言の祈り」を願いたいものだ。あの極地の吹きすさぶ混沌よりも、さらに「粗暴な蛮勇」に打って出ようとする私の行為のその前に、と言うのだ。prière《プリイエル》 muette《ミユエト》 は、祈り、無言の意。「無言の祈り」である。中地らは「無言のものではありながら」と「私のただ一つの祈りのために」のように、二語をばらして適当な意訳文を作っている。

また bravoures《ブラヴウル》 は、勇気、勇敢の意。中地は「武勇」、粟津・斎藤・鈴村は「武勲」とする。武勇は腕力があり難敵を恐れないこと。武勲は戦争での手柄である。ランボーには腕力などなく、戦争の手柄など無縁なことに何の配慮もない。私は「蛮勇」とした。自分の非力を承知の上で立ち向かう勇気である。立ち向かう先は、既成の美・道徳・価値の転倒である。その「見者詩人」の目標は、まだ何も成果を上げていなかったのである。

八段落。「どんな代償を払っても、どんな表情を駆使しても、たとえ幾つかの形而上学的な旅においても。――でも、もはや〈その時〉ではない」とは？ prix《プリ》は、値段、物価、代償、代価の意。中地・斎藤・鈴村は「代価」、粟津は「犠牲」とする。「見者詩人」目標のためだから「代償」が正しい。airs《エル》は、表情、顔つき、外観の意。中地は「態度」、粟津・斎藤・鈴村は「姿」である。既成価値の転倒を目指すのだから、喜怒哀楽の「表情」を使い分けての挑戦がふさわしい。そして幾かの「形而上学的な旅」は、「美」の追究に係わると思われる。真の「美」は「形而上学的」分野にも踏み込まざるを得ないからだ。

一拍の間で切り替えて、「でも、もはや〈その時〉ではない」と言う。「alors《アロル》その時」は原文ではイタリック体で強調されている。「見者詩人」追究の思いはまだあるが、「もはや」それを遂行できる「時」ではなくなった、と言うのである。ヴェルレーヌとの訣別で支援者を失い、自分の食う道も危うく、兵役も迫っていた。加えて「内なる他者」も顕在化しにくくなった。「その時」ではなくなったと思うのは当然の帰結である。でもと言おう。直訳・解読に入る前は、これは「他者」の詩と思っていた。だが内容からして「素顔」の詩であった。それほど「他者」の詩法に近接していたことになる。「他者」を信仰してきたたまものだろう。

42　民主主義

「国旗は忌まわしい風景へと向かう、そうしておれたちのお国なまりが太鼓の音をかき消すのだ。

「市街に行ったら、破廉恥このうえない売春を流行らせてやろうぜ。理に適った反抗など皆殺しにしてやろうぜ。

「胡椒が植えられて水浸しになった国々へ！　──産業上の、また軍事的な、残虐このうえない搾取に仕えるために。

「また会おう、ここで、いやどこででも。おれたちは、意欲あふれる新米兵士、そのうち冷酷無慈悲な哲学が身につくだろう。科学にはまったくの門外漢、快適さの追求には臆面もない。こんな世界などくたばっちまえ。これこそ紛れもない前進だ。前へー、進め！」

粟津則雄・斎藤正二も「民主主義」　西条八十・鈴村和成は「デモクラシー」である。原題Démocratie《デモクラスイ》は、民主主義　民主政治の意。この詩は海外では、友人ドラエー説の普仏戦争で徴兵された故郷の青年たちを皮肉まじりに書いたもの、あるいはランボーが志願兵でジャワ島へ行った折の実体験を書いたもの、がある由。ドラエーのは知ったかぶり説、ジャワ行きはこの詩の一年半ほど後の話。なぜ「民主主義」かの言及はない。

中地義和は『十九世紀の西欧列強の植民地支配が、実は「民主主義」という正義を標榜する「残虐このうえない搾取」に他ならないのだという歴史感覚が、詩人に現実への揶揄を表明させていることは、一読して理解される。注目すべきは、タイトルを除くテクストの全体が、引用として提示されている点である。揶揄を直接に表明する詩人の言葉は一言も書き込まれておらず、植民地支配へ駆り出される兵士の台詞の引用の形で暗示されるのみである』と解説。

西欧列強が民主主義を標榜しながら植民地の搾取を続けた悪の指摘はよい。揶揄の「詩人の言葉は一言も」ないとは、情けない。私は中地訳のこの詩でランボーの怒りを知り、「民主主義」の秘められた意図を知ったものだ。短い詩なのに他訳もみなしどろもどろ。直訳を掲げる。


「旗は汚らしい風景に突き進み、そしてわれわれの田舎なまりが太鼓の音を鎮めるのだ。

「中心街でわれわれは破廉恥な売春をもっと広げてやろうぜ。われわれは理屈の通った反抗なんど虐殺するのみ。

「胡椒の香りの水浸しの国へ！　——工業のあるいは軍隊の搾取する、より一層の極悪非道に役立つために。

「ここでまた会おうぜ、どこだって構わない、やる気ある新米の同年兵、われわれは残酷な哲学を手に入れよう。学問には無知だが、快適さのためならずる賢い。突き進む世界なんぞはくたばっちまえ。それこそ本当の歩みだ。前方に、道！」

解読に入る。直訳は既成訳と少しずつ違い、最後は大きく違った。詩は四つの新兵のセリフで構成されているが、それは一見である。ドメニー宛「見者の手紙」に、「詩人はあらゆる感覚の、……理に適った壊乱を通じて見者となるのです。……自らのうちにすべての毒を汲み尽くして」の言葉がある。この詩はそれの実践であった。意図されたわりに試みは少なかった。

一段落。「旗」は軍旗であり、「民主主義」というスローガンの旗でもあるだろう。共和政の伸展のもと「民主主義」は理想として掲げられ、その旗を隠しもせず、アフリカ、アメリカ、アジアを侵略してきた。「汚らしい風景」は非文明の国の含み。va《ヴァ》（→aller《アレ》）は、行く、至る、「行動」する、突き進むの意。「旗は汚らしい風景に突き進み」が、侵略の出だしの文を明快にする。「われわれの田舎なまりが太鼓の音を鎮める」わけがない。田舎なまりの「傍《ぼう》若無人《じゃくぶじん》」さが、その地の勇気を掻き立てる「太鼓」の音を鎮圧するのだ。étouffe《エトウフエ》は、息苦しい、窒息させる、「事件・反乱を」もみ消す、鎮めるの意。中地は「かき消す」、粟津は「消す」、斎藤・西条は「止める」、鈴村は「黙らせる」とする。「鎮める」が妥当と思われる。

二段落。centre《セントル》は、中心、中央、中心地、中心街の意。中地は「市街」とするが、市か町かは定かでない。「中心街でわれわれは破廉恥な売春をもっと広げてやろうぜ」は、悪い売春をもっと拡大しての含み。alimenter《アリマンテ》は、食物を与える、養う、を維持する、助長するの意。中地は「流行《はや》らせよう」、粟津・斎藤・鈴村は「育てよう」、西条は「やらせよう」である。私は「助長する」から「広げて」とした。戦後の日本でパンパンが横行したことを思い出す。

三段落。ここまでは新米兵士のセリフ。ここは兵士のセリフと思わせながらの侵略者のセリフ。「胡椒の香りの水浸しの国へ！」とは、「胡椒」はインド原産の常緑つる性低木で、実から香辛料を採る。その香りのする「水浸しの国」とは、植民地化されたインドである。中地は「国々」とするが、原文pays《ペイ》は国の意。sは複数ではない。詩をねじ枉げている。

インドが植民地化されたのは、一八五七〜五九年の「セポイの乱」が鎮圧された後である。五四年生まれのランボーが、イギリス在住の中でそれを強烈に思い返すのは不思議なことではない。この詩の動機であったとも思われる。英国東インド会社がほぼインドを支配していたが、会社のインド人傭兵たちが立ち上がって武装反乱を起こし、反英運動は全インドに及んだが、文明国の武力の前に敗れた。ランボーにとっては昨日のような話である。植民地は略奪貿易の対象である。資本主義形成期の人・資源の供給地であり、次の侵略の拠点であった。「水浸しの国へ」はランボーの幻術であり、植民地を熟知していたのは侵略者たちだけである。

「工業のあるいは軍隊の搾取する」も侵略者の認識。政治的・経済的残虐な搾取は当たり前であった。清国とイギリスの「阿片戦争」（一八四〇〜四二年）などはその典型である。新米兵士にそんな認識を持てるわけがない。「より一層の極悪非道に役立つために」が、新米兵士に戻したセリフになっている。industrielles《インダーストリエル》は、工業の、産業のの意。militaires《ミリテル》は、軍隊の、軍事的なの意。中地・粟津・斎藤・西条は「産業上の、軍事上の」、鈴村は「産業、軍事」とする。近代文明は工業が主体。私は「工業の、軍隊の」とした。「搾取」に対し直截だから。

四段落。「ここでまた会おうぜ」は、また徴兵されたらである。いやどこだっていいんだ。おれたちは「やる気のある新米の同年兵」だ。罪にならない治外法権はおれたちの別天地。「われわれは残酷な哲学を手に入れよう」とやる気満々。無学な兵士が「哲学」入手もおかしな話だが、兵士の思いに侵略者の思いを忍び込ませたものである。Conscrits《コンスクリ》は、新兵の意の複数だが、複数で「同年兵」とも辞典にある。「新米の同年兵」とした。親近感が深まる。

「学問には無知だが」とわざわざ言わせている。前出の「哲学」に異和を感じて当然だが、気付いた訳者は誰もなし。「快適さのため」気分のよくなるためなら「ずる賢く」立ち回る、と言う。そんな男が「突き進む世界なんぞはくたばっちまえ」などと言う筈がない。侵略という治外法権の別天地もあるのに、世界が破滅してはずる賢く立ち回る場所も失せてしまう。

「突き進む世界なんぞはくたばっちまえ。それこそ本当の歩みだ。前方に、道！」とは、新米兵士や侵略者のセリフではない。怒りを込めたランボーの本音である。語調が明確に変わっているのもそのためだ。民主主義を唱えながら、片方では侵略による植民地支配を拡大している、こんな近代文明（世界）などは破滅してしまえ！　の怒りの叫びである。そうなってこそ民主主義の「本当の歩み」となるのだ。民主主義の「道は前方にある！」と強調している。

「民主主義」の語は題に暗示として掲げてあるのみ。詩は新米兵士のものと思い込ませるために伏せてある。最後の考え込ませるひと言が鍵となっている。

直訳「本当の歩み」を、中地は「紛れもない前進」、粟津・斎藤は「本当の前進」、西条は「本当の進歩」、鈴村は「真の行進」とする。vraie《ヴレ》は、本当の、本物の、真のの意。marche《マルシュ》は、歩くこと、進行、行進の意。「前進 avance《アヴァンス》」は誤訳。平凡な「歩み」が文脈にふさわしい。そして「前方に、道！」の単純さが深い効果を生んでいる。！と強調されているため「道」を考え込ませ、無説明の「民主主義」に辿り着くというからくりである。En《アン》 avant《アヴァン》, route《ルート》！は、「前方に、道！」以外の意はない。なのに中地は「前へー、進め！」、粟津・斎藤は「さあ進むんだ、出発だ！」、西条は「前進だ、出発だ！」、鈴村は「さあ、行くのだ！」である。前の「前進」に続く勝手な意訳。勇ましすぎて「民主主義」への思考の通路を踏み潰している。

この詩は「素顔」の作と思われる。錯乱・幻術詩法で悪をさらけ出し真実を浮上させているのは、「見者詩人」への到達を感じさせるものだ。これは詩集の最後に違いない。私には「素顔のランボー」の辿り着いた最高傑作と思われる。

おわりに

既成訳を素読みの段階で、詩篇ごとにこれは読み解けるか？　と何度も逡巡した。原文をノートに写し、単語を一つ一つ拾い、文を組み立てて既成訳と異なるものが見え、ランボー詩の真髄に迫ることが出来た。詩集の順序を飛ばさずに解読し、直訳を加えた。『イリュミナシオン』は、「見者詩人」を目指したランボーの、意志と復讐と恍惚と破綻と苦渋の詰まったものだった。どこにも明かされていない、彼の秘密の宝庫でもある。

詩集の内容は、情況の変化で三ブロックに分けられる。⑴見者行を順調に進めていた時期、⑵ヴェルレーヌに訴訟が生じ見者行が危うくなった時期、⑶ヴェルレーヌと訣別以降、である。⑴に該当するのは、「25海の絵」に始まり「1大洪水のあとで」から「18都市〔Ⅱ〕」まで。⑵は「19さすらう者たち」から「34H」まで。⑶は「30岬／31場面」がこちらに入り「35妖精譚」以降となる。情況変化により、詩対象も心境も大きく変化している。

この詩集の特徴は、「内なる他者」の書いた詩と、「素顔のランボー」の書いた詩の二種類で構成されていることだ。「他者」が自ら人類の原初から流れ下ってきた存在と語っていること自体、世界的稀書と改めて見直さねばならぬもの。「他者」の来歴や存在のありようが、かなり細々描き出されている。「他者」を崇拝し従属して、彼のロボットに甘んじた「素顔」も自分をさらけ出している。「他者」の詩は、飛躍・転調・暗喩・叡知にあふれたもの。「素顔」の詩は、「他者」への讃歌や願望と自己に触れているもの、である。

心理学者C・G・ユングは『創造する無意識』平凡社ライブラリー、一九九六年刊の中で、芸術作品には意識による主体的創造と、無意識による主体の従属創造の二つがある、と発見した新説を唱えた。ユングはランボー詩を読んではいまい。ユング説は一九二二年の講演のもの。ランボーはそれより五〇年も早く、「無意識による主体の従属創造」を演じていたのである。世界中の研究者・訳者たちは、それがわからぬまま詩を手垢で汚し、一世紀半も浮遊させてきた。私はユング説に添い、難解な逸見猶吉詩とランボー詩を解読することが出来た。

詩集中「国立図書館所蔵の草稿、無題の五つの断片」だけは取り上げなかった。草稿の断片はイメージのメモにすぎない。前半は三省堂の『クラウン仏和辞典』を頼りにしたが、語尾の変化や辞典にない語の不明にぶつかり、新たに白水社の『ディコ仏和辞典』と小学館の『ロベール仏和大辞典』を加え、何とか直訳することが出来た。それでも不明な箇所は残った。直訳は極力辞典にある語意から選択し、綴りからはみ出す意訳は避けた。

基本の中地訳も資料の四訳も、逆説的に大いに参考になった。知識の及ばぬところもあり、紹介された海外の研究に学ぶこともあった。使用した国内の五訳も海外研究も、ランボー詩の表面的な言葉に振り回されている。「大洪水のあとで」を〝ノアの洪水〟と思い込んだり、一見は詩に手掛かりのない「労働者たち」や「民主主義」の暗示に一歩も踏み込めていなかったり、である。特に中地訳の詩題は思い込みが強く、『イリュミナシオン』の顔付きを歪めている。詩題は、暗喩のもの、直截なもの、ぶっきらぼうなもの、暗示に込めた間接的なもの、象徴的なものなどがある。念のため私の選択した詩題を挙げておく。中地訳と比較して欲しい。

「1大洪水のあとで／2少年期／3コント／4見せびらかし／5古代／6美しき存在、××××／7生命／8出発／9王位／10一つの理性に／11陶酔の午前中／12断片／13労働者たち／14橋々／15都市／16轍／17街／18街々／19放浪者たち／20徹夜／21神秘的な／22夜明け／23花々／24俗悪な夜想曲／25海の景／26冬の祭／27不安／28首都の／29残酷な人／30岬／31いろいろな舞台／32運動／33ボトム／34H／35妖精／36戦争／37青春時代／38安売り／39歴史的な夕暮れ／40精霊／41信仰／42民主主義」である。

ランボーの詩はパリ詩壇との闘いであり、既成の美・道徳・価値との闘いであった。「見者詩人」への道行きは頓挫したが、それを目指す痕跡は、この詩集に見事に残した。ランボーの、いや「内なる他者」の願った真の美・真の価値は、安泰を念ずる社会には容認されぬもの。しかし他人の心を揺さぶろうと欲する詩人には、避けて通れぬ永遠の課題である。濾過された精髄でもある「内なる他者」の、含蓄ある暗喩を嚙みしめる人の出現を念ずるばかり。

参考文献

平井啓之・湯浅博雄・中地義和訳『ランボー全詩集』青土社、一九九四年刊
粟津則雄訳『ランボオ全作品集』思潮社、一九六五年刊
金子光晴・斎藤正二・中村徳泰訳『ランボー全集』雪華社、一九八四年刊
西條八十『アルチュール・ランボオ研究』中央公論社、一九六七年刊
鈴村和成訳『イリュミナシオン』思潮社、一九九二年刊
井上究一郎『アルチュール・ランボーの「美しき存在」』筑摩書房、一九九二年刊
『Rimbaud Œuvres complètes』Gallmard 1972.

＊

『クラウン仏和辞典』三省堂、一九八九年刊
『ディコ仏和辞典』白水社、二〇一四年刊
『ロベール仏和大辞典』小学館、二〇一〇年刊
『新英和中辞典』研究社、一九九一年刊
『マイペディア』平凡社、一九九〇年刊

『世界史年表』岩波書店、一九九四年刊
B・エヴスリン、小林稔訳『ギリシア神話小事典』社会思想社、一九八五年刊
桑原武夫監修『西洋文学事典』筑摩書房、二〇一二年刊

＊

ピエール・プチフィス、中安ちか子・湯浅博雄訳『アルチュール・ランボー』筑摩書房、一九八六年刊
宇佐美斉編訳『素顔のランボー／同時代の回想と証言』筑摩書房、一九九一年刊
シェイクスピア、河合祥一郎訳『新訳夏の夜の夢』角川文庫、二〇一三年刊
月本昭男訳『ギルガメシュ叙事詩』岩波書店、一九九九年刊
ローズ＝マリー・ハーゲン、ライナー・ハーゲン『ピーテル・ブリューゲル』タッシェン・ジャパン、二〇〇二年刊
松本健監修『メソポタミア文明展』NHK、二〇〇〇年刊
C・G・ユング、松代洋一訳『創造する無意識』平凡社ライブラリー、一九九六年刊
木田元『反哲学入門』新潮社、二〇〇七年刊

略歴

尾崎寿一郎（おざきじゅいちろう）

一九三〇年二月北海道岩内町生まれ
一九四四年より浦賀船渠株式会社に四年
一九四八年より主に札幌で印刷職人を一四年
一九六二年より東京で編集業務を三八年

*

一九七三年『過去　現在　未来』刊、自分史の発端
二〇〇四年『逸見猶吉　ウルトラマリンの世界』刊
二〇〇六年『逸見猶吉　火襤褸篇』刊
二〇一一年『ランボー追跡』刊
二〇一一年『詩人　逸見猶吉』刊
二〇一五年『「イリュミナシオン」解読』刊

現住所　二六二-〇〇四六　千葉市花見川区花見川一-二七-一〇八

石炭袋

「イリュミナシオン」解読

2015年8月8日初版発行

著者　尾崎寿一郎
発行者　鈴木比佐雄
発行所　株式会社 コールサック社
http://www.coal-sack.com
〒173-0004
東京都板橋区板橋2-63-4　グローリア初穂板橋209号室
電話03-5944-3258　FAX 03-5944-3238
E-mail　suzuki@coal-sack.com
郵便振替　00180-4-741802

印刷管理　株式会社 コールサック社　製作部

◆装幀＝杉山静香

ISBN978-4-86435-212-3　C1095　￥2000E